書下ろし

S&S探偵事務所

いつか夜は明けても

福田和代

祥伝社文庫

1

「ああもう、いつまでここでじっと我慢してなきゃならないのよ！」

出原《いずはら》しのぶは、睨《にら》んでいたパソコンの画面から目を離し、椅子《いす》をぐるんと勢いよく回転させて、窓の外を見た。

ここはＩＴ探偵事務所で、しのぶと東條桃花《とうじょうももか》ことスモモの自宅でもある。表参道《おもてさんどう》のこのマンションから見えるのは、道路を挟んで斜め向かいにある、根津《ねづ》美術館の庭の緑だ。せめてあそこに行ければと思うが、今は休館している。

「銀行口座の残高は減るばっかりだし、透《とおる》がいないから美味《おい》しいものは食べられないし！運動不足で体重が増えるし、踏んだり蹴《け》ったりじゃないの！」

怒鳴ってどうなるものでもないが、少しはストレス発散になる。

今年の初めから、新型ウイルスによる感染症が、世界中を震撼《しんかん》させている。

中国で始まった感染拡大は、気づいた時には世界各国の奥深くまで入り込んでいた。「謎の感染症」について早期からネットで警告していた中国の若手医師が感染して亡くなったり、路上で突然倒れて死に至る患者の動画が拡散したりしたこともあって、世界中がパンデミックの恐怖に震え上がったのだ。

東京でも患者はどんどん増え、感染症患者のために用意された病院のベッドが不足するほどになり、四月七日にはついに約一カ月間の緊急事態宣言が発令された。

感染拡大を防ぐため、外出を自粛し、学校は休校、人が集まる施設などは軒並み休業を要請されるとあっては――しがない探偵事務所に、依頼客など現れるはずがない。

「せっかく、少しずつお客がついてきたところだったのに――！」

相手がウイルスでは、嘆いても怒ってもどうしようもないのだが、つい愚痴を言いたくもなる。

ウィーンと機械音がしたので振り向くと、黄色い円錐《えんすい》の上に球形の頭が載ったロボット――ジャスティス三号が、すぐ後ろに迫っていた。

『シリトリハイカガデスカ』

「はあ？」

『シリトリヲシマセンカ』

ラフト工学研究所の筏《いかだ》という変人研究者が製作したこのロボットは、すべるように床を動き回るが掃除をするわけでもなく、ほとんど何の役にも立たず、ようするに電気を食うだけの「むだ飯食い」だ。しりとりをする機能がついているなんて、いま初めて知った。

「しない」

『ソウオッシャラズ。サービスシマッセ』

「何言ってんの」

『デハマイリマス。タンテイ』

「石」

しまった、つい答えてしまった。

『シロ』

「ロードマップ」

『プ――プリン――アアアアア！』

緑色だった目が赤く輝き、唸《うな》りながらそのへんで回転し始めたジャスティス三号に、しのぶは冷ややかな目を注いだ。

「ちょっと、スモモ！　あんたまた、三号を改造したでしょ！」

事務所の来客用ソファに寝そべり、真っ白な長い手足を伸ばして、ネイルを乾かしていたスモモが、こちらを見た。

「した」

「どうせ改造するなら、もうちょっと役に立つ能力でも持たせてよ！　新しいお客を引っ張ってくるとかさ」

――しまった。

スモモの目がキラリと輝いた。あれは、何か良からぬことを企む目つきだ。

ちなみに、スモモの今日のネイルは、ピンクの背景に中指だけパンダのイラストつきだった。よっぽど暇を持て余しているらしい。

「あらこれ、シール式なの？」

ピンクのグラデーションのネイルは、貼り付けた後、爪の形に合わせて切ればいいだけのシールらしい。その上に、パンダの絵を自分で描いたのだ。スモモはこういうアイテムをこまめに仕入れてくる。本人は言いたがらないが、別名アカウントでインスタグラムもやっているらしい。

天井の照明がちらついた。建物が古いせいか、このところよく起きるが、なんとなくうらぶれた気分になる。

「うちが取った顧問契約は、今のところ広尾《ひろお》のゲートマンションくらいなんだから。一件だけじゃ、とてもやってけないのよ」

「防衛省？」

「今年度は受託するはずだったけど、その前に感染症の流行でバタバタしちゃったから」

ふーんと言いながら、スモモが猫のようにあくびをする。彼女が言うとおり、Ｓ＆ＳＩＴ探偵事務所は、この春から防衛省のサイバーコマンドーこと、サイバー防衛隊とセキュリティ顧問契約を結ぶ予定だった。しのぶの古巣なのだ。

昨年、サイバー防衛隊の隊員である明神海斗《みょうじんかいと》の頼みで、無償の案件をいくつか引き受けた結果、やっと約束どおり顧問契約の予算を確保してくれた。もちろん、契約しないならもう二度と手伝わないと、しのぶが明神をやんわり脅したからだ。

ところが、手続きを終える前に、感染拡大で明神たちが身動き取れなくなった。

「あーあ。今月の家賃、水道光熱費――。私たちの給料なんか、どこから捻出《ねんしゅつ》すればいいわけ？　食費すら出せないんじゃない？」

そう嘆きながらも、いまひとつ悲壮感がないのは、スモモの失踪した両親が資産家で、彼女がその遺産を惜しみなく事務所に注ぎこむことがわかっているからだ。

彼女に甘えてばかりではいけないと思うものの、こうも経営状態が悲惨だと、きっぱりと断ることもできないでいる。

しのぶはスモモの隣に腰を下ろした。よく見ると、パンダの絵がいまいち可愛くない。

「ちょっと貸しなさいよ。絵心はあたしのほうがあるみたいね」

細筆をとり、中指の爪に描かれたパンダのイラストを上書きしていった。速乾性のネイルだから、失敗しないように気をつかう。

「うん、これでいいんじゃない」

ぱっちりとした目に、まつげも添える。

「――おなかすいた」

スモモが、ふと自分のぺたんこの腹部を見下ろして、ひもじそうに呟《つぶや》いた。

「いやあねえ。まだそこまで窮迫《きゆうはく》してないわよ。冷蔵庫に何かあったでしょ？」

しのぶは眉をひそめて、衝立《ついたて》で隠したキッチンに向かい、冷蔵庫を開いて——言葉を失った。

——どうして、いつの間にここまで空っぽに？

「何もない——」

残っているのはバターと福神漬けだけ。肉も魚も野菜もミルクもビールもない。どうして、ここまできれいに空っぽなのか。

「そ、そうか。透がいないと、誰も買い物に行かないから——」

笹塚《ささづか》透がアルバイトに来るようになってから、しのぶたちが自分で食材を買ったことなど数えるほどしかない。よくよく考えてみれば、透が来る前は、冷蔵庫にはビールとミルクに、せいぜいグレープフルーツくらいしか入っていなかったはずだ。ほぼ外食かテイクアウト、たまに、スモモの執事の三崎《みさき》がランクの高い牛肉を、姫君に捧《ささ》げるように持ってくることがあるくらいだった。

「透のおかげで、毎日、安くて美味しいものを食べてたのよね、私たち——」

入学した高校で問題を起こして退学処分になった後は、高等学校卒業程度認定試験の合格と、大学受験をめざして勉強するかたわら、この事務所で賄《まかな》いと電話番のアルバイトをしていた。

大学進学は親の希望で、透自身は料理に興味があるらしく、調理師の勉強もしたいと言っていた。ここのアルバイトは、渡りに船だったようだ。

四月上旬、東京都に緊急事態宣言が出ると、さすがに親が心配しているようだったので、しのぶからバイトを休むように申し渡した。最後の出勤日には、透は泣く泣く山ほどの食品を買い込んで、冷蔵庫やキッチンの棚に詰め込んでいった。

（しのぶさんたち、どうせ買い物なんかしないでしょうから——ほらここに、缶詰も入れておきますからね。ジャガイモやニンジンも日持ちするから、たっぷり買いました。お米はここです。一か月、しっかり生き延びてくださいよ！　ウーバーイーツばっかり使ってちゃダメですからね）

まだ十代男子のくせに、まるで母親のように気配りの細やかな青年に育ったものだ。しのぶたちの行動など、隅々まで見抜かれている。

「ていうか、ウーバーイーツ頼んだり、外食したりするほどのお金もないんだけどね」

冷蔵庫にあった出来あいのお惣菜《そうざい》から食べ始め、レンジで温めればいいだけの冷凍食品や、レトルトのパスタソース、カレーなども食べ尽くした。焼き鳥の缶詰はビールのおつまみに食べてしまったし、ツナ缶も使い勝手がいいので、ギョーザの皮で包んで揚げたりサラダにしたりと重宝して、大量のジャガイモとニンジンは、シチューとカレーできれいに完食だ。

透が準備してくれた山ほどの食材は、半月ももたなかった。なにしろ、男子高校生以上の食欲を誇るスモモがいるのだ。米はあってもおかずがない。

「――しょうがない。買い物、行ってくるか」

緊急事態宣言の期間はまだ半分、残っているし、予定通り解除できるかどうかも怪しいものだ。とりあえず半月程度、引きこもれるくらいの食料を買っておけば安心だろう。

「スモモ、ちょっとそのへんのスーパーまで行ってくるから」

「――ん」

「あんたも一緒に行く？」

「――ん」

スモモはソファに寝そべり、両手をそろえて天に突き出しながら、ネイルが乾くのを待つ様子を見せた。本当はもう乾いているころだが、彼女は基本的に引きこもり体質で、全然外出しなくても平気なのだ。

外出しないせいで体重が増えるということもなくて、あいかわらず両手の指で包めそうなくらい細いウエストと、ほっそり長い手足をしている。顔もそうだが、身体も含め、容姿のすべてがアニメから飛び出してきた女の子のように現実離れしている。

「パンダ可愛い」

スモモの言葉に思わず頰《ほお》が緩む。性格はともかく、彼女は可愛いものが好きだ。

「だけど、スモモもちょっと外の空気を吸ったほうがいいんじゃない？」

つい、そんなおせっかいを焼いてしまうのは、スモモの様子があんまり〈リアル〉とかけ離れていて、この子はいつか、〈夕鶴〉のおつうさんみたいに、鳥にでも姿を変えて飛んで行ってしまうんじゃないだろうかと、ふと妄想してしまうからだ。

「――大丈夫」

そっけない返事にため息をつく。

この小さな探偵事務所で、しのぶは〈リアル〉を一身に背負っている。顧客との折衝や営業も、現実と乖離《かいり》しがちな相棒の分まで担っている。

諦《あきら》めて中身の軽い財布をつかみ、玄関に向かおうとしたところで、ポケットのスマホが鳴り始めた。

『しのぶさん、今いいですか』

噂《うわさ》をすればで、サイバー防衛隊の明神からだった。「今いいですか」といちおう尋ねるだけ、少しは可愛げがある。

「これから買い物に出かけるところなんだけど。何か用？　顧問契約の契約書はできた？」

『ああ、すみません。そちらはちょっと、いま手がつけられなくて』

――なら用はない。

そう突き放したかったが、しばらく話につきあってやることにした。

「で、何なの?」

『申し訳ありません。詳しいことは電話では話せないんです。こんな時期ですが、無理を承知でお願いします。今すぐ、市ヶ谷《いちがや》に来ていただけませんか。スモモさんと一緒に』

しのぶは歩みを止め、一瞬、沈黙した。

市ヶ谷とはつまり、しのぶの古巣、防衛省のことだ。今すぐ防衛省に来いとは、ずいぶん性急で失礼な依頼だが、明神海斗が彼女らをそれなりに恐れていて、そうそう雑な扱いをしないことも知っている。彼が「今すぐ来い」と言うからには、よほどの緊急事態が発生しているのだ。

「くだらない話だったら、後が怖いからね」

『いやいやいや。ご存じでしょうけど、しのぶさんたちを、くだらない話で呼びつけたりしませんって。だいいち、これ僕じゃなく、サイバー防衛隊長からのお願いなんです』

サイバー防衛隊の隊長は、しのぶが在籍していた頃とは変わったはずだ。自衛隊の幹部は、だいたい二年で異動する。

「隊長のお願いなら、まさかボランティアってことはないわけね」

『ええと、ほらそこは、顧問契約はすんでないけど顧問ってことで』

またいい加減なことを言いだしやがったと、思わず眉間《みけん》に皺《しわ》を寄せてしまった。

　──いけない。皺が取れにくいお年頃なのに。

「スモモ、今から市ヶ谷、行ける？」

　スモモの大きな目が、きらりと輝いてこちらを見つめた。

「──行く」

「途中でコンビニ寄って、お弁当買おうか」

「牛丼」

「牛丼──ああ、例のお蕎麦屋《そば》さん？」

　市ヶ谷の駅前に蕎麦屋があって、そこで出る汁気たっぷりの牛丼が、スモモはことのほか気に入っていた。

　──あの店、テイクアウトはできるのだろうか。

「明神君、その打ち合わせ、テレワークじゃできないの？」

『事情がありまして、回線を通すのは、ちょっと』

　通信回線を使えないくらい、ひどいハッキングか何かが起きているらしい。そういうことなら、むしろ腕が鳴る。

「わかった。これから車で出る」

『ありがとうございます！　駐車スペース、用意します！』

「途中でお弁当を買うから、少し時間がかかるかもしれない」

小躍りしている明神との通信を切り、ノートパソコンなど、「ＩＴ探偵の七つ道具」をボストンバッグに入れた。トラブルが発生している現場に乗り込んで仕事をすることを「オンサイト」と呼んでいるが、そこで必要な道具類を、いつでも持ち出せるように準備してあるのだ。

「スモモ、念のために着替えも少し持ってきて。ひょっとすると何日か帰れないかも。マスクも忘れちゃだめ」

元防衛省職員の勘だ。明神の様子から考えて、しのぶの想像以上の事態が起きているのかもしれない。スモモは素直に部屋に行き、自分の荷物をまとめてきた。ピンクのタンクトップに白のホットパンツという身なりだが、彼女はこれが正装みたいなものだ。その分、しのぶがお堅いスーツを着てバランスをとる。

事務所を出る前に、しのぶはふと、室内を確認した。

彼女らを見送るわけでもなく、ただ意味もなく床をすべっていく黄色いロボット。ふたりがいなくなると、しんと静まり返るマンション。いつもなら電話番の透が元気よく送り出してくれるが、今日はそれすらない。

——変なの。今日は私も、感傷的になってるのかしらね。

骨董品《こっとう》のように古くてすぐ止まるエレベーターを避け、階段で一階まで下り、喫茶「バルミ」の閉まった木製扉を見た。小寺恒夫《こでらつねお》、通称デラさんという、元警察官のマスターが経営している、コーヒーの美味しい喫茶店だ。

カウンターとテーブル席がいくつかあるだけで、それほど大きな店がまえではないが、雰囲気が温かくて居心地がいい。この店のカウンターで朝のコーヒーを飲むのが、これまでのしのぶの日課だった。

東京が緊急事態宣言に入る前から、デラさんは「バルミ」を閉めたままだ。しばらく、顔も見ていない。

以前は店に住み込んでいたが、昨年の暮れ、行方不明だった娘が見つかって、一緒に暮らすようになってから、近くにちゃんとした家を借りたのだ。風呂も個室もない店舗に、娘と住むわけにもいかない。

――デラさんが、遠くなっちゃった。

それまでほとんど家族同然に、毎日、顔を見ていたのだ。

小さくため息をつき、しのぶは駐車場に向かった。

「申し訳ありませんが、パソコンや通信機器などはこちらでお預かりします」

入館の手続きをすませ、指示された棟に向かうと、マスクをして、陸上自衛隊の制服に身を包んだ受付の男性に言われ、しのぶは目を丸くした。

「パソコンや通信機器を預かる？　それで私たちに、何の仕事をさせたいわけ？　こう見えても私たち、コンピュータ・セキュリティの専門家なんですよ。サイバー防衛隊に呼ばれてきたんですけど、ちょっと連絡を取ってもらえません？」

通信環境がない状態で、仕事なんかできるわけがない。押し問答をしていると、スーツ姿の明神海斗が飛んできた。彼も、しっかりマスクをしている。新型ウイルスの感染拡大以来、世間はすっかりマスク装着姿がデフォルトになってしまった。

「すみません、しのぶさん。ご不満はごもっともですが、今だけですから、通信機器はすべて、受付に預けてください」

明神がそう言うのなら、しかたがない。

「高価な機材が入ってますから、取り扱いには注意をお願いします」

しぶしぶ、大切な機材を詰め込んだボストンバッグを渡した。スモモもバッグを預けたが、テイクアウトした牛丼だけは、大事そうに抱えている。

「しのぶさん、アルコール消毒もよろしく」

明神がマメにアルコールジェルの容器を示した。もはや風物詩になりそうな光景だ。

「どこかで、先にお昼を食べようと思ってたんだけど」

さっそくスモモとエレベーターに乗り込みながら、しのぶが尋ねると、ここまで案内してきた明神が、地下へのボタンを押して首を横に振った。

「すみません、時間がないので、これからご案内する会議室でお願いできますか」

「会議室？　いいの？」

「大丈夫です。僕らも食事はそこで取ってますから」

つい数年前までは、しのぶも働いていた市ヶ谷の防衛省だ。準犯罪者の烙印《らくいん》を押されて追放されたが、自分とスモモが世界をリアルな戦争から救ったのだと、しのぶは今も信じてやまない。

「懐かしいでしょう？」

明神が、いかにも「僕はわかってます」と言いたげに、得意げな表情でこちらを見たので、しのぶは冷ややかな視線を返した。

「──べつに」

サイバー防衛隊に在職していたころは、明神とコンビを組んで動くことも多かった。だからといって、いつまでも同僚意識が抜けないのは困る。

「ここは──」

明神が先に立ち、入っていったフロアが何階にあるか気づいて、とまどった。

「いいんです。どうぞ」

「だってここ、部外者立ち入り禁止のフロアでしょう」

ミサイル防衛など、緊急事態が発生した際に使用される、地下の指揮所があるのだ。明神が、物憂い表情で頷《うなず》いた。

「そうです。ですが、いいんです。今はそれどころじゃないですから」

ミサイルが飛んでくるほどの事態すら、「それどころじゃない」と言われてしまうとは、いったい何が起きているのだろう。

中央指揮所の入り口には、小銃を抱き陸自の制服に身を包んだ自衛官がふたり、立哨《りつしょう》している。明神が、彼らにIDカードを見せた。顔見知りらしく、立哨のふたりは、あっさりと明神に頷き返した。

「どうぞ、入ってください」

——ここは、初めて来た。

防衛省に勤めていたとはいえ、しのぶの立場では縁のない場所だった。興味津々で室内に入り、まず壁と天井を見て驚いた。

「これは——」

黒い板のようなものを、全面に貼りつけている。地下なので窓はないが、開口部になる扉の内側にも、その板は貼られていた。

「電磁波シールドを強化したんです。見た目は悪いけど」

「床にも敷いてあるの?」

「そうです。隙間《すきま》ができないように、敷き詰めています」

しのぶも実物を見たわけではないが、ホワイトハウスやFBIの建物は、電磁パルスによる攻撃にも耐えられるほどのシールドが施されているという。この厳重さは、それにも匹敵するのではないだろうか。

「来てくれましたね。お待ちしてましたよ」

部屋の奥から快活な声をかけられ、しのぶは声の主を探した。壁には巨大なモニター画面があるはずだが、今はシールド板で隠されてしまっている。その前あたりに、グレーの半袖Tシャツを着た中年男性がいた。

「出原しのぶさん。そちらが東條桃花さんですね。初めまして。サイバー防衛隊、隊長の飛田晃《ひだあきら》です」

立ち上がって、こちらに軽く手を振りながら、飛田はマスクから覗《のぞ》く目で微笑んだ。隊長は一佐のはずだが、私服姿で、おまけにランニングにでも出かけていたかのような、身体にぴったりした半袖Tシャツと、下は短パンだ。身長二メートルはあるだろうか。見上げるほど背が高いので、しのぶでも圧倒される。

「こんなかっこうですみません。もう何日もこの部屋にこもっていましまして」

「戦時体制みたいですね」

何も考えず、うっかり口を滑らせたしのぶに、飛田は目を瞠《みは》り、にやっと笑った。

「制服はきれいなまま温存したいですからね。それに、カジュアルな服装のほうが、仕事に集中できますから」

皺ひとつない航空自衛隊の制服は、背後のパーティションにハンガーで引っ掛けられている。肩章を見ると、予想通りの一等空佐だ。

「それで、私たちが呼ばれたのは、どういう——」

言いかけて、食欲をそそる強烈な香りが室内に立ち込めたことに気づき、振り返ると、自由すぎるスモモが挨拶もそこそこに、そそくさと椅子のひとつに腰を下ろし、さっそく牛丼の容器を開いて箸《はし》を割ろうとしているところだった。マスクなど、いつの間にか外してしまっている。

「ちょ、ちょっとスモモ——」

「ああ、かまいません。お食事がまだだったそうですね。急にお呼び立てして、すみませんでした。出原さんも、よろしければどうぞ召し上がってください。お茶はペットボトルしかないんですが、いいですか」

飛田が部屋の隅に行き、クーラーボックスからお茶のペットボトルを出して、こちらに持ってきてくれた。

「どうぞ。急造したシールドに穴を開けたくないので、コンセントも使えないんですよ。おかげで冷蔵庫もなくて」

しのぶにも、ようやくこの部屋の異様さの理由と、ここにいることの重大さが呑《の》み込めてきた。

　ここは、完璧に電磁波を遮断した指揮所だ。

「地下ですし、もともと電磁波は届きにくいでしょう」

「ええ。ですが、百パーセント遮断できているという確信が必要で。ここは今のところ急ごしらえで使い勝手が良くないですが、いま別のフロアに、電磁波シールドの行き届いた部屋を用意しようとしています」

「いったい、何が起きているんですか」

　しのぶは、勧められるまま椅子に腰を下ろし、自分も牛丼の容器を開いた。正直に言えば、食欲よりも飛田の話に興味があったが、さっさと食事を片づけてしまいたかった。

　室内には、飛田一佐と明神としのぶたちのほかに、ふたりの男女がいる。彼らも私服で、所属を明らかにしてはいないが、ぴんと伸びた背筋を見れば、自衛官だとひと目でわかる。広い部屋なので、距離を空けて座っている。

「僕から説明しますね」

　明神がホワイトボードを引っ張ってきて、その前に立った。スーツなんか着ているのは、この部屋でしのぶと彼だけだ。

「今年に入ってすぐ、防衛産業と位置づけられる国内の企業が複数、相次いでハッキングの被害に遭《あ》いました」

「ニュースにもなっていた事件ね」

「はい。また、あまり報道されませんでしたが、海外ではそれ以外にも、新型ウイルスのワクチンに関する情報や、新薬の情報が狙《ねら》われていました。中国からのハッキングの痕跡《こんせき》があり、今も米国との間で非難の応酬が続いています」

「それで——」

「ハッキング被害はほかにもたくさん出ています。新型ウイルス騒動で世界中が混乱するなか、各国で政府機関や軍隊、主力企業の情報が盗まれています」

しのぶは目を怒らせた。

いま世界中で起きている新型ウイルス騒動は、未曾有《みぞう》の「人類の危機」だ。ひとつ間違えれば、人類の何割かにも及ぶ多くの命が失われるかもしれない。そればかりか、まず間違いなく経済状況が悪化し、リーマン・ショック以来の、いや、世界恐慌以来の事態を招く恐れすらあるのだ。

——誰だか知らないけど、のんきにハッキングなんかやってる場合なの？

今はそんな時ではない。全人類が、力を合わせて未知のウイルスに対峙《たいじ》し、打ち勝たねばならないのだ。

だが、実際にはそうはなっていない。

新型ウイルスの出現について、中国からの報告が遅れたために、各国の対策が間に合わなかったのはたしかだが、新型ウイルスは中国の研究所から漏れ出た生物兵器だというデマが流れたり、それを信じた米国の大統領が、正面切って中国を非難したりもしている。協力どころか、この非常事態は相手のせいだと、互いに責任のなすりつけあいをしているのだ。

あるいは、「そんな時」だからこそ、なのかもしれない。うまく立ち回れば、ウイルス騒動の後、世界をリードすることができる。世界に先駆けてワクチンや薬を開発すれば、自国の経済に貢献するのは当然のこと、外交の取引材料にも使えるのだ。

そればかりか、各国がウイルス騒動に全神経を集中しているのを良いことに、軍事的な挑発行動をとる国すらある。

――まったく、どうして人間って、ここまで愚かになれるのよ。

「待ってください、しのぶさん。お怒りはごもっともです。ですが、話には続きがあるんです」

明神が、両手を前に突き出して、しのぶをなだめようとしている。飛田一佐は、その様子をどこか面白そうに見つめている。

「何よ、私は何も言ってないけど」

「顔を見たらわかりますよ、しのぶさんが怒っていることくらいは！　たしかに当初は、中国からのハッキングと考えられていましたが、少なくとも一部は、中国とは無関係なハッカーだとわかりました。僕たちサイバーコマンドーが、地道に調査を続けていたんですが、中国を経由することで、罪を被せようとしていたんです。中国はむしろ被害者ってことですね」

「で、どこからだったの」

明神が、なんとも言えない妙な表情を浮かべた。困っているようだった。

「ええ──実は、わが国なんです」

「ハイ?」

「信じられないのもごもっともですが──ハッキングの一部は、間違いなく日本の、それも東京から発信されていたんです」

2

「──やるじゃない、そいつ」

つい本音が漏れて、しのぶは慌てて口を押さえた。飛田は今も面白そうな表情を崩していないが、さすがに他のメンバーが、居心地悪そうに身じろぎしている。

──日本にも、そんなことする、気概のあるハッカーが(私たち以外にも)いたんだ。

正直、意外な気がする。日本には、その手の技術者が少ないと言われ続けてきたのだ。

「それで、正体はもう突き止めたの」

「いいえ。何重にもプロキシをかまして発信元を隠し、おまけに東京二十三区の各地にある大学のフリーＷｉ－Ｆｉを、転々と移動して使ってます。その大学周辺にいたことは間違いないんですけどね」

「国内の大学に通う学生？」

「とは限りませんけどね。そのときにその場所にいただけで、日本人とも限りませんし」

しのぶは、スモモに視線を送った。とっくの昔に牛丼をたいらげ、容器をポリ袋におさめて「ごちそうさま」と手を合わせた後、さっそくノートパソコンを立ち上げようとして──受付で預けたことを思い出したらしい。

とたんに不機嫌な半眼になり、明神を睨んでいる。いつまでもスモモとパソコンを引き離しておくわけにはいかなかった。もうじき、ものも言わずに立ち上がって帰ろうとするに決まっている。スモモの優先順位は、食欲が一番めで、二番めはパソコンだ。

しのぶは明神に向き直った。

「それで、私たちに何をさせたいの？」

明神が、一瞬ひるんだ。

「すみません、しのぶさん。もう少しだけ話を聞いてもらえませんか。スモモさんもお願いします。早く調査にとりかかりたいのはわかりますけど」

彼も、スモモの不機嫌には気づいているらしい。

「この部屋を見てください」

明神が、両手を広げて指揮所の内部を示したので、しのぶはつられて周囲を見回した。

電磁波シールドの箱に入ったような、妙な気分がする。

「——今わが国で、この部屋だけは、盗聴の心配がいっさいありません」

しのぶたちも通信機器を持たずに入室したが、他のメンバーもいっさい、スマホやパソコンの類《たぐい》を持ち込んでいない。明神までホワイトボードを使おうというくらいだ。

「何があったの」

「先日、防衛省の中央OAネットワークに、侵入されたんです」

おやまあ、としのぶは声を上げかけて、口をつぐんだ。明神の表情から見て、事態は深刻そうだった。

「侵入者は、なりすまし《スプーファー》でした。あ、僕らが、そのハッカーにスプーファーという暗号名をつけたという意味です」

「中国人ハッカーになりすましているから？　内部システムに侵入されただけで、ここまで過敏に反応したわけじゃないでしょう」

「調べてみると、スプーファーの侵入は初めてではなく、今年の初めから何回か痕跡がありました。防衛省だけではなく、中央省庁のほとんどが被害にあっていました。しかも、パソコンのマイクやカメラを使って、省内の様子を盗聴、盗撮されていたことがわかりました」

「──嘘《うそ》。冗談でしょう？」

「だったらよかったんですが」

明神が情けない表情で肩を落とした。

「さらに怖いことに、スプーファーは世界中のスマホやパソコンに盗聴アプリをばらまいています。三種類までは見つけて、アプリを削除させたり、ウイルスチェックで引っかかるようにしたりと、手は打ちましたが、他に何種あるかもわかりません」

「無差別に盗聴アプリを撒《ま》いてるの？　それって何の意味があるの？　世界中の会話を盗聴してどうするのよ、めちゃめちゃ非効率じゃない？」

「アプリのひとつは、昨年、日本企業のオフィスワーカーの間で異様に流行《はや》った、『ねこフレ』ですよ」

「何それ」

「知らないんですか？　スマホの中で、アニメーションのネコが、すやすや寝たり、エサを欲しがったり、ネズミを捕ったりするんです。それだけなんですけど、見てると可愛いくて気持ちが和むので、職場でアプリを立ち上げたままにする人がたくさんいたんです」

──呆《あき》れた。

それで盗聴されたなんて、馬鹿馬鹿しいにもほどがある。

「たしかに、欲しい情報にたどりつけるかどうかという意味では、恐ろしく非効率的なんですけど。スプーファーは、情報の洪水のなかから、必要な情報を抽出することができるのかもしれません」

「それには、ＦＢＩやＣＩＡ並みの機材や設備が必要じゃない？」

明神がうなずいた。

「スタックスネットを思い出しますね。あれだって、イスラエルがイランの原子力発電所を攻撃するために、世界中にウイルスをばらまいたんですからね」

たしかにそうだ。世界中が大騒ぎになったが、まさかそのウイルスが、特定の核施設を標的にして作られたものとは当初は誰も気づかなかった。

「それだけじゃないんです。パソコンから発信される微弱な電磁波を、高感度なアンテナで拾って増幅し、機密を盗んだとしか思えない事例も発生しています」

「だから電磁波シールドなのね」

シールドがすべての電磁波を遮断するので、いっさいの盗聴を防ぐことができるのだ。少しやりすぎではないかと思っていたが、そういう事情があったのなら、この過剰反応も当然かもしれない。

「いま明神君が上げた事例、ぜんぶ同じ犯人だという確証はあるの？」

「あります。〈署名〉を見つけました」

自己顕示欲の強いハッカーの中には、ウイルスに製作者の〈署名〉を残すものがいる。街角にスプレーで描いたグラフィティにも、サインを残すやつがいるのと同じだ。

明神は、スプーファーが起こしたと認められる事件をリストにしていた。

「ひとりの人間にしては件数が多すぎるみたいだけど、スプーファーって組織か団体か何かなの？」

「まだわからないんです。単独犯かもしれませんし、複数犯かもしれません」

単独犯なら、よほどの才能の持ち主か、何年もかけて準備していたかだ。

「――なるほどね」

しのぶは座ったまま腕組みした。

明神が作成した事件のリストを見ると、被害者の多彩さに驚かされる。海外も含めれば、病院、製薬会社、研究施設、大学、政府機関、医療や防衛に関わる企業など、百か所以上もの機関が被害を受けているのだ。

――こんなことができるのは、ただの個人ではない。

今は昔日《せきじつ》の面影すらないが、勢いがあった時のアノニマスなら、できたかもしれない。だが、ふつうに考えるなら、これはどこかの情報機関の仕事だろう。どこかの国家が、国益のために他国の情報を盗んでいるのだ。

食べようと蓋《ふた》を開いた牛丼が、ほとんど手をつけられないまま、冷え切ってしまったことに気がついた。話に夢中で、すっかり食欲をなくしていた。

「しのぶさんたちに来てもらった理由は、他にもあります」

明神が、被害企業のリストから、あるページを選び、こちらに見せた。

「この企業ラインナップ、見てください」

リストに視線を落としただけで、言いたいことはわかった。というより、先ほどリストを一瞥《いちべつ》して、同じ懸念を抱いていた。

「これって、下手すればインフラ関係が全滅ってことね」

「そうです。電気、水道、ガス、公共交通機関、通信、あらゆるインフラが狙われているのがわかりますよね」

「これは日本だけ？　それとも各国のインフラがみんな狙われているの？」

「米国と情報交換したところ、向こうも同様の企業が狙われていることがわかりました。つまり、スプーファーのメッセージは明白だと思いませんか。世界を崩壊させる用意をしいいいいいいているんですよ」

「それ、いくら何でもおおげさじゃない？　単に、世界の主要企業から情報を盗もうとすれば、インフラ関係がすっぽり入ってしまっただけってことはない？」

「そういうことならいいんですけど」

　しのぶは憂い顔の明神を見つめた。神社のひとり息子で、本来なら神主になって父親の跡を継ぐはずだったが、本人はコンピュータのセキュリティが大好きでこの仕事に就《つ》いたのだ。

　しのぶがまだ同僚だったころから、まじめで熱心だが、少々まじめすぎるところのある後輩だった。だからこの件も、明神の考えすぎという可能性は、ゼロではない。

「なるほどね。またしても世界滅亡の危機が発生したと考えているわけね。だけど、あなたたちが私たちに声をかけた理由が、本気でわからない。これってまさに、サイバーコマンドー本来の、国家対国家の情報戦じゃない？　待ちに待った、あなたたちの出番でしょ、これ」

「それは――」

　明神が答える前に、飛田一佐が小さくうなずいて明神を座らせた。切れ長の目が、強い光を放つ男だ。

「それについては、私からご説明いたしましょう。おふたりに連絡したのは、私の発案なんです」

「隊長が？」

「我々の動きはすでに、スプーファーに監視されていると見たほうがいい」

　なるほど、国内でももっともライバル視されそうな組織のひとつではある。

「もちろん、我々サイバー防衛隊も、スプーファー対策に乗り出しますが、万が一に備えて、別動隊をつくりたいのです」

「それが私たち?」

「ええ。過去の事件の詳細については、明神から聞いています。国家的危機が迫った時、あなたがたがわが身を顧みずどれだけ果断に行動されたか、知っていますから」

「好きでやったわけじゃないんですけど」

「もちろん、それもわかっています。誰かがやらねばなりませんでした。あなたがたは、危うく犯罪者の烙印《らくいん》を押されるところでしたが、恐れず自分の判断で正しく行動した。そして、世界を救ったのです」

しのぶは目を細めた。

——ずいぶんな絶賛じゃないの。

だが、誉められて舞い上がるほど、単純な人間でもない。

「言っておきますけど、飛田さん。私たち、サイバーコマンドーに都合よく使われる駒《こま》になる気はありません」

隊長と呼ばずに飛田さんと呼んだのは、自分が部外者であることを、はっきりさせたかったからだ。

昔は知らず、今の自分たちは、市井に生きる民間の「ＩＴ探偵」なのだ。世界を救うために、命を懸けるつもりはない。

――そんなの、そっちの仕事でしょ。

「もちろん、そんなつもりはありません」

飛田が微笑する。

「今後、私たちは、お互いに連絡を取り合うことができなくなる恐れがあります。そうなった時に、自ら適切に判断し動けること。それが、別動隊の条件なんです。あなたがたは、既に一度、その資格を満たすことを証明しています。もちろん、能力も申し分ない」

爽《さわ》やかなスポーツマン風の風貌《ふうぼう》だが、飛田は交渉上手だった。

――断る理由が見当たらない。

だが、このまま唯々諾々《いいだくだく》と言いなりに動くのも、少々癪《しゃく》だ。

「わかりました。そういうことでしたら、お引き受けするのにやぶさかではありません。ただ、私どもは、まだそちらと顧問契約を結ぶことができていませんので――」

「それについては」

飛田が手を振ると、明神がさっと立ち上がり、封筒をこちらに運んできた。

「これは――?」

「年間コンサル業務の随意契約は、手続きの途中です。こちらは、今回の単発サポート契約という形での、少額随意契約書になります。後ほどでけっこうですから、内容をご確認のうえ、問題なければ捺印《なついん》をいただけますか」

国の場合、百六十万円までなら、事務手続きを簡素化するために、入札手続きを省略した随意契約を結ぶことができるのだ。

書類を取り出し、中身をざっと見て、しのぶは頷いた。

「わかりました。ここまで準備してくださったのなら、嫌とは言えませんね」

「被害企業のリストなど、詳細な資料も紙とデータの両方で準備してあります。明神君から受け取ってください」

何から何まで行き届いた対応だ。この飛田という隊長、なんと気の利《き》いた男だろう。だが、どんどん外堀を埋められ、追い込まれているような気がするのはなぜだ。

「それで、別動隊の私たちは、どこで仕事をすればいいんですか？」

「基本的に、どこでも大丈夫です。そちらの事務所でも問題ありません。今回は盗聴防止のためしかたがありませんでしたが、ここに来ていただくことで、逆にスプーファーに気づかれる恐れがありますからね」

「わかりました」

事務所兼自宅で仕事ができるなら、願ったりかなったりだ。機材が揃《そろ》っているし、だいたいウイルス騒ぎが起きているこんな時期に、あまり外出したくない。

「今のサイバー防衛隊のメンバーを一部、ご紹介させてください。出原さんが在籍されていた時とは、明神君以外の顔ぶれが、すっかり変わりましたから」

まだ紹介を受けていなかった、ふたりの隊員が立ち上がった。

「高梨 亮《たかなしりよう》です。海上自衛隊からの参加です」

高梨は、髪を刈り上げた、肩幅の広い男性だった。階級も役割も言わなかったが、そうするよう飛田が指示していたのかもしれない。

「横井《よこい》すずみです。陸上自衛隊からです」

横井は、はにかんだ笑顔で頭を下げる。髪を首の後ろでひとつに束ね、メガネをかけている。ふたりとも、よく外を走るからだろう。小麦色に日焼けしている。高梨は三十歳前後、横井は二十代前半だろうか。

「明神君の手が離せないときは、彼らが出原さんたちとの連絡役になります」

飛田の言葉に、しのぶはふたりに「よろしく」と頭を下げた。

「少なくとも二日に一度、お互いの調査状況を、メディアに保存して交換し、伝え合うようにしましょう。電話やメールを使った情報交換では、重要なことは話せません。少なくとも今の段階ではね。スプーファーが、どんな手を使って盗聴しているか、わかりませんから」

「メディアはどうやって交換するの？　まさか郵便じゃないですよね」

「信用のおけるバイク便を手配します。私たちから出たとはわからないようにしますし、そちらからの宛先も、防衛省ではなく、この店にしてください」

　飛田が差し出したショップカードには、「カフェ　ロダン」とあった。

「喫茶店ですか」

「防衛省の近くなんです。このウイルス騒動のなかでも、日中は営業しているので。誰かに、コーヒーを買いにいくふりをして、時々様子を見に行かせますよ」

「なんだかスパイ――みたいですね」

　スパイごっこと言いかけて、急いで取り繕《つくろ》った。

「緊急事態が起きて、どうしてもそちらと連絡を取らねばならない時は、どうすればいいですか？」

　バイク便では、時間がかかりすぎる。

　明神と飛田が顔を見合わせた。

「今はまだ、方針が固まっていません。ですが、近日中に、盗聴の心配のない安全な端末を、そちらに二台お届けするようにします」

「それなら安心ね」

「防衛省の中にも、盗聴される恐れのない、完全にシールドされた場所をいくつか作りますし、安全な回線と端末も設置します。そうすれば、通信もできるようになります。それまでの辛抱です」

ればただでさえ、ウイルス騒動で世情が不安定なのに、もしインフラが使えなくなったりすれば、社会の混乱は予想もつかない。

「しのぶさん。こんなことに巻き込んでしまって申し訳ありません。だけど、他に頼れる人は、いくら考えてもいなかったんです」

明神の申し訳なさそうな態度は、演技ではなさそうだ。しのぶが黙っていると、飛田が指揮所から一階まで送ると言った。スモモは不機嫌な人形のように、黙ってついてくる。

「出原さんの言った通りです。本来なら、この件は、私たちが処理すべき案件です。おふたりを巻き込んでしまうこと、本当に申し訳なく思っています。ですから」

会議室を出る前に、飛田はしのぶとスモモをじっと見つめた。

「おふたりの安全のためにも、お願いします。今この瞬間から、この部屋を出た後は、どんな通信をする際にも、スプーファーの盗聴を意識してください。ウイルス対策だけじゃない。私たちは、スプーファー対策でも、新しい生活様式に入らねばならないんです」

しのぶは思わず、飛田を見上げた。

それはつまり、どこにいても、何をしていても、盗聴されている可能性を常に考えなければいけないということだ。世界中がウイルスと戦っている、こんな時に。

エレベーターに乗り、一階のエントランスまで出た。

受付に預けたボストンバッグなどを返してもらい、飛田や明神らに見送られ、陽光に満ちた防衛省のテラスに出る。

　スモモもしのぶも、顔にはしっかりマスクをつけている。見知らぬ人とは、ただすれ違う時ですら、なるべく距離を空ける癖がついてきた。

　――なんだか、異世界に来ちゃったみたい。

　この三月ごろから始まった世の中の変化は、いまだに現実感が乏しい。太陽の光だけがまぶしくて、しのぶは目を細め、駐車してあるアクアに向かった。

　当たり前のように運転席に乗り込むスモモの横顔を、しのぶはふと、見つめた。

　横から見ると、なんだか子どものように素直な目鼻立ちをしている。すんなりと細くて、高すぎず低すぎずの鼻。自由に興味のおもむく先を見つめる大きな目。他人の目など意識せず、感情をストレートに表現する唇。

　ウイルス騒動だろうが、正体不明のハッカーによる盗聴事件だろうが、スモモが隣にいてくれさえすれば、何も怖くはない。

　しのぶは微笑み、助手席に乗り込んだ。

3

「どうしてこんなところにいるの！」

表参道のマンションに帰りつき、途中で買った大量の食品を抱えて階段を上がったとたん、事務所の前で床に座り込んで待っているほっそりした青年に気づき、しのぶは思わず叫んだ。

――笹塚透だ。

事務所のアルバイト青年は、情けない表情で床からこちらを見上げた。

「しのぶさん、すみません。しばらく、ここに置いてもらえませんか」

「あんた何言ってんのよ。ご両親が心配するでしょう。こんな大変な時に！」

ウイルスの感染拡大が報じられたころ、透の両親はひとり息子が感染しないかと心配して、しのぶに電話をかけてきたのだ。この騒ぎが落ち着くまで、アルバイトを休ませてほしいと言われて、しのぶも異存はなかった。心配して当然だ。

「家にいると、大学入試や進路の話ばかりになって、息が詰まりそうなんです」

しのぶが、叱《しか》りつけようとした言葉を呑み込んだ隙に、スモモが珍しく自分の鍵で事務所の扉を開けた。そのまま、すたすたと中に入っていく。

彼女の言いたいことはわかっている。黙って入れてやれと言っているのだ。スモモは、両親が行方不明になる前から不登校で、引きこもりがちだった。普通に学校に通い、外に出るだけが人生ではないと、身をもって知っているだろう。

「――しかたないわね。とりあえず入りなさい。話を聞くから」

「ありがとうございます！」

透の幼い顔が輝く。本来ならそろそろ高校三年生だが、健康的な食事のおかげか、ストレスが少ないせいかニキビはなく、一般的な高校生男子らしい男くささもない。

「買い物、行ってたんですね」

しのぶが抱えた大きな袋を見ると、すばやく代わりに持ってくれた。こういうスマートな行動が、押しつけがましくなく自然にできる青年なのだ。

先に中に入ったスモモは、買い物をキッチンに投げ出したまま、さっさと自分の部屋に引っ込んでしまった。厄介事《やっかいごと》はこちらに任せるという意味らしい。

――透を入れてやれと言ったのは、スモモのくせに。

「あのね、透。私とスモモは、ずっと一緒にいる家族みたいなものだから今さらだけど、あんたはここに来るだけで、ウイルスに感染する可能性もあるのよ。逆に、あんたがここにウイルスを持ち込む可能性だってあるんだからね」

手を洗い、食材をさっそく冷蔵庫や棚に収納している透に、厳しめの口調で告げた。甘やかすつもりはない。いろんなリスクがあることを理解させたうえで、どうするか選ばせなくては。

「――すみません。わかってはいるんですけど、我慢できなくて」

冷蔵庫の前でしゅんとしている。

「ここに来て、どうするつもりだったわけ」

「今まで通り、ここでアルバイトをさせてもらえませんか。自宅と往復すると、ウイルスを持ち込む危険が高くなると思うので、できればしばらくここに泊めていただけないでしょうか――もちろん、台所の床で寝かせてもらえればいいんです！　アルバイト料と宿泊料を相殺《そうさい》って感じで」

「――何言ってんのよ、あんた」

必死の形相《ぎょうそう》を見ていると、むしろ苦笑がこみ上げてきた。ふつうなら、こう言えば事務所のソファで寝かせてもらえると期待しているのだろうなどと疑うところだが、透に限ってはそうは思わない。この子は本気で台所で寝るつもりなのだ。

「そんなところで寝られたら、私たちが夜中に酒のつまみも作れないじゃないの」

「そんなの、僕がつくりますから」

――あ、それいいかも。

一瞬、気持ちが前のめりに傾いたのを悟られないよう、咳払《せきばら》いした。

「だけどね。あんたはまだ子どもだけど、いちおう男の子なの。女ばかりの事務所に、あんたを泊めるわけには――」

「だって去年、小寺さんはしばらくここに泊まってましたよね」

思わず、返す言葉に詰まる。透のやつ、そんなことは、しっかり覚えているのか。

「バルミ」のマスター、デラさんは、たしかに何度かここに泊まり込んでいる。しのぶたちの用心棒として寝泊まりしたこともあるし、彼自身がマスコミに追われた時に、逃げ込んできたこともある。

デラさんが泊まった時は、しのぶは自室の鍵を「かけ忘れた」のだが、それは秘密だ。残念ながら何も起きなかったのだが、それも秘密だ。

しのぶは、つんと顎《あご》を上げた。

「ナマイキ言うんじゃないわよ。デラさんは立派な大人でしょ。あんたなんか、スモモの生足を見ただけで鼻血を出すようなお子ちゃまじゃないのさ！」

「そうですけど、僕みたいなお子ちゃまが泊まってるくらいで、しのぶさんたちはびくともしないですよね」

――ああ言えば、こう言う。

しのぶは憮然《ぶぜん》として目を細めた。

透のやつ、だんだんしのぶたちの扱いを心得てきたようだ。

「――いいわ」

「えっ」

「ここに泊めてあげてもいい。あんた自身が、ご両親を電話で説得できたらだけどね」

背後から刃物で刺されたような顔になったが、当然の条件だ。アルバイトと言っても、しのぶは透を、両親から預かっているつもりでいた。両親にしてみれば、大事なひとり息子なのだから。

　そもそも、高校生のくせに不良中学生にいじめられ、人間狩りの対象にされていた、頼りないところのある子どもだ。学校を退学になり、大学進学のために高等学校卒業程度認定試験を受ける勉強をするかたわら、この事務所で仕事を始めた時には、親だってどれだけ心配しただろうか。

　しのぶが透の母親なら、どこの馬の骨とも知れない女ふたりが経営する探偵事務所に、大事な息子を預けるなんて、とんでもない話だと思う。

「ほら、電話」

　しのぶは、固定電話の受話器を透に渡した。

「ご両親がいいと言ったら、私に電話を回して。ちゃんと挨拶しておきたいから」

　説得したふりなどされてはたまらない。

　ふう、とため息をついて覚悟を決めたらしい透が、番号をプッシュする。

「――母さん？　僕だよ」

　黙って家を飛び出してきたらしく、母親の矢継ぎ早の非難が電話越しに漏れ聞こえる。

　しのぶは、透の表情を見守った。

「何も説明せずに飛び出してごめん。それに、母さんたちの期待に応えられなくてごめん。だけど、僕にはやりたいことがある。それは、母さんたちが僕に望んでいることとは違うかもしれないけど、僕は自分の足で歩きたいし、歩かなきゃいけないと思うんだ」

透の両親など、しのぶから見れば上出来の部類だ。息子を私学に通わせるだけの経済的な余裕があり、退学になった息子を精神的にも金銭的にもサポートしながら、将来すこしでも生きやすいように、進路の幅を広げようとしてくれている。

育児放棄する親もいれば、退学になった時点で失望して見放す親もいるだろうし、なんとか元の道に戻そうと焦るあまりに、子どもを追い詰める親だっているだろう。透の両親は、そのどれでもなく、不安な自分をぐっと抑えて、穏やかに息子を見守っている。

透はいろんな意味で恵まれているのだ。せめて大学には行ってほしいとか、今から調理の道だけに絞らないほうがいいとか、つい口を挟んでしまう程度のこと、誰が責められるだろう。

「少し頭を冷やしたいんだ。だから、しばらく出原さんたちの事務所に泊まらせてもらって、ここで仕事しながら考える」

しばらく話して、うん、と頷いた透が、受話器を握った手をこちらに伸ばした。

「すみません、しのぶさん。母と話していただけませんか」

——何と言おうか。

透の手前、すべてを掌握《しょうあく》した大人の余裕で受話器を受け取ったものの、しのぶは迷い続けていた。

責任を持って息子さんをお預かりしますからとでも？　自分たちの未来すら、見通せない零細《れいさい》事務所の探偵だというのに？　スモモは中学から不登校だが、しのぶ自身は米国の大学にまで留学したというのに、透が大学に進学しないという決断をした時、それを無条件に受け入れるのは無責任じゃないの？

「あの――出原です」

『このたびは、息子がまたご迷惑をおかけして、申し訳ありません』

沈んだ声だったが、透の母親の様子は落ち着いている。

『世間がこんな大変な状況だというのに、あの子はまだまだ、子どもなんでしょうね。視野が狭くて、自分のことしか考えられないようです』

「――笹塚さん」

同意も反論も必要ない気がした。透の母親は、独りごとを呟《つぶや》いているのだ。

『こんな時期に、本当に申し訳ありません。息子はそちらの事務所でしばらくご厄介になるつもりのようですが、そこまで甘えてしまってよろしいんでしょうか？』

――よろしくないです、とはっきり言える自分なら良かったのだが。

「ここに住みたければ、ご両親の許可を得るようにと言ったんです。今はウイルスのこともありますし、離れて暮らすだけでもご心配ですよね。お察しします。ただ、透君はまだ若いので、無理にご自宅に帰らせて、変に思い詰めてもと思いまして」

『出原さん。昨年、あの子が学校を辞めたあと、息子に居場所を与えてくださったことも含めて、心から感謝しています。おふたりは、きっと息子のロールモデルなんですね』

「まさか。私たち、そんな立派な人間じゃありませんし、自分たちが生きてくだけで精一杯です」

謙遜《けんそん》しているわけではない。単に、透に対する責任を負いたくないのだ。親でもないのに、十七歳や十八歳の青年の人生に責任を持つなんて、かんたんなことじゃない。

「透君は、やりたい仕事に出会うのが、他の人より早かったんですね。そのうち気が変わって別の仕事をしたくなるかもしれませんし、その時には選択肢が多ければ多いほどいい。それが冷静な大人の考えです。だけど、自分の十代を思い返すと、そんな大局的な判断はとてもできませんでした。透君も、今はとにかく、興味のあることに没入したいんだと思います。私がこんなことを言うのも、無神経だと思われるかもしれませんが、若い時の集中力と、人生の長さを考えれば、それも悪くはないのかもしれません」

『私たちも、息子のやりたいことを止めるつもりはないんです。でも、息子はやっぱりまだ子どもですから』

透の母が、ため息をついた。

——どうして私が、透のために言い訳してるのよ！

だんだん腹が立ってきた。だが、電話を回せと言ったのは自分だ。

『あの子は一度言いだしたら、聞かない子です。まったく、誰に似たのかわかりませんけど。今回もきっと、家に戻れと言っても聞かないでしょう。本当に、ご迷惑ばかりおかけして申し訳なく思いますが、しばらく息子のこと、お願いしてもよろしいでしょうか』

「こんな状況ですが、私たち、意外とふだん通りに仕事をしていますから。責任を持ってお預かりしますと言えるほど、立派な事務所でもありませんが、透君の気持ちが落ち着くまで、ここで仕事をしながら、いつものように勉強してもらいましょう」

母親は、繰り返し感謝の言葉を述べていた。

受話器を置くと、透が拝むように両手を合わせ、頭を下げた。

「ありがとうございます！　ほんとに、恩に着ます！」

「言葉じゃ足りないわね」

腕組みして傲然《ごうぜん》と言った瞬間、ぐうう、としのぶのお腹が鳴った。

――しまった。

そう言えば、ランチの牛丼は、結局ほとんど口に入れることもできなかったのだ。

「あっ、お昼までですか？　すぐ何か作ります。お仕事しながら手軽に食べられるように、サンドイッチかパスタにします？　食べたいものがあれば言ってくださいね！」

急に表情を輝かせ、生き生きとして透がキッチンに飛び込んでいく。食べ物の話をしていると、スモモが部屋からのっそりと出てきて、ソファに座りこんだ。きっと、もう一回ランチを食べるつもりだ。

「さてと」

しのぶは、明神に渡された資料をデスクに載せた。

——仕事を請け負うのと同時に、透まで戻ってきたとはね。

当初の予定とは違うが、これでいつも通りの事務所の陣容で、スプーファーの件の調査にかかることになりそうだ。

「まずは、事務所の盗聴・盗撮防止対策を強化しないといけないか」

防衛省のように、スプーファーに目をつけられてはいないだろうから、電磁波シールドの設置はまだ必要ないだろう。

スモモとのメール連絡は、常に暗号化メールソフトを使っている。だいたいいつも一緒に行動するので、メールを使うことも数えるくらいしかない。

「透、スマホか何か持ってる?」

「はい、もちろん」

「貸して」

キッチンから顔を出して、キョトンとしていた透が、ポケットからスマホを出した。

「しばらく没収する」

「えええええ！」

悲鳴を上げた透は、しのぶが同じようにしのぶ自身のスマホとスモモのスマホを出し、三つとも電源を切って黒い電磁波シールドケースに収めて、鍵のかかる引き出しにしまうのを見て、目を丸くしている。

「一日に二回だけ、スマホのチェックを許可する」

万が一、誰かから連絡が入ることがあっても、留守番電話に入るだろう。

パソコンの台数は多いが、とりあえずネットに接続する必要のあるものだけ、対策を講じればいいだろう。カメラはもともとスライド式の蓋をとりつけてある。音は――。

ふいに、スモモがＩＣプレーヤーを出し、自分のパソコンのマイク部分に近づけて、大音量でハードロックを流し始めた。

「スモモ！　もうちょっと音量下げて！」

――だが、たしかに効果的ではある。

スモモはぺろりと赤い舌を出すと、無視して仕事を始めた。

しかたがない。しのぶは耳栓をして、自分もパソコンのそばにＩＣプレーヤーを置いた。流すのは和太鼓の合奏だ。万が一、このパソコンにすでにスプーファーの盗聴アプリが仕込まれていたとしても、聞こえてくるのは激しい太鼓の音だけだろう。

「――しのぶさんたち、いったい何をやってるんです――？　ひょっとして、いま何かただならぬ案件を手掛けてます——？」

しのぶは黙っていた。呆然と見ていた透が、やがて諦《あきら》めたのかキッチンに戻った。

玄関の扉をどんどん叩《たた》く音に気づいたのは、透だった。

「外に誰か来てませんか？」

透がつくってくれたBLTサンドを食べながら、明神がよこしたデータを調査し始めていたしのぶは、顔を上げた。

「誰が来るの？　こんな時に」

ウイルス騒動が本格的になってから、事務所まで訪ねてきた顧客はひとりもいない。みんな、メールか電話だ。

「しのぶ！　いるんだろ！」

ICレコーダーの音量を下げると、廊下の呼び声が聞こえた。

「——デラさん？」

驚いて、玄関に急いだ。事務所でもあるので、ふだんは営業時間中だけ玄関の鍵を開けるようにしていたのだが、ウイルス騒動以来、不用心な気がして鍵をかけたままだ。

「どうしたの？」

廊下に、半袖シャツとジーンズ姿のデラさんが立っていた。

──ふうん、マスク姿も悪くないんだ。

考えてみれば、しばらく会っていなかったのだ。時おり、電話でお互いの近況を報告しあっていたが、顔を見るのは久しぶりだった。

会えると思っていなかったが、直接顔を見るのがこんなに嬉《うれ》しいとは思わなかった。

「インターフォン、故障してないか？　何度も電話したんだが、出てくれないから来たんだ。すまない、こんな時に」

デラさんは、憔悴《しょうすい》した表情で謝った。

「あっ、ごめんね。ちょっと事情があって、スマホを遠ざけていたんだけど──固定電話にかければ出たのに」

「そうか──しのぶとスモモのスマホには何度かかけたんだが、誰も出ないので心配になってな。どうせ近くだから、歩けばすぐだと思って」

こんな騒ぎの最中だし、心配して来てくれたというわけか。そう言われると、悪い気はしない。デラさん相手に、ウイルス感染がどうこうという心配もしなかった。もともと、家族も同然の仲だ。

「良かったら上がって。透も来てるから、お茶でも入れてもらう」

「いや──和音《かずね》はこっちに来てるか？」

「和音ちゃん？　いいえ、来てないけど」

こんな表情で、デラさんの口から和音の名前が出ると、こちらまで不安になる。

デラさんは元刑事だ。去年の暮、誘拐されて七年も経っていた、ひとり娘の和音が戻ってきた。誘拐された時は八歳の子どもだったが、今は十五歳。思春期のまっただなかで、ただでさえ難しい時期だ。親戚のおばさんだと思っていた優しい女性は誘拐犯で、死んだと思っていた両親は生きていて、おまけに離婚して母親は別の男と再婚していた。

ようやく実の父親のもとに戻ったと思えば、いきなりこのウイルス騒ぎだ。

「今朝まで家にいたんだが、ちょっと目を離した隙に、消えたんだ」

――そっちも家出か。

しのぶはつい、振り返って透を睨んだ。気配を察したらしく、透が首を縮めている。

まったく、今どきの十代ときたら。

「『バルミ』にはいなかったの？　和音ちゃんが行くとすれば、まずそっちじゃない？」

「先に見てきたが、考えてみれば、あいつには鍵を渡してないんだ。他に知っている場所もないし――」

気の毒なことに、和音は誘拐されていた間、軟禁状態で、友達をつくることもできなかったのだ。知人もなければ、東京に馴染《なじ》みのある場所もない。

「――友里《ゆり》さんには聞いてみた？」

デラさんの元奥さんの名前を出してみると、かすかに苦い表情が彼の顔をよぎった。

「——一応な。だが、来てないそうだ。そもそも、和音は友里の家に行ったことがないから、場所を知らないだろうし」

「住所、教えてないの？」

「再婚して子どももいるからな。和音が行けば、ショックを受けるかもしれないと、電話番号しか教えてないらしい」

「——そんな」

誘拐犯から取り戻したばかりの実の娘に、自宅の住所を教えてないのか。

しのぶは爪《つめ》を噛《か》みかけて、耐えた。中学時代の癖を、あやうく復活させるところだ。ティーンエージャーの頃、苛《いら》つくとつい、指の爪を噛んで、ボロボロにしてしまった。あの頃は、自分の周囲がみんなとろくさく見えたのだ。何を言っても理解してくれない。逆にまるでこちらが悪者みたいに、妙な目つきで見られる。

米国に留学したあたりから、派手なマニキュアを塗るようになったので、爪を噛む癖を抑え込むことができた。パソコンのキーボードをたたくので、爪を伸ばすのはご法度だが、ネイルは問題ない。

「和音はまだ、東京の地理どころか、表参道周辺の地理も頭に入ってないからな。友里は、和音が自分のところに来ようとして、迷子になったりするのも恐れてるんだ。だから、住所を教えてないんだよ」

——ふうん、そんなに一生懸命、別れた奥さんの弁護をするわけね。

しかも、相手はとっくに再婚していて、デラさんはいまだ独身だというのに。

「買い物に行ったとか」

「スーパーやコンビニなら今も開いてるが、あいつが好きそうな雑貨の店なんかは休んでるしな。だいいち、金を持ってない」

「お小遣い渡してないの？」

「向こうではお金には一切触らせてもらえなかったらしい。少し渡して、自分で金を使う練習をさせようとしたんだが、怖いと言って、いまだに俺と一緒でないと買い物しないんだ」

唖然《あぜん》とするような報告だった。

「だけど——そういう子が、急に家を飛び出したりする？」

デラさんの表情が暗くなる。何かあったのだと、誰にでもわかるような顔だった。

「——昨日なにかあったわけ？」

深いため息をついている。

「このウイルス騒動が落ち着いたら、学校をどうするか考えようと言ったんだ」

「少し早すぎない？　和音ちゃん、七年も学校に通ってなかったんだから。戻ってきてまだ数か月じゃない」

「だが、七年もあんな暮らしを続けていたせいで、小学校三年から中学卒業まで、すっぽり抜けてるんだぞ。勉強は家庭学習で教わっていたというものの、充分に補えているとは思えない。友達もいないし、まともな社会生活を送ったことがないんだ」

デラさんの気持ちが、わからないわけではない。娘の将来が心配なのだ。透の両親と同じだった。

だが、その不安が子どもたちを押しつぶす。まるで呪いをかけられているかのように感じてしまう。

「デラさん、とにかく和音ちゃんを探しに行きましょう。ひとりで知らない場所に行って、迷子になっているのかもしれないし」

しのぶはいったん部屋に戻り、マスクと鞄《かばん》を取ってきた。

「少し出かけてくるけど、仕事の続きは頼んでいい？」

尋ねると、ソファに仰《あお》向《む》けに寝転んで、腹の上にノートパソコンを載せたスモモは、作業に集中していて小さく頷いただけだった。

「気をつけて！　早く見つかるといいですね、和音ちゃん」

玄関まで、透が見送りにきた。デラさんが、娘と同じくらいの年齢の透の言葉に、胸を突かれたように声もなく頷いている。

一歩、外に出ると、スマホがないことに気がついた。自分が隠したのだ。

――どうしよう。

スマホを使うようになってから、持たずに外出したことなど一度もない。裸で外に出るくらい、気持ちが悪いし不安だ。

「ちょっと待ってて」

急いで室内に駆け込み、引き出しをバタバタと開けて、先ほどしまいこんだスマホを出した。立派なスマホ中毒だ。

「じゃ、行ってくる！」

呆れたようにスモモが顔を上げて、見送っている。

「――家を出て、和音ちゃんが向かうとしたらどっちかな」

デラさんが借りたのは、青山《あおやま》霊園の近くにある、築五十年近い２ＤＫのマンションだ。賃貸料の高いエリアだから、予算の範囲内で借りられたのは、十五歳の娘が喜ぶようなお洒落《しゃれ》な物件ではなかった。

「同じ価格で、もっと広くて新しいマンションが借りられたんじゃない？」

まずはマンションに向かいながら、しのぶは気になっていたことを尋ねた。

「まあな、少し遠くなら――。だけど、俺が店に出ている昼間、あの子をひとりで離れた場所に残しておくのが心配でな」

一度、さらわれた娘だ。無事取り返した今は、二度と離れたくない。そんなデラさんの気持ちもわかる気がする。

元から子煩悩《こぼんのう》な父親だったらしいが、誘拐事件の後は、過保護すぎるくらい過保護になった。

「和音ちゃんは、家の近くにどこか、知ってる場所はないの？」

「一緒に行くのは、近くのスーパーくらいかな。東京の地理を教えようと思って、近隣の観光地にも連れて行ったことはあるんだが、あの子はそういうのが嫌だというんだ。歩いていると、場違いな感じがすると」

七年も、誘拐犯の家からほとんど出たことがなかったのだ。和音の七年を想像すると、しのぶは自分が閉じ込められていたかのように、鼓動が速くなるのを感じた。

――ほんとにろくでもないよね。

犯人にも、同情の余地はあったかもしれない。デラさんの娘を誘拐するまでに至る、悲劇は確かにあった。だが、彼らの悲劇と、当時八歳の少女の人生とは、何の関係もない。

「和音ちゃんが場違いだなんてことは、ぜったいにない」

つい、強い口調で呟いた。強すぎた。ちらりと、デラさんが不安を覚えたような目でこちらを見た。

「まだ慣れてないだけよ。もし良かったら、このウイルス騒ぎが落ち着いたころに、和音ちゃんと一緒に、服でも買いに行ってみる。女の子の服をそろえるの、難しいんだから」

「それは助かるよ。俺には、あのくらいの年齢の女の子の服なんか、さっぱりわからないからな。本当は、母親の友里がやってくれたらいいんだが――」

「友里さんだって忙しいんでしょ」

いけない、自分で思った以上にそっけない口調になってしまった。

「まかせといて。女の子のお洒落は、服だけじゃないの。靴に下着に髪型にバッグにアクセサリーにお化粧にネイルにトータルのコーディネートに、勉強することは山ほどあるからね」

「おいおい、なんだか怖いな。あいつはまだ十五歳なんだから、化粧は早いだろう」

「何言ってるの。私なんか、中学生の時からお肌のお手入れを始めたからね。スモモを見ていたら、わかるでしょ？　女の子のお洒落は、一種の武装なの。もちろん、そういう武装なしで生きていける子もいるし、それは本人の選択で自由だけど、選ぶのはデラさんじゃなく、和音ちゃんだからね」

たとえばハイヒールを履くのも履かないのも、本人の自由だ。しのぶは九センチのピンヒールを好きで履いているし、ヒールを履いて思いきり走ったり、誰かを蹴りとばしたりすることも平気でやってのける。だが、こんな歩きにくい靴で仕事をしたくないという女性の意見は当然だし、しのぶ自身も、不健康だから事務所の中ではヒールは履かない。

ましてやそれを、他人に強制されたりするのは、まっぴらごめんだ。

もし誰かに「ヒールを履け」と強制されれば、「けっ」と呟いてヒールを窓から捨てるくらいには天邪鬼《あまのじゃく》だ。

「そうか、お洒落も武装――か」

どこか遠い目をして、デラさんが呟く。

「そう。そりゃまあ、デート用にお洒落することもあるだろうけどさ、他人の目だけを意識して、お洒落してるわけじゃないんだから。きれいになると、自信がつく子がいるの。胸を張って歩けるわけ。だから、今の和音ちゃんが手っ取り早く自信をつけるには、東京のどこを歩いても恥ずかしくないと感じるくらいの、お洒落をすることじゃない？　それから、じっくりと中身を充実させればカンペキでしょ！」

「なるほどな――」

デラさんが、吐息のように言った。

「友里と別れることになった時にな。あいつは俺に、すごく怒っていたんだ。俺はそれが、俺の仕事のせいで和音を失ったからだと、ずっと考えてきた。だけど、考えてみれば、俺は和音がいなくなってから、友里が濃い化粧をしたり、華やかな服装をしたりするのを嫌がったんだ。なんだか事件の前より、派手になったような気がしてな。お前は和音が可愛くないのか、戻ってこなくてもいいのかとまで言った。怒って当然だよな。ひょっとするとあれは、友里なりの武装だったのかもしれないな――」

——ちくちくする。

デラさんが友里のことを語るたび、心臓のあちこちに、小さい針を突き立てられるようだ。懐かしそうに、たっぷりの後悔をこめて、デラさんが友里を想うたび。

しのぶはマスクの陰で小さく唇を歪《ゆが》めた。

「まあ、それは男の無神経ってやつね。ところで、ここからどう捜す?」

もう、デラさんたちのマンション前まで来ていた。ウイルス騒動が始まる前に、足場を組んで外壁塗装を始めたところだったが、もともと人手不足なうえにパンデミックのせいで作業員が集まらず、足場もそのまま放置されている。

「二手に分かれるか——」

「一緒に捜したほうがいいんじゃないかな。和音ちゃんにしてみれば、私はほとんど他人なわけだし」

「何を言ってる。そんなわけないだろう」

驚いたようにデラさんが反駁《はんばく》した。

「和音はしのぶたちのこと、年の離れた姉みたいに思ってるよ。時々、探偵事務所の話もするし」

「和音ちゃんが?」

そんなことを言われると、照れくさくてこっちがびっくりだ。

「本当だよ。今まで周りにいなかったタイプだろう。――なあ、和音は、大きな通りには出たがらないだろうな。車が多い道は怖いと言っていたし」

「スーパーに行く時は、どの道を通るの？」

「こっちだ」

先に立って歩いていくデラさんの背中を追いかける。警察を辞めて七年近くになるが、今でも鍛えていて、喫茶店のマスターというより格闘家のような胸板の厚さだ。

――今は、和音ちゃんのことしか考えられないだろうな。

一抹《いちまつ》の寂しさを感じながら、しのぶは涼しい表情を保った。それに、自分にはスモモがいる。彼女はしょっちゅう、カレシをつくっては別れることを繰り返している。ひと月以上、続いた男はひとりもいない。スモモが誰かと結婚して、一緒に暮らすところなど、想像もできない。

――いや、そこはむしろ、想像できたほうがいいのかもしれないけど。

そして困ったことに、スモモをおいて、自分が結婚するところも想像できないのだ。

――ひょっとして私たち、永遠に「S&S」でワンセットなんじゃないでしょうね。

まあ、それも悪くはないかもしれない、と思ってしまうところが、少々、問題と言えば問題だ。

「あ――あれは」

捜し回るうち、何かを見つけたデラさんが歩みを止めた。

向こうから、肩まで伸ばした白髪に、渋い色の着物を着て、ステッキをついた老人が歩いてくる。その傍らに、小柄でやせっぽちの人形みたいな女の子が、ひょろひょろとくっついている。和音だ。

「あら――マチさん」

老人は、デラさんの喫茶「バルミ」の常連客、マチさんだった。書道の先生みたいに見えるが、本人は占い師だと言っている。

「和音！」

デラさんがたまりかねたように駆けだした。

「スーパーに行ったら、この子がふらふら歩いとったのでな。『バルミ』に行くつもりが、迷子になって、とりあえずスーパーに戻ったらしい」

マチさんが説明する間に、デラさんが和音に飛びついた。

――ちょっと暑苦しいよ、デラさん。

デラさんが、ぎゅうぎゅうと和音を抱きしめている。無表情に父親の腕のなかにおさまっている和音が何を考えているのかはわからないが、自分ならちょっと、めんどくさいオヤジだな、くらいには敬遠するだろう。

「和音！　どうして黙ってひとりで出ていったりしたんだ。どこにもいないから、びっくりしたじゃないか」

「――」

やっと解放された和音は、おとなしく、行儀よく、黙ってうつむいている。あいかわらず、その色白の陶器みたいな肌は、ニキビひとつなく、つるつるしている。いまどき、東京ではマスクをしていない人も珍しいが、和音はそんなことにも無頓着《むとんちゃく》そうだ。

「マチさん、わざわざ和音をここまで連れてきてくれてありがとう」

「いやあ、こんなきれいな若い娘さんと並んで歩けるなんて、めったにない役得だからね。得した気分だね」

ひゃひゃひゃと笑い、マチさんはしのぶにもウインクひとつして、「じゃあな」と片手を挙げると、ステッキをつきながら去っていく。考えてみれば、マチさんも正体不明感を醸《かも》し出しているが、いつもデラさんを気遣ってくれる、いい人だ。

舌が喜ぶコーヒーとサンドイッチを出す喫茶店は、たいせつにしなければいけないのだと、マチさんはよく言っていた。

「何か欲しいものでもあったのか？　言ってくれたら、一緒に行ったんだぞ。それとも『バルミ』でコーヒーでも飲みたかったのか？」

娘のご機嫌を取るように、デラさんが尋ねている。うつむく和音の表情の虚ろさが、妙に気にかかった。

「和音ちゃん、お父さん、ものすごく心配してたんだよ。黙っておうちを出たりしたらダメじゃない。どうしたの？　どこか行きたいところでもあるの？」

デラさんの声にはぼんやりしていた和音が、こちらを向いた。その目がきらりと光り、しのぶはなぜか、彼女に睨まれたような気がして、ドキリとした。

――何か私、嫌われるようなことした？

「――帰る」

「そうか、もう家に帰ろうか」

デラさんは、ホッとしたように彼女の肩に手を置いた。どうやら、和音の目に走った一瞬の反感を、見なかったか見抜けなかったようだ。

「――しのぶ、悪かったな。こんな時に、急に押しかけたあげくに」

こちらを見たデラさんは、ウイルス騒ぎのなか、しのぶを捜索につきあわせたことに、ようやく気づいたらしい。和音のことになると、心配のあまり目が曇るのだ。

「ううん、いいよ。見つかって良かった」

「和音、一緒に捜してくれたんだぞ。お礼を言いなさい」

和音はこちらを上目遣いに見て、無言で小さく頭を下げた。デラさんが、しかたがない奴だと言いたげに、眉を下げて申し訳なさそうにしのぶを見た。

「そちらは元気でやってるか」

「もちろん。ちゃんと仕事もしてるし」

「そうなのか？　それは良かった。こんな時でもＩＴ探偵の仕事は入るものなんだな」

心から安心した声だ。防衛省からの依頼だということは、黙っていることにした。壁に耳あり、障子に目あり。スプーファーは、どこでこちらの会話を盗み聞きしているかわからない。防衛省なんて単語を呟けば、盗聴対象としての優先順位が上がりそうだ。

「それじゃあね、スモモに仕事を押しつけてきちゃったから、私も帰る。和音ちゃん、あんまりお父さんに心配かけちゃダメよ」

そんなこと、和音に言わないほうがいいのはわかっている。さらに反感を買うだけだ。それでも口にしたのは、大人げないと思いつつ、彼女の態度にムッとしたからだろう。

――相手は十五歳の女の子なんだから。父親と仲のいい大人の女性に嫉妬《しっと》してるだけよ。大目に見なさいよ。

心のどこかで、「大人」の自分が呆れている。

「外出自粛が少し落ち着いたら、店も開けるし、またコーヒーを持っていくよ。それまで、元気でいるんだぞ」

デラさんの言葉に、苦笑がこぼれた。

「いやーだ、デラさん。私たちまで子ども扱いしないでよね」

手を振って立ち去ったが、角を曲がるまでデラさんがじっとこちらを見送っているのを感じた。

——せっかく久しぶりに会えたのに、もっとゆっくり喋《しゃべ》りたかったな。

ウイルス騒動以来、街中が——いや世界中が、今までと異なる生活を強《し》いられている。「バルミ」が閉まっているのもそのせいだ。

だが、しのぶがデラさんと会う機会が減ったのは、ウイルスだけが原因ではなかった。

昨年の暮れ、和音が見つかって、正月早々、彼女が東京にやってきたからだ。

秋田県警の事情聴取を受けるために、一週間ほどはデラさんも和音と一緒に秋田に留《とど》まっていた。ようやく東京に戻っても、しばらくはホテル暮らしだった。なにしろ、それまでデラさんは「バルミ」の片隅に椅子を並べて眠っていたのだ。実母の友里にも協力してもらい、大至急で賃貸マンションを探し、親子水入らずの暮らしが始まると思ったら、今度はウイルス騒動だ。

今のデラさんと和音の間に、しのぶが入り込めるような隙間はない。

——だって、デラさんはいま、和音ちゃんしか見えてないもんね。

半ばあきらめていた娘が戻ったのだ。デラさんでなくても、きっとそうなる。ましてや、あの情の深いデラさんなら、娘以外の何も見えなくなって当然だろう。

「むしろ、デラさんのために喜ぶべきよね。『バルミ』に住み込んじゃうような暮らしより、今のほうがずっと健康的だし」

そう、自分を慰《なぐさ》める。

和音の事件を知らなかったころ、家を持たず、店に住んでいるデラさんが、ずっと気がかりではあった。金がないからという雰囲気でもない。落ち着いた「私生活」を持たないのは、清貧というよりは、自暴自棄な印象があった。他人にはあれほど親切で懐《ふところ》が深いのに、自分を大切にしない。それが不思議だったのだ。

和音を失った自分を、無意識のうちに罰していた。そう理解できたのは、最近のことだ。

だから、和音が見つかったことは、デラさんのために本当に良かった。

そう心から思っているのに。

どうしてこんなに、心の中に空洞ができたような、物足りない気分がするのだろう。

朝起きれば、歯を磨《みが》いて、顔を洗って、身なりを整えたら、開店と同時に「バルミ」のカウンターでコーヒーを飲む。それがしのぶの日課だった。

デラさんはカウンターの内側でコーヒー豆を挽《ひ》いている。スマホでニュースを追うしのぶに、パンはいるか、フルーツを食べるかと話しかける。

——もう、あんな日常は戻ってこないのだろうか。

ウイルス騒動がおさまったとしても、あの日々は戻らない。そんな気がして、憂鬱《ゆううつ》になった。

4

チャイムが鳴り、『バイク便です』とスピーカー越しに言われた時は、思わずスモモと顔を見合わせた。

――そう言えば、二日に一度はお互いに報告するって約束してたっけ。

防衛省のサイバー防衛隊からひそかな依頼を受けて、二日めだ。

「僕、受け取ってきます」

透が玄関に駆けていく。食事を作る以外は、特に仕事もないので、事務所の隅で勉強しているのだが、ヒマそうだ。荷物を受け取るだけでも、仕事ができて嬉しいのだろう。

「透、後でまた来てもらえるか、聞いておいて」

「わかりました！」

この二日間、自分たちがやっていたのは、事務所のファイアウォールを強化し、スマホをいったん初期化して、必要なアプリをインストールし直し、盗聴や盗撮の不安を払拭《ふっしょく》するための作業だった。

ＰＣの通信内容はすべてログを取り、想定外の動きをすれば、すぐわかるようにもしている。まずは自分たちの環境をクリーンにして、スプーファーから守るのだ。

安全を確保したと自信が持てるまで、事務所でスマホを使う気にもなれなかった。

「一時間後に、また取りに来てくれるそうです」

バイク便から封筒を受け取ってきた透が、戻ってきた。

「ありがと。――まだ端末は入ってないのね」

中身はSDカードが一枚入っているだけだった。念のために、通信回線につながっていない端末でデータを読み、ウイルスチェックもかけてみた。

「――嫌だ。被害企業のリストが、前よりずっと増えてるじゃない」

ふと、奇妙なことに気がついた。

――スプーファーは、どうして犯行を隠さないんだろう。

犯人の狙いはわからないが、ハッキングの際に、侵入の痕跡を消すでもなく、堂々と足跡を残している。まるで、泥まみれの長靴でレッドカーペットを歩き回るように、汚らしい跡をつけているのだ。見せびらかしている、という言葉がふと脳裏に浮かぶ。

――こんな腕があるなら、ログを消すくらいのこと、朝飯前のはずなのに。

おかげで被害者は、自分たちが何を盗まれたのか、はっきりわかる。製薬会社や大学の研究所は、新型ウイルスに関するあらゆる実験データを盗まれている。防衛産業は、設計図から売買の取引先の情報まで。

「ひょっとして、嫌がらせのつもりなのかな」

嫌がらせという言葉が不適切なら、嘲弄《ちょうろう》していると言ってもいい。

――お前たちは、私を止められない。

そう言いたげな、犯人の驕《おご》りを感じた。

「あーあ。スプーファーが筏なら、話は簡単だったのに」

しのぶはぼやいた。

明神たちから依頼を受けて、真っ先に疑ったのは、ラフト工学研究所長、筏未來《みらい》の犯行ではないかということだ。なにしろ、彼には前科がある。しのぶとスモモを仲間に引き入れ、世界を征服するつもりだったのだ。

だが、彼はスプーファーではない。

ウイルスを含むプログラムにも、作成者の個性が滲《にじ》み出る。「署名」と呼ばれる、意図的に残された何らかのフレーズが存在することもあるし、それ以外にも、プログラミングのちょっとした癖で、同じ人間が書いたものなら意外とわかるのだ。

「全然、別人なのよねえ。まあ、筏みたいに根性のひん曲がったプログラムの書き方も、なかなかできないけど」

その、ひん曲がったプログラムを、スモモは「エレガント」と呼ぶ。ひとの感性はさまざまだが、筏やスモモが好きなのは、パズルのように複雑化されたプログラムだ。ソースコードを一読しただけでは、作成者の意図が理解できない。

「それにしても、大量のデータを盗んでるわね。こんなビッグデータ、どう扱うつもりなんだろう」

「ビッグデータって時々聞くけど、何なんですか？」

しのぶがぶつぶつ唸っていると、透がおやつの牛乳寒天を出しながら尋ねた。ヒマなので、三度の食事に飽き足らず、デザートまで作ることにしたらしい。カロリーは全体で成人女性の一日に必要な摂取量に抑えているあたりが、実に心憎い。

「意味はそのままで、超大量データって感じかな。これまでのコンピュータシステムでは、データベースと呼ばれるものを使っていてね」

透はまじめに聞こうと思ったのか、しのぶのデスクの前にある、来客用の椅子に座りこんだ。

「たとえば、銀行のコンピュータシステムがあるじゃない。そこには、顧客のデータ、口座のデータ、お金の動きに関するデータなどが、使用目的や役割で分類されて保存されてるわけ。これがデータベースね。メガバンクのお客さんって、数千万人レベルだから、そりゃもう大量のデータになるんだけど、最初からその程度のボリュームになることを想定して、システムを作ってあるから平気なの」

「それがデータベース」

「そうそう。で、いま人工知能なんて言われているものは、そういう分類や整理をされていない『なま』のデータを、どんどん呑み込んでいくの。たとえば、インターネットのウェブ上を流れていく情報を、次々に読み込んで、テキスト分析にかけていったりするわけね。今までとはけた違いに大量のデータ」

「『なま』のデータですか」

いまひとつピンとこない表情で、透が首をかしげている。

「そう。反対にデータベースだと、さっきの銀行の例で言えば、顧客情報ってのは顧客番号、氏名、住所、電話番号、生年月日、みたいに必要な情報が決められていて、あるべきところにあるべき情報が整理されておさまってるの」

「データの枠が決まっていて、そこにおさまっていくみたいな感じですか」

「そんな感じ。ビッグデータは、そんなにきれいに整理できてなくてもいいの。ただただ、なんでもかんでも貪欲に読み込んじゃうの。たとえばの話、東京のあちこちに防犯カメラがあるでしょ。あの映像をぜんぶ取り込んで、その中から特定の誰かの映像を見つけられたら、すごいと思わない？」

「それって、すごい量の映像データですよね！　あっ、そうか、だからビッグデータか！」

「そういうこと」

透がなんとなくイメージを把握したようなのに気をよくして、しのぶは冷たい牛乳寒天にスプーンを入れた。

そこでふと、気がついた。

スプーファーは、単にデータを盗むことが目的なのかもしれない。

盗んで回っているのは、各国のインフラ関連企業、製薬会社、医療機関や大学の研究室のデータだ。新型ウイルスの情報、開発中の新薬の情報、闇ネットで売れば、高い金を払う奴がいるだろう。盗まれた側にしてみれば、たまったものではない。

「──だけど、現実にサイバー戦争を起こそうとしているのでなければ、まだましかも
──あら、この牛乳寒天、美味しいわね」

「気づいてくれました？　ココナッツミルクを入れたんです。甘くていい香りでしょう」

透が欣喜雀躍《きんきじゃくやく》した。料理を誉められるのが、いちばん嬉しいらしい。

「もっと」

スモモがぽつりと言った。彼女の器はとっくに空っぽだ。

「おかわりですか？」

透が嬉しそうに立ち上がったが、スモモがそちらに器を差し出しておかわりを要求しつつ、首を横に振った。器用なやつ。

「もっと盗まれてる」

「明神君のリストにあるより、もっと多くの企業が被害に遭ってるってことね？」

こくりと頷く。たしかに、いま送られてきているのは、防衛産業やインフラ関連、新型ウイルスに関係する企業など、分野が限られている。それはおそらく、明神たちが問い合わせて調査を頼んでいるのが、そういう企業だからなのだろう。

「もし、あらゆる産業の情報を、スプーファーが盗みまくっていたとして——。そんな大量のデータ、さすがに扱いかねるんじゃないの？　どうやって分析してるのかな」

世界最高峰レベルのスーパーコンピュータが、何台も必要になりそうだ。

「だいたい、そんなものを盗んで、いったい何をしようとしているのか——」

あらゆる産業の最新情報を盗み、コンピュータに分析させる——それは、まるで。

「この世界の状況を分析して、コンピュータ上に再構築してるみたい」

変なの、と呟いて、眉をひそめた。

なんだか本当に、やろうとしていることは、筏にも通じるものがあるのだが。

「しのぶさん、テレビでニュース見ていいですか？」

透が遠慮がちに尋ねた。新型ウイルス関連のニュースを見たいらしい。

「いいわよ」と答えると、透がさっそくリモコンでチャンネルを切り替えた。

昼のバラエティは、過去の録画を再利用したり、出演者の数を減らして、距離を空けて撮影したりと工夫を凝らしている。

そういうものには興味がないらしく、透が探していたのは、やはりニュースだった。しのぶも報告書作成の手を休め、画面に見入った。

前日に判明した感染者数、死者の数、今後取るべき対応、政府が予定している給付金などの経済対策などについて、淡々と男性のキャスターが報じている。

ガランとしてひと気がない渋谷《しぶや》のスクランブル交差点が映った。

「こんな光景、一生見られないと思ってた」

生まれてからまだ三十年と少しだというのに、生きていると稀有《けう》な体験をするものだ。

『いま入ったニュースです。南渤海《みなみぼっかい》のキム・スン大統領は、先ほど、新型ウイルスの拡散がアメリカの陰謀によるものだとして、非難する声明を出しました』

七十歳を過ぎたキム・スンの、丹頂鶴《たんちょうづる》のようにほっそりして姿勢が良い容姿と、厳しい目であたりを睥睨《へいげい》する様子が映し出される。

またか、としのぶはため息をついた。

「この男、パンデミックまで陰謀論にしてしまうのね」

南渤海は、現在のキム・スン大統領の祖父が建国した、社会主義国家だ。社会主義と言いつつ、キム一族による独裁体制が七十年続いている。周辺諸国に対し非常に好戦的で、キム・スン大統領は、リビアのカダフィ大佐、イラクのサダム・フセイン大統領らと並び称されたことがあるほどの「ならずもの」でもある。

『キム・スン大統領は、一週間以内に南渤海に対しワクチンが提供されなければ、アメリカと、アメリカに協力する各国に対し核攻撃を行うと宣告しました』

男性キャスターの、感情を抑制した表情が、空虚に見えた。「アメリカに協力する各国」には、日本も含まれるのだろうか。

——そうだった。南渤海は、自前で核兵器を開発したと公言してるんだよね。

「——核攻撃？」

透が裏返った声で呟き、すがるような目でこちらを見つめた。

「嘘ですよね？　まさか、日本も攻撃対象に入っているんですか？」

「キム・スンはこれまでにも、何度も同じ脅迫をしてるから。今度も脅しでしょ」

——まあ、それならいいけど、という言葉を口の中で嚙み潰す。なにも、子どもを相手に怖がらせることはない。

心配なのは、新型ウイルスが蔓延《まんえん》してからというもの、世界中がパニックを起こしかけていることだ。

このウイルスには、効果的な薬がまだ見つかっておらず、ワクチンが開発されるのも、どんなに早くても半年から一年は先だと言われている。必要な人に行き渡るのは、数年後になるだろう。

発熱と咳が出るくらいの、ごく一般的な風邪のような症状だと思っていたら、ある一線を越えた瞬間から、急激に症状が悪化する。医者が驚き、手の施しようがなくなるほどの変化の激しさ、速さだ。重症化すれば、人工呼吸器がなければ助けられないほどの状態になる。

医師や看護師にも感染する。防護服が絶望的に足りない。マスクすらない。

若者は比較的、軽い症状ですむが、七十代以上の高齢者の死亡率は高い。世界各国の都市が、強制的なロックダウンに入った。日本はまだ強制力がないだけ緩やかな外出の自粛だが、それでもみんな戦々恐々としていることには変わりがない。怖いのはウイルス感染だけではない。みんなが自宅から出られなくなることで、仕事がなくなる人もいる。自分たちの生活基盤そのものが、脅かされているのだ。

恐怖は人間を狂わせる。それは、これまでにも歴史が証明しているではないか。

こんな状況で、キム・スンのような男が、誤った陰謀論に振り回されて米国憎しの怨念《おんねん》に凝り固まれば――。

――核ミサイルの一発くらい、撃ってもおかしくないのかも。

世界中が、狂気の淵《ふち》になだれ込みそうで怖い。

昨年の年末、デラさんと秋田に行った頃には、まさかこんなことになるなんて思いもよらなかった。明日も明後日《あさって》も、来週も来月も一年先も、ずっと同じような日々が続くのだと信じていた。

玄関のインターフォンが鳴り、仕事ができた透が溌溂《はつらつ》として駆けていく。しばしの後、すっとんきょうな透の声が聞こえてきた。

「――ご無沙汰《ぶさた》しています！」

「君は透くん？　驚きました。まだここで働いているんですか」

――あの声は。

しのぶも驚いたが、もっとびっくりしたように、いきなりソファに起き直ったのはスモモだ。

「三崎さん――！」

短い廊下をひとまたぎにして、事務所に入ってきた初老の紳士を見て、しのぶは歓迎の声を上げた。

「申し訳ありません、こんな時にご連絡もさし上げず、いきなり参上しまして」

スモモの執事、三崎は、上品な銀色ストライプのスーツに、濃いグレーの中折れ帽という粋な格好で、ボストンバッグを提げていた。大きな白いマスクをつけているが、三崎がつけるとマスクすらお洒落に見える。スモモの実家である横浜《よこはま》の豪邸に住み、家政全般をとりしきっているのだが、新型ウイルス騒動が始まって以来、互いに行き来することもならず、やきもきしていたのは電話で知っていた。

「昨日、何度かお電話したのですが、おふたりとも携帯にお出にならず――もう、心配で心配で」

──しまった、固定電話にかけてくれと伝えるのを忘れていた。

「ごめんなさい、三崎さん。仕事上の事情があって、しばらくスマートフォンの電源を切っていたの。今日は、もう使ってるけどね」

「そうでしたか。とにかく、おふたりがご無事で何よりでした」

「それより、三崎さんは大丈夫なの？　ここまで遠いのに」

新型ウイルスは、高齢者のほうが重症化しやすいと言われている。三崎はもうじき七十代だが、本人は自分を高齢者の範疇《はんちゅう》に入れていないようで、満足げにうなずいた。

「大丈夫です、車を運転して参りましたから。桃花お嬢様、こちらをいつものお店で買ってまいりました」

三崎がうやうやしくスモモに差し出したボストンバッグからは、巨大な牛肉の塊が出てきた。スモモの唇が「オー」の形になった。

「もうお昼はおすみで？　それでは、夕食に三崎が特製のタレで焼かせていただきます」

「えっ、三崎さん」

夕食までいるつもりなの？　と聞きかけて、しのぶは危なくブレーキをかけた。

「──夕食までいてくれるの？」

三崎がにっこり微笑む。

「はい、もちろんでございます。こんなウイルス騒ぎは起きておりますが、たいせつなお嬢様がたのご様子、一度は確認しに行かなければと案じておりました。お元気そうで、まことに重畳――しかし」

振り返った三崎の視線を浴び、透が凍りついている。

「こんな状況下で、ティーンエージャーをまだ事務所に通わせているのは、いかがなものかと」

「いや、透は通っているわけじゃない――」

言いかけて、口をつぐんだ。

――しまった、まずい。

「まさか、ティーンエージャーの男子を、この事務所に住まわせているのではないでしょうね――」

三崎は、スモモというエキセントリックな女主人に仕えているわりに、旧弊な考え方の持ち主だ。女性ふたりの住まい兼事務所に、十代の少年が同居しているなんて聞いたら、青くなって怒りそうだから、黙っていたのだ。

「まあまあ、三崎さん。そんなことより、南渤海のニュースを聞いた？　キム・スンが核ミサイルを撃つつもりらしいじゃない。そっちのほうを心配しなきゃ」

急いで、三崎の関心を明後日の方向に向ける。

「核ミサイル――」

「そう。アメリカと、アメリカに協力する各国に撃つと宣告したの。日本は当然、標的のひとつじゃない？　私たちだって、いつ核爆発で蒸発するかわからない」

三崎は、両手をまっすぐズボンの脇に添うように伸ばし、勇気づけるように少し首をかしげて微笑んだ。

「これは、出原様とも思えぬお言葉。たしかに、私たちは明日をも知れぬ世界に生きております。いつウイルスの餌食《えじき》になって斃《たお》れないとも限りませんし、一時間後には核ミサイルが東京に落ちて都市ごと消えているかもしれません。思えば、夢のように儚《はかな》い命です。ですが、だからこそ、この一瞬、一瞬をたいせつにして生きていくのではありませんか。明日が見えないからこそ、今日をおろそかにしてはならないのではありませんか」

「三崎さん――」

しのぶは言葉を返すことができなかった。

ある日、突然、両親が戻ってこなかった無口で不機嫌な少女のために、仕事をなげうち、ひたすらその少女を守って世話に明け暮れた男――それが三崎だ。誰よりも愛情深く、世話好きで、倫理観念が強い。

「三崎」

ふいに、スモモが口を開いた。

何を言うのかと思って見ていると、ソファから立ち上がり、三崎に近づいて、ぎゅっと彼の肩を抱いた。

「イイコ」

三崎が、ハッとした様子で息を呑み、スモモにされるがままになっている。

銀髪の紳士と、オレンジ色のタンクトップに白いホットパンツのスモモの取り合わせは、それだけでもミスマッチな印象だが、三崎はスモモの白い手が触れると、それこそ子どものようにうっとりと目を閉じた。

スモモは、小さなころに、言葉で自分を表現するのをやめてしまった。

大事に育てられた資産家の娘だが、両親が彼女を残して行方不明になり、豪邸にひとりでとり残され、両親の会社や財産を狙う人たちが周囲に群がるなか、親族でもない三崎に自分の世話をすることを許したのだ。

——不思議な子。

スモモにはいろいろ天才的なひらめきがあるが、いちばん常人離れしているのは、他人を見抜く目かもしれない。

しのぶには、くだらない悪党に見える男が、スモモの前では従順きわまりない従僕に変身したりする。その人間の内側にひそむ、めったに他人には見せない本質を、ひと目で見抜いてしまうのかもしれない。

透が、スモモと三崎の様子を、憧れをこめて見つめている。透も感受性が鋭い少年だから、ふたりの間に流れる繊細な思いを感じ取ることができるのだろう。

「私は、もういつ死んでもかまわないと、本気で思っているのですよ」

ようやく体勢を立て直し、スモモと並んでソファに腰を下ろすと、穏やかな表情で三崎がぽつりと呟いた。

「人生の前半は、人並み以上に上昇志向の強い、他人を蹴落としてでも、自分が良い地位につきたいという、無味乾燥とした生活を続けていました。そんな私を、人間らしい生き方に戻してくれたのは、桃花お嬢様です。お嬢様と暮らし始めてから、私はまるで天国に住んだかのように、満ち足りた人生を送りました」

「ちょっと」

しのぶは思わず口を挟んだ。

「三崎さんたら、こんな時に、なに縁起でもないことを言ってるの。せいぜい長生きして、スモモを見守ってやってよね。この子ったら、こんなに頭がいいくせに、いまだに自分ひとりでは生きていけないくらい、生活能力がゼロなんだから」

三崎が微笑《ほほえ》み、こちらを振り返った。

「大丈夫です。桃花お嬢様ご自身に生活力がなくても、ちゃんとその能力のある方が、そばにいてくださるようになっていますから。その時が来ても、私は思い残すところなく、向こうに行けると思います。世の中はうまくできているんですよ」

——それ、私のことだよね。

しのぶは若干、釈然としない思いで黙った。

スモモに比べれば、自分はいわゆる「しっかり者」だろう。自分の足でしゃんと立って生きている。生活力にも自信はある。探偵事務所の商売は赤字スレスレだが、始めたばかりの商売なんて、みんなそんなものだ。

だが、三崎はしのぶがスモモの「お守り役」だと考えているのだろうか。スモモのことは大好きだし、彼女が高校生のころから見守ってはきたけれど、本当に自分は一生、スモモと寄り添って生きていくのだろうか。

ちらりとデラさんの顔が浮かぶ。

「さあ、今日の夕食に向けて、メインディッシュのつけあわせを作りますか。それに、スープやサラダの用意はございますかな?」

三崎が上着を脱いで真っ白なエプロンをつけ、透を率いてキッチンに向かった。どうやら、透の存在には、しばらく目をつむる気になったようだ。

——ふう。狭い事務所に四人いると、ちょっと窮屈。

バイク便が来るまで、時間の余裕がある。

「少し、屋上に出てお日様を浴びてくる。運動もしなきゃね」

そう断って、部屋を出た。古いエレベーターはあるが、健康のためにしのぶは階段しか使わない。

屋上には、水のタンクや、住人が洗濯物や蒲団《ふとん》を干すスペースがある。近ごろは乾燥機や浴室乾燥システムで乾かしてしまって、天日で干す人は少なくなったので、物干し竿《ざお》はほぼ空っぽだ。

金属の重い扉を開けると、意外に広々とした屋上は、明るい日差しに満ちていた。

「あーあ。外はこんなにいい天気なのに」

屋上の手すりの向こうには、根津美術館の屋根や、その向こうの長谷寺《ちょうこくじ》の緑が広がっている。東京の街には意外に緑が多くて、都会の埃っぽい印象を和らげてくれるのだ。

深呼吸して目を閉じ、太陽の光に全身を浸す。こうしていると、ウイルス騒動やミサイル騒動を忘れて、元の生活が戻ってきたような錯覚を起こしそうだった。

ガタンと音がして、扉が開いた。

「――スモモ？」

追いかけてきたらしいスモモが、首を左右に倒してポキポキ音をたてながら近づいてくる。ずっと引きこもって仕事をしているので、肩が凝るのだろう。

うーんと呟いて両腕を天に伸ばすと、背中からスモモが抱きついてきた。

「ちょっと、どうしたのよ、スモモ」

スモモは無言で、頭をこちらの背中にすりつけた。甘えている。時々、こんなふうに、幼い子どもに戻ったようになる。

しのぶが、自分から離れていきはしないかと、急に恐れ始めたかのように。

まだほんの少女のころに、突然、両親がいなくなったスモモ。車で出勤する両親を、行ってらっしゃいと見送って、それきりだったそうだ。

――スモモは、身近な人間が自分から去っていくことに、耐えられないかもしれない。

しのぶは、腹部にまわされたスモモの腕を撫《な》でた。白くてほっそりしたきれいな腕だ。

「ねえ、スモモ。私たち、八十歳になっても一緒に暮らしてると思う?」

めったにないことだが、近ごろはふと、そんなことを真面目《まじめ》に考える。新型ウイルスの騒ぎで、今まで考えなくても良かった未来を、真剣に考え始めたからだろうか。

もし、自分たちのひとりがウイルスに感染したら。

もし、どちらかが死んでしまったら。

ふたりとも同時に死ぬなら、いっそ後顧《こうこ》の憂《うれ》いがなくていいけれど、片方だけ残されたなら。もし残されたほうがスモモなら。

――私は死んでも死にきれない。

だけど、ウイルスは相手を選ばない。

もし自分に万が一のことがあっても、スモモが事務手続きで困らないように、銀行カードの暗証番号や、どこに行って何の手続きをすべきか、マンションの大家の連絡先、毎月の家賃の振り込み先に火災保険の契約書のありか、誰に連絡すれば良いかなど、大事なことをすべてまとめてノートにつけた。

事務所の机の、鍵のかかる引き出しに、「スモモへ」と書いた封筒に入れて置いてある。

スモモが、こちらの腹部に回した手に、ぎゅっと力をこめた。すりすりと背中に頬をすりつける。甘えん坊な猫みたいだ。

「八十。へいき」

――平気なのか。

まあ、スモモならそう言うかも。

こぎれいなおばあちゃんがふたり、マンションで同居して、IT探偵など営んでいる。いや、その年齢になると、さすがに自分たちの技術は古びているだろう。だから、のんびり、ふたりで好きなことをやっている。本を読んだり、スモモはおもちゃのようなロボットを作ったり、しのぶは編み物という柄ではないから、絵でも習って描いてみてもいい。

――そういう老後も、悪くはないけど。

再び、デラさんの顔が目に浮かび、急いで消した。

――デラさんだって、いま和音ちゃんのことでそれどころじゃないだろうし。

「さあ、さっさと報告書を仕上げてしまおうか。もうすぐバイク便が来ちゃう」

スモモの手から逃れ、階段に向かった。

背後で、スモモがもの問いたげにこちらを見つめる気配を感じていた。

5

『実際、スプーファーがデータを売ってる形跡もないんですよねえ』

電話の向こうで、明神海斗がぼやいている。

約束どおり、通信内容を秘匿できる携帯がバイク便で届いたのは、さらに二日後だった。通話の内容を、現在の最強レベルの256ビット鍵で暗号化しているという。

『これで、鍵を持たない相手が盗み聞きしようとしても、解読に百兆年くらいかかりますからね！』

と、明神が威張っていた。こちらの事務所も、スマートフォンを含むすべての端末をチェックし、あらゆるウイルスが存在しないことを確かめた。とりあえず、現時点で事務所内は盗聴・盗撮の心配はないと考えていい。

スマホの使用も解禁したが、今のところ控えめに使用している。

「こちらからも報告したけど、今のところスプーファーは、単にあらゆるデータを盗みまくっているだけのように見える。誰かに売っているのでないのなら、何のため？」

この二日間にも、スプーファーの被害に遭ったと思われる組織や企業の数は増え続けていた。あいかわらず、侵入の形跡は隠さない。堂々と入り、堂々と出る。むしろ見せつけるかのようだ。

『それが、さっぱり見当もつかないんですよね。スプーファーの接続経路は、やっぱり都内各地の大学のＷｉ‐Ｆｉでしょう。注意深く自分の居場所を隠しています。そろそろ、大学側に通達して、フリーＷｉ‐Ｆｉをやめさせようかと思っているくらいで』

「そのまま泳がせたほうが良くない？　スプーファーがどの大学を侵入の起点にするかは、ランダムに選んでいるようなんだけど、私とスモモは、しばらく都内の大学を巡回して、スプーファーを探そうかと思ってる」

『もし、現場で人手がいるようでしたら、うちからも出しますよ』

「そうね。人数が多いほど確率が上がることだし」

電話を耳に当て、なんとなく事務所を見渡す。スモモは定位置のソファで、ノートパソコンの画面を睨んでいる。眠そうな目をしているのは、しばらくスプーファーの件で進展がない証拠だ。

透は、音を消してテレビの画面に見入っている。三崎は肉を持ってきたその日の夜に、車で横浜に戻っていった。いくらなんでも、三崎まで泊まると言ったら、ぜったいに阻止するつもりだった。

「――ちょっと待って。透、テレビの音量を上げて」

透がリモコンで、言われた通りにテレビのボリュームを操作する。

『どうしました？』

「明神君、近くにテレビある？　すぐつけて」

『いったん電話切りますね。後で、かけ直します』

しのぶの声に、緊迫したものを感じ取ったのだろう。明神はすぐさま反応した。

テレビの画面では、緊張した面持《おもも》ちの女性のアナウンサーが、次々に手渡されるメモを読み上げている。スタジオ内の慌ただしい雰囲気が、画面のこちら側にも伝わってくるようだ。

『――ただいま入りました、臨時ニュースをお伝えいたします。先ほど、中国西部の砂漠地帯から、ミサイルと思われる飛翔体《ひしょうたい》が発射されました。飛翔体は、南渤海の数十キロメートル以上、上空で爆発したと見られ、政府が現在、確認を急いでいます』

しのぶは、手にしていた携帯電話を机に置いた。そうしないと、うっかり落としそうな予感がしたのだ。

まず、中国から発射されたというのが意外すぎた。南渤海が、核兵器で米国を攻撃すると宣言していたが、中国はむしろ南渤海の後ろ盾のような立場ではないか。

――中国が？　南渤海を攻撃したって、どういうこと？

スモモもソファに起き直り、画面に見入っている。

『政府関係者からの情報によりますと、中国から打ち上げられた飛翔体は、南渤海に対するEMP攻撃を行ったのではないかということです』

『EMP攻撃とは、核爆発を数十キロメートル以上の上空で起こすことにより、電子機器にダメージを与えるもので、通信、制御などさまざまな社会の機能を停止させる恐れがあります』

呆然《ぼうぜん》と画面を見ていた透が、おそるおそるこちらに視線を移した。

「しのぶさん――これって、どういうことですか。何が起きているんでしょう」

「私に聞かないでよ。わかるわけないんだから。中国が南渤海にEMP攻撃を行う理由なんて、ないじゃない。それより、これは歴史上で初めて、本格的なEMP攻撃が行われた事例になるかも――」

EMP攻撃の原理は、一九六〇年代には研究者たちに知られていた。当時、太陽フレアの影響を受け、カナダと米国の国境付近の街で、電話線が使えなくなる事例が発生したことがきっかけとなり、気づいたのだ。

米国などはその後、それが核兵器によって再現可能であることを知り、研究を重ねている。だが、現実にそれが攻撃手段として使われたのは初めてだろう。

結局、その日のうちに、明神から電話が入ることはなかった。

深夜になって、テレビは衛星から見た南渤海周辺の画像を放映した。

中国や韓国、日本など、きらめく東アジアの中に、ただぽっかりと真っ暗な円形の深淵《しんえん》が開いている。南渤海の首都周辺に、光はない。まるで穴が開いたかのように、そこだけ深すぎる黒に塗りつぶされている。

本当にＥＭＰ攻撃が使われたのなら、それも無理はない話だった。発電所も被害を受けたのか。あるいは、南渤海の送電網、通信網、そういったものも、利用できない状態かもしれない。

南渤海は産業の近代化に失敗しており、かろうじて首都周辺は、韓国や中国からの輸入品が闇で売られていて、華《はな》やかな現代的都市の面目を保っているが、それ以外は先進諸国のおよそ百年前の農村のような状態だと言われている。

そういう村では、もともと満足に電力を使うこともできなかったようだから、やっぱり首都周辺と同じように暗黒に沈んでいるのだった。

『南渤海は海外からの報道陣を受け入れておらず、現地に海外の記者はおりません。また現在、各国の大使館なども連絡が取れない状態が続いており、現地の状況はまったく把握できない状態です』

ニュースはそういう、絶望的な状況を伝え続けている。

情報が入らないので、暗闇の中にいる、南渤海の住民の恐怖は想像するしかない。

『また、米国大統領は、中国が核ミサイルを他国への攻撃に使用し、文明に大きな被害を与え、南渤海の文化的、人間的生活を奪ったとして、非難する声明を出しました。現在のところ、この件について中国からの公式な声明は出ていません』

夕食は、近所のスーパーで透が買ってきたタケノコを使ったタケノコご飯と、アスパラガスの豚バラ巻きだったが、透がニュースに気を取られていたせいか、しのぶが食事に集中できなかったせいか、味がぼけていたような気がする。

——私たち、どこかで間違った道に迷い込んじゃった？

ウイルス騒動でも、すでに自分たちが悪夢に迷い込んだような感じがしていた。その上に、この事件とは。

夕食の後は、スモモとふたり、黙々とスプーファーを追い詰めるためのプログラムを書き、日付が変わるころになって、シャワーを浴び、自分の個室に引っ込んだ。透はしのぶたちが寝てから自分の衣類を洗濯しているようだ。

——明日は核戦争が始まって、世界が滅んでいるかもしれないけど。

ちらりとそんなことを考えて、縁起でもないと首を横に振った。

翌日は、中国政府のトップが爆弾発言を行った。

『昨日、わが軍のミサイル基地のコンピュータ網に何者かが侵入し、核ミサイルを盗んで、南渤海に対する攻撃を行った。本件の調査は引き続き、中国人民共和国軍が行っている』

ふくよかな頬の主席が、カメラを睨むようにしながら、訥々《とつとつ》と話している。正午のニュースの映像は、そのひとつだけで、十二分に衝撃的だった。

「嘘でしょ——中国軍がハッキングを受けて、核ミサイルを勝手に使われたって?」

考えうる限りの、最悪のシナリオではないか。

「まるでウォーゲームみたい。もしそんなことができたら、世界を滅ぼすのなんて、簡単よ。だいいち、基地のネットワークに侵入されたことを、あの中国政府があっさり認めるなんて! 信じられない!」

国連総長を始め、米国大統領、EU各国の首脳らが、ここぞとばかりに中国が核兵器を保有することに懸念を表明している。きわめて危険な、人類を滅亡の危機に追いやりかねない兵器を、きちんと管理できない国家が保有するなど何ごとかというわけだ。

『中国が南渤海を核攻撃したというので、昨日から各国が大騒ぎだったらしいですよ』

ようやく電話をかけてきた明神が、事情を教えてくれた。騒ぎの余波で寝ていないらしく、くたびれた声をしている。

『中国を非難する国連決議を出すべきだと米国やEUが主張して、その流れに傾き始めたので、中国がハッキングを受けたことを告白したんです。新型ウイルスの件でも米国ともめてますから、これ以上の混乱を避けようとしたんじゃないでしょうか』

明神がいつもより少々おしゃべりなのは、しのぶが防衛省の顧問として仕事すると決まったからだろうか。

「南渤海はどうなったの？　被害の程度によっては、海外から救援を送らないといけないんじゃないの」

ＥＭＰ攻撃は文明を壊すと言われるが、それは大げさではない。

強烈な電磁波を浴びせることで、電子機器が破壊される。時間が経っても直るわけではなく、故障した部品を交換しなければ使えない。被害を受けるのは、通信網だけではない。現代の車は電子機器の塊なので、車も重量級のスクラップになる。物流が止まる。あるいは工場のオートメーション機器やコンピュータ・システムだって止まってしまう。

『南渤海は、首都周辺以外は、あまり電子化されていないはずなんですよね。つまり、ＥＭＰ攻撃の被害を受けたのは、首都周辺だけかもしれません。近代化していないのが、幸いしたわけで』

「とはいえ、通常の電話も通じなくなるんでしょう？」

『そうですね。中国と韓国が、国境に救援部隊を送ろうとしていますが、なにしろ相手がキム・スンですからね。国境を越えるとどんな誤解を受けて、何が起きるかわからないので、様子を見てるんですよ。いきなり反撃ミサイルが飛んで来るかもしれないし』

「南渤海政府とは、連絡がついたの？」

『それが、まだみたいです。キム・スンは、攻撃の第二波、第三波を恐れて、地下シェルターに逃げ込んだんじゃないかという見方もされています』

「ああ。なんか、ありがちよね」

しのぶはため息をついた。

人類を滅ぼすのは、きっとウイルスではなく、人間の恐怖心だ。恐怖から武装する。攻撃を受ける前に先制攻撃しようとする。

ウイルスの感染爆発が起きると、感染者の家に投石したり、落書きしたりする不届きものまで現れた。それだって、過剰に怖がるせいだ。冷静さを欠いたふるまいだ。

キム・スンは、痩せた身体に怒りのパワーをみなぎらせた老人だ。若い頃から、とにかく攻撃的だった。それも、常に攻撃的でなければ、南渤海のような小国は、いつ地図から消されるかもわからないという恐怖が根底にあるのだろう。

――恐怖と猜疑心が攻撃に転じるのって、ある意味、悲劇だ。

「病院も機能してないかもしれない。新型ウイルスの重症患者には人工呼吸器が必要なのに、ＥＭＰ攻撃ですべて使えなくなっている恐れもある。南渤海に持っていける人工呼吸器、あるのかな」

『そうなるともう、人道の危機ですよね。国連も動いてますが、相手がキム・スンという特殊な人間が支配する国なので、時間がかかるかもしれません』

「で、誰がやったの？　サイバー防衛隊は、そのへんの情報も握ってるんじゃないの？　中国の軍事基地をハッキングして、ミサイルを勝手に発射しちゃうなんて、前代未聞じゃない」

明神は、『うーん』と唸ってしばらく黙り込んだ。

『正直、それがわかればというところです。実は、もうひとつ別の情報がありまして』

「なによ。もったいぶらずに言いなさいよ」

『キム・スンが、アメリカ本土に届く長距離ミサイルを、本当に撃とうとしていたというんです。核弾頭だったかどうかはわかりませんけどね』

「なんですって――」

絶句する。

「だって、キム・スンは一週間以内にワクチンをよこせと要求していたじゃない。もし、アメリカにミサイルを撃ったりしたら、その交渉もできなくなるでしょう」

『当たり前の理屈が通じる相手じゃないんですよ。何を考えていたんだか――。だから、キム・スンが発射装置に手をかける前に、誰かがＥＭＰ攻撃を実行して、止めたんだという見方もあるんです』

――世界が、滅びる前に。

キム・スンが撃とうとしていたのが、本当に核ミサイルだったなら。そしてそれが、アメリカ本土に本当に撃ちこまれていたなら。

どれだけ大きな被害が出ていたか、想像するだけで寒気がする。たとえ迎撃に成功し、実質的な被害が出なかったとしても、アメリカは必ず反撃していただろう。核には核を、と言いかねない大統領だ。今ごろ南渤海は焦土になっているし、近隣諸国も被害をこうむったかもしれない。

ひとつ間違えれば、第三次世界大戦が始まっていたかもしれないのだ。

「犯人は、世界を救おうとした——ってこと？」

『あくまでも、そういう見方もできるってことですよ。これからどうなるかわかりませんしね』

それより、と明神が勢いこんで言った。

『スプーファーです。昨日、言いかけて途中になったじゃないですか。都内の大学を巡回して、スプーファーが近くでＷｉ‐Ｆｉを使ってないか調べるって』

「ああ——あれね。あれからまた調べていたんだけど、以前ならたしかにそうだったんだけど、今はどこの大学も休校中でしょう。学校の敷地にも入れないみたい」

『大学のＷｉ‐Ｆｉが使えないってことですか？』

「そういうこと。だけど、今ってカフェも休業していたりするじゃない。営業していても、フリーＷｉ‐Ｆｉがあると人が集まっちゃうから、止めるしね。ファストフードの店だと、店内での飲食を禁止にしてるところもあるわけよ。そうすると、スプーファーは何を使うと思う？」

『他のフリーのＷｉ‐Ｆｉスポットですか？　コンビニとか、交通機関とか──』

しのぶはにやりと笑った。

「実は、昨日初めて、民家のＷｉ‐Ｆｉを使った形跡があるの」

『えっ──民家のですか』

ルーターを導入したものの、たとえば購入時の管理者ユーザーのパスワードが初期値のままになっていたり、パスワードが設定されていなかったりするケースもあるらしい。

フリーＷｉ‐Ｆｉが使えなくなってきたので、スプーファーは、そういうセキュリティの甘いルーターを探し、勝手に接続して利用しているのかもしれない。

「それでね。昨日、今日と、同じルーターを使った形跡がある」

『それって──これまで、同じ接続先を二回以上、使ったことがなかったのに』

「そうよ。ついに、スプーファーも気が緩んだのかもね」

毎回、細心の注意を払って、自分の正体を隠してきた。だが、ここまで捕まらないということは、自分は追われていない、あるいは、追っている連中が無能で、自分を捕まえることができないのかもしれない。

それに、いくら日本人のセキュリティ意識が低いと言っても、パスワードを破れるルーターを見つけるのは、少々手間がかかる。たまたま見つかった、セキュリティの甘い民家のルーターを、何度か利用したところで、どうせ見つかりっこないだろう。

ついに、スプーファーがそういう心理状態に陥り、気が緩んで、いつもの厳格な手順を放棄したと考えられるのだ。

『それ、場所はどこですか。住所はわかりますか』

「昨日と今日、駒沢《こまざわ》ね」

しのぶは、調べた住所を教えた。

『近いな――田園都市《でんえんとし》線沿線ですね』

「犯人が、田園都市線の周辺に住んでるのかもしれない」

『わお！　だんだん犯人に近づいている実感が湧きますね』

明神が大げさに喜んでいる。

「それでね、明神君。私たち、明日もスプーファーが同じルーターを使う可能性があると見ているの。スモモとふたりで、朝からその民家の周辺を見張ってみようと思う」

二度あることは三度ある。ひょっとすると、スプーファーはその民家の何かの条件が気に入ったのかもしれない。

「無線ルーターに侵入するには、ある程度、近くにいないといけないわけでしょう。だけど、ふつうさあ、民家のそばで長いこと誰かがパソコンを触っていたりすれば、怪しまれるじゃない。おそらく、すぐそばに停めてある車の中にいるとか、近くに長時間いてもおかしくない環境があるのよ。そういう場所は、なかなか見つからないんじゃないかな」

『ああ、なるほど！　民家の隣にコインパーキングがあるとか、そういうことですね』

「そういうこと。実際、グーグルマップで調べると、民家の隣に広いコインパーキングがあるの。スプーファーがそれに味を占めた可能性がある」

『なるほど、そういうことですか！』

興奮気味に明神が叫んだ。

『人手が必要なら言ってくださいね。こちらも応援を送ります。もし明日、スプーファーが見つかれば、その場で捕まえたいし』

「スプーファーが、ひとりじゃない可能性もあるんじゃない？　もし見つければ、尾行して住まいを確かめたほうが良くない？」

『そこまでできれば最高ですけど、欲張りすぎると逃がすかもしれませんし』

「その場で逮捕できるの？」

サイバーコマンドーは警察官ではない。

『警視庁に協力を頼んでいるんです。スプーファーを見つければ、警視庁から警察官が飛んできてくれますよ。その人物がスプーファーだと証明できないと、逮捕までは難しいかもしれませんが』

それは手回しのいいことだ。

「明日、様子を見て連絡する」

明神と約束し、通話を終えると、キッチンからひょいと透が顔を覗かせた。

「もうお昼を出していいですか？」

「いいわよ」

さっきから、スパイスのいい香りがしていたので気になっていた。

「外出しないと、どうしても運動量が少なくなりますので、カロリー少なめで発汗多め、スープカレー風のポトフにしてみました。野菜たっぷりですよ」

透が合流してから、スーパーには週に一、二回しか行ってないはずなのに、やけにメニューがバラエティ豊かになった。

昼食前に、窓のブラインドシャッターを開けて、外を眺める。このささやかな探偵事務所の中にいると、まるで世界はいつまでも美しく、平和で穏やかな日常が続いているような錯覚に陥る。

窓から見える景色だって、穏やかそのものだ。人通りはほとんどないけれど。いつもはもっと、大気が埃《ほこり》っぽいし、空はうっすらグレーがかって見えるのだが、今日はなんだか青空が美しい。

だが、海を渡った向こうには、いっさいの電子機器が死に絶えた世界があるのだ。しのぶたちの目が届かないところで、電気も電話も車も、下手をすると医療機器も使えず、絶望に打ちひしがれている人たちがいるのだ。

しかも、その事実は報道されない限り、外の世界には届かない。誰にも気づかれず、助けを求めることもできない。

――ぞっとする。

寒気を感じて顔をしかめた。世界の滅亡なんて、映画や小説の中にしか存在しないもののように感じているけれど、本当はいつ現実になるかもしれない。

この世界は、危うい均衡《きんこう》の上に成り立っている。ピンと張られた蜘蛛《くも》の糸の上で、バランスをとるやじろべえのように。

「パンとクラッカー、どっちにします？」

透が楽しそうに尋ねる声が、再びしのぶを日常に引き戻してくれた。

「まったく、貴重な人材だわね」

「えっ、クラッカーですか？」

思わず笑いだし、しのぶは頷いた。S&S探偵事務所は、今日も平和だ。

6

「バイク」

　階段を駆け下りながら、スモモが口を尖《とが》らせる。

「だーめ。車で一緒に行くの。こんな時に、もしもバイクで事故ったら、病院で怪我の手当てを受けられるかどうかすら、わかんないんだから。安全第一！」

　しのぶはスモモの口をきっぱりと封じた。

　新型ウイルスの感染が広まってから、病院はどこも臨戦態勢だ。感染が疑われる、発熱などのある患者は、診察を断られることもあると聞いている。

　一般病棟の入院患者でも、手術の予定が延期されたり、転院を余儀なくされる例もあるそうなのだ。交通事故などもってのほかだ。

「バイク～」

「もう、子どもじゃないんだから」

　久しぶりに外出するとあって、スモモが引き下がらない理由もわかる。万が一の場合に、スモモがバイク、しのぶが車で挟み撃ちにすることもできる。だが、今回は譲るわけにはいかない。

一階まで駆け下りて、駐車場に向かおうとして、しのぶは足を止めた。

――「バルミ」の前に、誰かいる。

見覚えのある少女だった。

「ちょっと、和音ちゃんじゃない？」

無視することもできず、声をかけてしまった。休業の札をかけ、閉まったままの「バルミ」の扉の前に、ぺたんと尻をつけて座り込んだ少女が、こちらを見上げている。マスクもせず、賢くて生真面目そうな、優等生っぽい顔立ちの、十五歳の女の子だ。

「どうしたの。デラさん――いえ、小寺さんはどこ？」

和音は視線を逸らし、口を閉じたまま、首を横に振った。

――んもう、どうして私の周りには、こういう口数の少ない問題児が多いのよ！

正直、言葉で自分の気持ちや考えを説明しないのは、言わなくても理解してくれるだろうという、甘えだと思っている。スモモは極端だが、和音の場合はまだ若い。これから練習して、しっかり言葉で表現できるようになってもらわなくては。

「先行く」

スモモが言うのを、急いで引き止めた。彼女の思惑はわかっている。先に行くと言って、自分だけオートバイに乗って現地に向かうつもりだ。

「だめ。スモモはしばらくそこで待ってて。勝手に行かないでよ？」

「――」

彼女をその場に残し、和音の元に急いだ。思春期の少女だなんて、超絶、扱いが難しい存在を、いきなり引き取ることになったデラさんが、いろいろ困惑しているであろうことは想像できる。できるだけ協力するつもりだ。

「どうしたの。何かあった？　小寺さんは、和音ちゃんがここにいることを知らないのね？」

早く駒沢の現場に向かわなければならない。今日はまだ、スプーファーは出現していないようだが、いつ駒沢のルーターを使い始めるかわからない。

だが、和音をこんなところに残していくわけにもいかない。

和音は、スリムジーンズに、刺繍《ししゅう》の入った白いナチュラルな雰囲気のチュニックを着ていた。とりわけて不機嫌そうにも見えないが、このくらいの年齢の子どもは気分が移ろいやすい。

「――私たち、これから仕事に出かけるの。一緒に連れていくことはできないけど、小寺さんが心配してるんじゃない？　連絡を入れておくけど、いい？」

和音は横目でこちらを睨み、はっきりため息をついた。これは意味がわかる。放っておいてくれ、という意思表示だ。

――しかし、そう言われて大人が引き下がるわけにもいかない。

「良かったら、うちの事務所に来ない？　こんなところにいたら、変な人が近づいて来るかもしれないし」

何より、デラさんが知ったら心配するだろう。とりあえず事務所で待たせて、デラさんに連絡して迎えに来てもらえばいい。

和音を事務所に入れたことはない。自分たちは調査に出てしまうが、透がいる。年齢は二歳、透のほうが年上だが、純情な少年なので和音のいい話し相手になるかもしれない。

「どうして私にかまうの？」

和音がふいに口を開いた。

「どうしてって。十五歳の女の子が、たったひとりで、ひと気のない場所にいたら、大人はふつう心配するでしょ」

「それだけ？　私が父さんの娘だから？」

「もちろん、小寺さんの娘さんだから、よけいに心配なの。小寺さんは、家族みたいに良くしてくれるからね」

「家族みたいに？　お姉さん、父さんのことが好きなの？」

ぎくりとした。同時に、和音が「おばさん」と呼ばずに「お姉さん」と呼んだことも聞き逃さず、ほんのわずかだが安堵《あんど》した。そう。まだ「お姉さん」でありたい。

――え、デラさんのことが好きかって。

一瞬、躊躇《ちゅうちょ》する。

「秋田までわざわざ来てたもんね。好きでもなきゃ、そんなことしないよね」

和音は、挑むようにこちらを見上げている。清楚《せいそ》で顔立ちが整っているだけに、こういう表情をされるとけっこう小憎らしい。

「お姉さんだって、暇じゃないんでしょ。今も仕事に出かけるところみたいだし」

——デラさん、あんたの娘、そうとう根性曲がってない？

言い返そうとした時、オートバイのエンジン音が聞こえた。ハッとして振り向く間もなく、スモモの愛車、カワサキのＮｉｎｊａ４００が、駐車場から飛び出していくのが見えた。いつの間にか、待たせたはずのスモモの姿は消えている。

「ちょっと、スモモ！」

スモモは振り返らないし、もう声も届かない場所まで去っている。待ちかねて、というより待たされたのをいいことに、先にバイクで行くことにしたのだろう。

——どいつもこいつも、言うこと聞かないし、素直じゃないんだから！

いつも貧乏くじを引かされるような気がするのは、気のせい——ではないと思う。

振り返ると、和音が目を丸くしてスモモのバイクを見送っていた。

「いい、和音ちゃん。私たちがデラさんのためなら、できる限りの協力をすると決めているのは、デラさんが心の底から、いい人だから。私たちも、何度も助けてもらった。嘘だと思うなら、この緊急事態宣言が解けたら、『バルミ』に来るお客さんたちに聞いてごらん。みんな、デラさんのいいところを教えてくれるから」

和音は黙りこみ、ちょっとばかりやましそうな、それでいてどことなく嬉しげな表情を見せた。

「さあ、一緒に来て。事務所で留守番してる透に、事情を話して預かってもらうから」

「透？」

「あなたのふたつ年上の先輩。高校をやめて、大学を受験するためにひとりで勉強してる男の子」

「へえ」

興味ありげに、今度は素直に立ち上がった。考えてみれば、十五歳から中学に入り直すべきかどうか検討している最中の彼女にしてみれば、透のように、「一般的」なレールから外れた同世代の話を聞くのはためになるかもしれない。

エレベーターに乗ろうとする和音を諭し、階段で三階まで駆け上がった。和音はちょっと走っただけで息切れしたようだ。ずっと家の中に軟禁されていて、運動していなかったのだ。

——ほんとに、罪作りよね。

和音が子どもらしくない態度をとるのも、考えてみれば気の毒だ。

「透、ちょっと」

　事務所に戻り、高等学校卒業程度認定試験のテキストを広げていた透は、和音を連れて戻ったしのぶに、目を丸くした。もちろん、デラさんの娘だということも、彼女の事情も知っている。

「デラさんには連絡しておくから、しばらくここに置いてあげて。和音ちゃん、おなか空《す》いてない？　あなたのお父さんもお料理上手だけど、この笹塚透君も上手なのよ」

「あっ、もう朝ごはん食べました？　ここに材料さえあれば、好きなもの作りますよ！　お口に合うかどうかはわかりませんけど」

　椅子から飛び上がり、照れくさそうに透が頭に手をやる。和音は、「何があるんですか」と聞きながらキッチンに向かった。ふたりで和やかに朝食の相談をしている。どうやら、透に任せておいて良さそうだ。

「私はスモモの後を追いかけるから」

「はい、和音さんは間違いなくお預かりします！」

「――わかってると思うけど、あんたも一応、思春期の男の子だから」

　じろりと目をやると、透がブンブン首を振った。

「まさか、わかってますよ、小寺さんのお嬢さんじゃないですか。任せてください」

　透のしっかりした声を聞き、安心して外に出た。デラさんは電話に出なかったが、留守番電話に、和音が「バルミ」の前にいたので、自分たちは仕事で離れるが、事務所で保護して透と一緒にいると録音しておいた。これで大丈夫だろう。

和音が抱えている問題は、自分たちが完全に理解し、助けになるのは難しいだろう。八歳からの七年間、それと知らず誘拐犯に育てられていたのだ。死んだと思いこまされていた父親に引き取られても、そうかんたんに七年という歳月を飛び越えて、家族らしい気持ちになれるとは限らない。

一般的な十代でも、十五歳といえば難しいお年頃だ。階段を下りて駐車場に向かいながら、自分が高校生のころはどうだったか思い返して、しのぶは肩をすくめた。まあ、反抗期の真っただ中だったのは間違いない。共学の進学校でも、しのぶは女王然と男子たちを尻に敷いていたし。

──それに。

（お姉さん、父さんのことが好きなの？）

和音の質問がよみがえり、しのぶは内心で慌てた。もちろん、デラさんのことは好きだ。コーヒーは美味しいし、大人で頼りがいがあって、人間的にも尊敬できるし、好感度が高い。

だが、和音が言うのはそういう意味ではないことはわかっている。

──好きなの？

自分に問いかけてみる。

自分の思考がそこで停止してしまうのは、先のことが考えられないからだ。デラさんのせいではない。自分にはスモモがいて、彼女をひとりで放り出すわけにはいかない。

スモモが警視庁に勤務していた時は、横浜の実家から通っていたそうだ。三崎が世話をしていたのだ。でなければ、まともに食事もとらない。

とにかく、彼女ひとりでは暮らしていけない。いっそ、スモモが長続きする恋人でも作って、その誰かと住むことになれば、話は別だが――。

アクアに乗り込んで、マスクを外した。息苦しいので、運転中は外している。スモモに「今から出る」とメッセージを送り、車を出した。


青山通りがこんなに空いているのは、人生で初めてかもしれない。

新型ウイルス騒ぎで、さまざまな経済活動が自粛を余儀なくされている。いま見かける車と言えば、スーパーやコンビニに商品を届けるトラックや、宅配便の配送トラック、そしてパトカー。

海外と異なり、強制的に外出を禁じられているわけではない。とはいえ、都内の大手企業の多くは、テレワークによる在宅勤務を推奨しており、都内の人出はめっきり減った。車も少ないが、歩いている人影はさらに少ない。

目指したのは、駒沢オリンピック公園のそばにある住宅地だ。九台停められるコインパーキングがあり、隣は戸建ての住宅だ。一階の窓は生垣に隠れて見えないが、二階の窓は白いレースのカーテンが半分閉じられている。その奥に、部屋干ししているらしい、ベビー服がちらりと見えた。住人は、赤ん坊のいる夫婦だろうか。

問題のルーターは、その住宅に設置されていることを、プロバイダの資料などから摑《つか》んでいた。

――ま、もちろん正規に得た情報じゃないけどね。

近隣はほぼ住宅で、戸建てと低層マンション、ワンルームアパート、動物病院などが並んでいる。

しのぶはコインパーキングにアクアを入れ、スモモのバイクを探した。パーキングには他に、白い国産の乗用車が一台と、茶色い国産のバンが一台、停まっている。スモモの姿は見えない。

さりげなく、他の二台の様子を窺《うかが》ったが、白い車には誰も乗っておらず、茶色いバンは、運転席と助手席が空っぽで、後部座席は窓がプライバシーガラス仕様で、内部が見えない。念のため、二台ともナンバーを控えた。

――スプーファーが隠れているとすれば、あの中かも。

だがとにかく、スモモだ。スマホに電話をかけても、出ない。しのぶのほうが先に到着したということはないはずだ。万が一、スプーファーが車に潜んでいるのなら、しのぶがここで長居をすると、怪しまれるかもしれない。

「どこにいるの？　電話して」

とりあえず、暗号化メッセージを送ると、しばらくして返事があった。

『動物病院』

「は？」

先ほど前を通りすぎたが、丹羽《にわ》動物病院の看板がたしかに目の前にある。

しのぶは車を降り、そちらに向かった。病院の駐車場に、スモモのバイクがあった。

「ちょ――何やってるの、いったい」

病院の中に入ると、待合室の長椅子にスモモがいた。膝《ひざ》にノートパソコンを載せ、マスクをしたまま、黙々と作業をしている。ほかに人間の姿はないが、受付のカウンターの上には、三毛猫が一匹寝そべっていた。逃げ出さないよう、首輪にリードをつけて、カウンターのどこかにつないでいるようだ。しのぶに気づくと、猫がニャアと甘い声で鳴いた。

スモモが顔を上げ、右手を挙げて頷いた。

「――スモモ、どうしてこんなところに？」

「猫。拾った」

「はあ？」

眩暈《めまい》を感じる。どうしてこんな肝心な時に、猫を拾うのか？

「ああ、そうか。カモフラージュね？」

きっとそうだ。周囲には店もないので、バイクでは姿を隠せる場所がない。だから、スモモはここでパソコンを開いているのだ。捨て猫を口実にして。

「あのカウンターの猫？」

「違う。健康診断と、注射する」

「ちょ――ちょっと待って。まさか本気で、その猫を連れて帰るつもりじゃ」

「――」

――しまった。

スモモがアニメのキャラクターみたいな大きな目をうるうるさせて、こちらを見つめた時には、百パーセント、しのぶは断れた例《ためし》がないのだ。

「そ――それより、アレはどうなったの。仕事のほうは」

「猫」

「～～～～～」

思えば、深夜の青山霊園で透を拾ったのも、スモモのせいだった。今じゃすっかり、居ついてしまった。

いやしかし、考えてみれば、そのスモモを拾ったのは、しのぶ自身ではなかったか。

あれはスモモが高校生のころだ。ほとんど学校には通わず、自宅に引きこもっていたはずだが、後から話を聞いたところによれば、年に数回だけ学校に姿を見せれば、とりあえず卒業資格は与えると、三崎が学校側と交渉していたらしい。

小ぬか雨が、静かにやさしく降るなか、制服姿のスモモは、傘もささずに街をふらふら歩いていた。

どこかぼんやりとして、車のクラクションも赤信号も他人事《ひとごと》で、目に映るものが見えているのかいないのか、ひとりでそのまま歩かせるのは、あまりにも危険な状態のように見えた。

かといって、違法な薬物などをキメているようでもなく、育ちのいいお嬢さんが放心状態でいるように見えたのだ。

だから、心配で声をかけた。

（ちょっとあなた、ずぶ濡《ぬ》れじゃない）

アメリカの大学を卒業し、向こうでサイバーセキュリティの企業に就職が決まったところだった。数週間の予定で帰国して、家族や友達に会うのもそこそこに、いろんな手続きをこなしていたが、その時はわずかに気持ちの余裕があったのだろう。

（家はどこ？　タクシーで送ったげる）

傘をさしかけると、濡れた白いブラウスを身体に貼りつかせたスモモが、猫のようにするりとしのぶのそばに滑り込んできた。当時はまだ化粧などしていなかったが、やっぱりびっくりするほど大きな目をしていた。

あの時、しのぶはスモモに捕まったのだ。

今も、スモモは「猫」と再び脅迫ぎみに呟きながら、こちらを見つめている。しのぶはたじろいだ。この目に勝てないことは知っている。

「――わかった！　連れて帰るんでしょ。飼うかどうかは、帰ってからの相談よ」

スモモの頬がピンク色に染まり、幸せそうな笑顔になった。

「で、どうなったの？」

スモモが無言でパソコンの画面をこちらに向けた。ルーターのアクセスログが表示されている。

やはり、スプーファーは今日も例の民家の無線ルーターを使ったようだ。ただし、しのぶたちがここに来る少し前に入り、さっさと撤退したらしい。

「――残念。遅かったか」

だが、今日もう一度、同じルーターを使う可能性もある。しばらく様子を見てみたい。

診察室の扉が開いて、ピンク色のナース服を着た女性が現れ、こちらを見た。

「出原さん。中へどうぞ」

――なんだって。

女性は、はっきりとスモモを見て「出原さん」と言った。

「あんた――またやったのね」

スモモはなぜか、こういう場所に来ると、自分の名前ではなく、しのぶの名前を使う。きっと、問診票にも出原しのぶと記入したはずだ。社会との関わりを避けようとするあまり、こんな場所でも自分の名前を呼ばれるのが嫌なのだろうか。

スモモを急《せ》かして、一緒に診察室に入った。診療台の上に、小さい白と薄茶色の物体が載っている。ふわふわの毛玉みたいだ。

――ちっちゃ！

ひと目見て、スモモが連れて帰ると決めた理由がよくわかった。おそらく、生後数日といったところだ。まだ目も開いていない赤ん坊だった。親を探しているのか、ときどき「フミー」と頼りなげな鳴き声を上げる。こんな声を耳にしてしまえば、もう見捨てられない。

「出原さんですか」

真っ先に視線が子猫に吸い寄せられていたので、まだ獣医師の顔を見ていなかった。

「はっ、はい！」

診察台の向こうに、ゴム手袋をはめ、ヘッドライトのようなものを頭につけた、ぽっちゃりした白衣の男性が立っている。ここの獣医師の丹羽先生だ。しっかりマスクをして、あまり近づくなと言いたげに手を上げた。

「この子、特に怪我もしていませんし、血液検査の結果も問題ありません。ノミやダニもいませんね。きれいなものです。どこで見つけたんでしたっけ？」

しのぶはスモモを見た。子猫にじっと視線を注いでいたスモモが、診察室の隅に置かれた段ボールの箱を指さした。

「隣の駐車場」

「駐車場に、箱ごと置かれていたんですか」

丹羽先生がため息をついた。動物病院が隣にあるので、引き取ってくれるんじゃないかと思い、生まれた子猫を捨てに来たのかもしれない。いくら動物病院の先生たちが、動物が大好きで今の仕事を選んだのだとしても、迷惑きわまりないだろう。

「それじゃあ、迷い猫ってわけでもなさそうだな」

「いちおう、警察と保健所に届けたほうがいいですか？」

おそるおそるお伺いを立ててみる。

「そうですね。一応、届けていただけますか」

――やっぱりか。

猫を拾っても、拾得物の扱いになるのだ。状況を聞く限り、ないとは思うが、脱走した飼い猫なら、飼い主が保健所などに連絡して捜している恐れもある。ウイルス騒動で出歩けないこんな時期に、猫探しも難しいとは思うが——。

「ワクチン、念のために打っておきました。どうします、もし飼い主が見つからなかったら、この子を飼えそうですか？」

このうえ猫を飼えるかだって。

成人女性ふたりと、ティーンエージャーの男子ひとりとロボット一匹のあの狭い事務所に、このうえ猫を飼う余裕があるかだって。

——エサだって食べるのよ、生き物ってのは！

無理です、としのぶが即答する前に、スモモが「飼う！」ときっぱり言った。

——やっぱりか。

丹羽先生が丸い顔をほころばせた。いかにも動物が好きで、この仕事を選んだような雰囲気の人だ。スモモの逡巡《しゅんじゅん》のなさがお気に召したらしい。

「出原さんは、猫、お好きですか」

やっぱり、スモモの名前が出原だと思い込んでいる。

「好き！」

スモモが一切の迷いやてらいのない声で、ハキハキと答えた。

「ああ、いいですね。それならぜひ、飼ってもらえるとありがたいです」

こくこくとスモモが頷いた。

「もし、難しいようでしたら、近所に保護施設の心当たりがありますので、知らせてください。捨てた人が見つかればいいですけど、生まれたばかりの子猫を路傍《ろぼう》に捨てられるような人なら、たとえ引き取ったとしても、まともに育ててくれるとは思えないし」

それは同感だが、まともに育ててくれる人がどこかにいるなら、正直、任せたかった。

「出原さん、良かったら、ぜひまた来てくださいね。猫ちゃんのその後も知りたいですし、これ僕の連絡先です」

丹羽先生が、さりげなくスモモに名刺を渡した。にこにこしながら、丹羽先生の視線はスモモの顔と胸と足をちらちら、行ったり来たりしている。

――ああ、動物好きなんだから、当然、人間だって大好きなわけね。

しかたがない。スモモを見てこんな反応をするのは、何も丹羽先生だけではない。スモモは、何も考えてなさそうな顔で名刺を受け取り、それを自分のホットパンツのポケットに突っ込んだ。まったく、スモモときたら、このかっこうでバイクに乗ったのだ。もし転んだら、大怪我をするではないか。

診察室を出て、待合室に戻ると、長椅子に大学生風の若い男性が座り、長い足を組んで雑誌を読んでいた。

「範人《のりと》君、こんなところでサボってていいの。先生に叱られるよ」

ピンクのナース服を着た受付の女性にからかわれている。

「いいの。レポート終わったし。学校が休みだから、暇なんだ」

先生というのは、丹羽先生のことだろうか。丹羽の息子にしては、歳が近すぎるようだ。ここでアルバイトでもしているのか。それとも、親戚か何かだろうか。

「ねえ、今日は診察終了までいるんだっけ。終わったらどこか行かない？」

範人君と呼ばれた青年が立ち上がり、カウンターに近づいたが、それまで長々と寝そべっていた三毛猫が、ぬっと起き上がって唸り始めたとたん、びっくりしたように一歩、後じさった。

「『もなか』、どうしたのよ。範人君、ごめんね。今日この子、機嫌悪いのかな」

受付の女性が、カウンターのパソコンを触りながら三毛猫の背中を撫でた。

「僕が石井《いしい》さんを誘ってるから、機嫌悪いんだよ、きっと。ねえ、どこか行こうよ」

石井さんと呼ばれた女性が笑いだした。

「どこかって、行くところないよ。ウイルス騒ぎでみんな休んでるもん」

「ちぇっ。外出自粛とか、本当につまんないよね。行く予定だったライブ、全滅したし」

青年は石井さんが好きなのかもしれない。それで、何のかんのと言いながら、時間をつくってここに来ているのかもしれない。新型ウイルスで、人と人の距離を取るべきだと言われている。他人との接触を極端に怖がる人たちも出てきた。だが、心の底では、むしろ触れ合いたいと感じている人も多いのかもしれない。

――いや、そんな妄想をしている場合ではないのだが。

拾った段ボール箱は動物病院で処分してくれるというので、別のきれいな箱をもらって子猫を入れ、会計をすませる段になると、しのぶは泣きたくなってきた。健康診断、血液検査、ワクチン接種。

――諭吉《ゆきち》が飛んでいく！

「この子、飼ってくれるんですね？」

石井さんが、にこにこしながら尋ねた。

「ええまあ、彼女がすっかり気に入ってしまったので」

スモモを指す。

「そうですよねえ。可愛いですもんねえ」

石井さんはとろけるような笑顔で、子猫を見つめた。

「人間の都合でぽいぽい捨てるんですよ、犬でも猫でも。ほんとに勝手なんだから。飼ってる子に、子どもが生まれすぎちゃって、育てられないから捨てるでしょ。引っ越すから、もう飽きたから、やっぱり飼うの大変だからって、捨てるんですよ。保護犬や保護猫の施設に行くと、そんな話ばっかり。飼い主が遠くまで車で捨てに行ったり、直接、保健所に持ち込んだりもするんですよ」

まあ、そういう人だっているだろう。

しのぶは、人間に過大な幻想は抱いていない。人間ってそういうものだ。可愛い、可愛いと言っていてもすぐ飽きるし、流行の犬種を追いかけたりもするし、相手が痛みを感じる生き物だとすら思ってない人もいる。寂しい、悲しい、辛い、そんな感情を持っていることすら、わかろうとしない人だって。

「うちの先生は、そういうのが嫌で。保護施設とも連絡を取り合っているんです」

「立派な先生ですね」

「ノミ・ダニはいませんでしたので、ノミ取り料金とかはサービスしときます。こんなに小さいと体温がうまく調節できないので、古いタオルもつけますね」

と、石井さんが笑顔で言った。

「ちょっとスモモ、どうするのよ。この子を飼うなら、猫用トイレにキャットフードが必要だし、ケージや猫タワーや、動物病院に連れていく時用のキャリーバッグもいるだろうし、何よりすぐに不妊手術が必要になる。言いたくないけど——そんなお金、うちにはないんだから」

動物病院を出ると、しのぶが段ボール箱を抱え、スモモはバイクを押して車までついてきた。子猫は、箱の中でピンクのタオルにくるまれて丸くなり、すやすやと眠っている。

——うわあ。鼻と肉球がピンク。

可愛い。たしかにずっと見ていたい。しかし——。

「お金は大丈夫」

スモモが珍しく、文になった言葉を喋った。気合を入れると喋れるのだ。

段ボール箱は、アクアの助手席の床に置くことにした。目の届く場所がいい。バイクで来たスモモは、自分が猫を連れて帰れないので、残念そうにじっと見つめている。

「例の動きを確認しておきましょうか」

スモモが助手席のそばにしゃがみこみ、猫の寝顔から目を離さないので、しのぶが自分の端末でルーターのログを覗いた。

「やっぱり、もう入ってないみたい。どうしよう。しばらく待ってみようか」

スモモの関心は、すっかりスプーファーから猫に移ってしまったようだ。本音は、早く事務所に戻り、猫の世話をしたいのかもしれない。赤ちゃん猫も、このままおとなしく寝てくれるとは限らない。そろそろミルクでもやらないと、おなかをすかせているはずだ。

――やれやれ。

既に子猫に振り回されている。

「事務所に帰るにしても、近くの交番に行って、猫を拾ったと届けておかないとね」

スマホで調べると、近くに深沢《ふかさわ》交番があることがわかった。

「スモモ、ここで待っててくれる？　私ちょっと、猫を連れて交番まで行ってくる。届けたらすぐに戻るから」

「行く」

いや、スモモに行かせるわけにはいかない。会話が成り立たないので、どのみちしのぶが行かねばならないのだ。

「いいえ、あなたはここにいて。車の中で、スプーファーの動きをチェックしておいて。何かあれば、スマホで連絡してね」

意外と素直にスモモは頷いた。戻ってくれば、そのまま事務所に帰れるので、諦めがついたのかもしれない。

箱を抱えて五分歩き、交番で事情を説明したが、迷い猫の届は出ていなかった。拾得物の書類を書いて、ふたたび五分歩いて駐車場に戻った。スモモは澄ました顔をして、車内でパソコンの画面を見つめていた。

「終わったよ。どう?」

スモモが無言で首を横に振る。

いつも、スプーファーがルーターを使うのは、一日に一回だけだ。今日に限って、二回も使うとは思えない。

「もう帰るか。猫もいるし」

しのぶのつぶやきに、現金なスモモがこくこくと頷いた。

バイクのほうが速いし、子猫を乗せているしのぶは超安全運転なので、帰りもやはり先に着いたのはスモモのほうだった。だが、事務所に入らず、駐車場でじりじりしながら待っていた。

「ちょっと、スモ――」

車が停まるやいなや、助手席側のドアを開けて猫の箱を奪うように抱き、マンションの階段を駆け上がっていく。

「――あんたが気まぐれだってことは、知ってるけどさあ」

いったい、自分たちは何をしに駒沢まで行ったのか。

ぶつぶつ文句を言いながら階段を上がり、ぎくりとした。スモモはあいかわらず、自分で鍵を開けずに廊下で待っている。その横に、妙なものがいた。

「やあ！　同志出原君！　久しぶりじゃないか――！」

右手のひらをこちらに向けて、本人はひょっとすると笑っているつもりかもしれないが、ガスマスクをつけているので顔は見えない。

声で男の正体がわかった。

「あんた、こんなところで何やってるのよ、筏――！」

「歓迎のご挨拶ありがとう、ハニー！　同志スモモから連絡を受け、救援部隊がはるばるやってきたのだよ」

筏はガスマスクをつけたうえ、平安時代の市女笠《いちめがさ》みたいなものを頭に載せて、おまけに虫の垂《た》れ衣《ぎぬ》のかわりのビニールシートを、笠から膝のあたりまですっぽりかぶっている。

——ウイルス除《よ》けか。

筏は大きな紙袋を持参していた。この男が、大きな荷物を持ってくる時は、たいていろくなことが起きない。

「ちょっと、こんな時にやめてよね」

鍵を開け、ドアを開いたとたん、中から聞き慣れた別の声が降ってきた。

「おおっ、しのぶ——！　良かった、ずっと待ってたんだ」

——すっかり忘れてた。

しのぶは思わず額に手を当てた。デラさんが、事務所の奥から飛ぶようにやって来るところだった。

「何とか言ってやってくれ。和音までここに住みたいと言うんだ！」

7

「ちょっと待った！」

眩暈を感じながら、しのぶはデラさんを両手で制した。

「何なの、この状況は？」

しのぶとスモモと猫一匹。申し訳なさそうにこちらを見ている透と、隣に立つ和音。それにデラさん、筏、ジャスティス三号。

「密すぎる――！」

狭い事務所に、六人とロボットと猫一匹は、あまりにも窮屈だ。子猫が目を覚まし、

「フミー」と鳴いた。

「猫？」

透と和音が、耳ざとく聞きつけてスモモの箱を覗き込んでいる。

「うわあ、可愛い」

「子猫！」

「私は同志スモモに頼まれて、猫グッズを持ってきたのだよ、同志出原。猫用トイレ、赤ちゃん用の哺乳瓶《ほにゅうびん》、まだ少し早いがキャットフード、ケージ、エサの容器、とりわけおススメなのがこちらの猫じゃらし」

「スモモ――！」

車に残れと言った時、妙にあっさり言うことを聞いたのはそのためか。筏にメールを打ち、必要なものを買ってこいとでも言ったのか。そんなお金はうちにないと言ったのは、たしかにしのぶ自身だが。

――なにも筏に頼らなくても。

がっくりと肩を落とす。

「しのぶ、悪かった。伝言を聞いて、すぐ事務所に駆けつけたんだ。今朝、また和音がいなくなったので、真っ先に『バルミ』にも来てみたんだが、その時には見あたらなかったんだよ。それで」

「しのぶさん、この猫どうしたんですか？　飼うんですか？」

「ぜったい帰らない。私もここに住むの！」

「シリトリハイカガデスカ？」

「和音、そんなこと言わずに家に帰ろう」

「おや、ドクタージャスティス三号に新機能が追加されているではないか！」

「フミー」

「――！」

しのぶは思わず耳をふさいだ。

「いい加減にしなさ――い！」

「――」

事務所の内部が凍りついた。

「あんたたち、いったい今どんな状況だと考えてるの？」

真っ先に、透がシュンとしてキッチンに逃げていく。

「国が亡ぶかどうか、世界が死に絶えるかどうかの瀬戸際なのよ――！　こんな狭い場所でみっちり集まって、何をやってるの。少しは警戒心を持ちなさいよ！」

世界が死に絶えるは大げさだったかもしれないが、しのぶの言葉は一応、デラさんには響いたようだ。我に返った様子で事務所を見渡し、申し訳なさそうに頷いた。

「ああ、本当だな。すまなかったよ、しのぶ。この子がここに住みたいと言いだしたから、気が動転してしまって」

――そりゃそうだ。デラさんより、こっちのほうが動転する。なぜうちなんだ。

「和音ちゃん、もうお父さんと一緒に家に帰りなさい」

さっと和音の顔色が変わる。

「嫌よ。帰るかどうかは、私の勝手でしょ」

「なに言ってるの。ここは私の家なんだから、あなたがここにいていいかどうかは、私が決めることなの」

当然のことを言ったまでだが、蒼白《そうはく》になった和音が、キッチンに駆け込んで泣き始めた。そばにいる透が、慌てて慰めている。

「――和音、お父さんと帰ろう」

キッチンに近づいたデラさんが、腫《は》れ物に触るように穏やかに呼びかけている。行方不明の娘を捜して、秋田県を走り回った時の彼の必死さを知るだけに、しのぶはデラさんが気の毒でしかたがなかった。

——人間って、どうしてこんなに、報われないんだろうね。

愛情とか、善意とか好意とか。そんなものはほとんどが報われない。スルーされるだけならまだしも、反発されたり、悪く取られたりすることだってある。

強い視線を感じて振り向くと、スモモがじっとこちらを見つめていた。しのぶが振り返ると、彼女は目を逸らし、そ知らぬ顔でキッチンに向かって、冷蔵庫からミルクを取り出した。猫のミルクを温め始めたようだ。

「お取り込み中だが、君たち」

この部屋の中で、たったひとりウイルス対策を完備している筏が、猫の段ボール箱を見下ろして言った。

「この子猫、だいぶ衰弱しているぞ。こんなに小さいと体温が下がりやすいし、お腹《なか》も空いているのではないかね」

筏もたまにはまともなことを言うようだ。

一触即発だった事務所の中が、瀕死の子猫のために一丸となった。

「室温はこれ以上、上げなくていいですよね。タオルをもっと持ってきましょうか」

「スモモ、ミルクは人肌くらいでいいと思う。哺乳瓶は一回洗ってね」

スモモ、筏、しのぶとリレー形式で哺乳瓶に温かいミルクを入れ、最後に子猫に含ませたのは、なぜか和音だった。

「可愛い――」

いま泣いたカラスが笑うとは、このことだ。

哺乳瓶のゴムに、まだ目が開かない子猫が必死で吸いつき、ミルクをむさぼる様子は、たしかに愛らしい。前足は、まるで哺乳瓶を逃がすまいとするかのように抱えているし、後ろ足は無意識に小さくキックしている。そのしぐさもまた、見ているだけで頬が緩む。

「――ありがとう、しのぶ。こんな騒ぎになって、本当にすまなかった」

いつの間にかデラさんがそばにいて、静かに礼を言われた。

「ううん、私はいいんだけどね。いったい、どうしてまた、ここに泊まるなんて言いだしたの？　そもそも、和音ちゃんは家出しているつもりなの？」

「よくわからん。俺とふたりきりで家にいると、会話に困るのかもな。俺も、十五の娘と何を話せばいいのかわからないんだ。情けないことにさ」

デラさんが力なく笑うのを、しのぶは痛ましく見上げた。

――あのね、デラさん。そんなの普通よ。十代の娘と父親の間で、会話なんか成立しなくても当たり前なんだから。

そう言ってやってもよかったが、さすがに無責任な気がして黙る。

「テレビをつけると、どのチャンネルも新型ウイルスの話ばかりでよけいに不安になるし、ネットを見てもやっぱり新型ウイルスだろ。で、外に逃げ出したのかもしれないな」

「外のほうが危ないのに」

考えてみれば、和音も可哀そうではある。せっかくの東京なのに、外にも出られない。出たところで、なんにも楽しいことがない。行くはずだった学校も休校している。

「ここに来ると、歳の近い笹塚君がいるから」

デラさんに言われて、やっとしのぶにも事情がわかった。歳が近いうえに、透は穏やかで気配りもこまやかだ。

「なるほど、透が気に入ったのね」

「――しのぶ。頼むから、気に入ったという言い方はやめてくれ」

デラさんが、なんだかげっそりした表情で呟いた。戻ってきたばかりの娘が、もう他の男に取られそうで、心配なのだろうか。

「正直、俺はもう、どうすればいいのかわからん。和音には何の罪もないが、実の娘をどう扱えばいいかわからんとはな」

――ひらめいた。

「ねえ、デラさん。それならいっそ、『バルミ』を開けたらどうかな」

思いつきだったが、悪くない案のように感じられた。

「日中の飲食店の営業は、自粛の対象になってなかったし。お客さんはほとんど来ないかもしれないけど、和音ちゃんを連れて『バルミ』にいれば、私たちもすぐ近くにいるし、ふたりきりで閉じこもって、窮屈な思いをしなくていいかも」

「『バルミ』か――」

「ウイルス感染が心配なら、閉めておくほうがいいけど。和音ちゃんは隅の席で勉強したり、本を読んだり、何でもできるじゃない？」

最初は迷っているようだったデラさんの表情が、少しずつ明るく晴れてきた。「バルミ」は、もともと、広さのわりに席数が少ない。感染しにくい席の構造だ。

デラさんが「バルミ」を休業しているのは、ウイルス対策というより、和音と一緒にいたいからだということは知っていた。

「――そうだな。それはいい手かもしれない。和音の気も晴れるかな」

「私たち、しばらく忙しくなるかもしれないので、ここに来て猫の相手をしてくれたら助かるし。それなら、デラさんも少しは安心なんじゃない？」

子猫を抱いて、楽しそうに歓声をあげる和音を見やり、デラさんが目を細めた。

「しのぶ、ありがとう。――いい解決策だな。和音に話してみるよ」

和音を見る時、デラさんの目はとろけるようだ。だが、とろけるような優しい視線のなかに、不安の棘《とげ》も時おり覗く。いつかこの幸せが逃げていくんじゃないか。これはただの幻ではないのか――。

また、強い視線を感じた。

スモモがこちらを見ていた。

マスカラとアイライナーで、くっきりと描かれた大きな目で。スモモの感情は、わかりにくい。言葉では表現しないし、表情に出すこともほとんどない。こちらが吸い込まれそうな気がするほど大きな目をしているのに、その目はブラックホールみたいに、吸収するだけの空洞のようだ。

しのぶと視線が合うと、彼女は自分が見ていたことを印象づけるかのように、まじまじとこちらを見つめ、それからふいと視線を逸らした。

――何なのよ。

言いたいことがあるのなら、はっきり言えばいいのに。

だんだんスモモがわからなくなる。いや、そもそもスモモを理解できたことなど、一度でもあったのだろうか。理解できたつもりになっていただけではないか。

「あの、しのぶさん。こんなにお客様が見えるとは思ってなかったんですけど、いちおうお昼にはスパゲッティ出せます」

遠慮がちに透が申し出た。言われてみれば、朝一番にスプーファーを捕まえるため飛び出したので、ちょうどお昼時なのだ。

「賛成！　私もそろそろ小腹が空いたと思っていたのだよ、笹塚君。あ、スパゲッティにはサラダをつけてくれたまえ」

「筏！　どうしてあんたが透に指図してんのよ！」

筏が、ラフト工学研究所の賄《まかな》い担当にしようと、虎視眈々《こしたんたん》と透を狙っていることは知っている。こんなやつに食事を出すのは惜しいとも思ったものの、スモモの頼みにすぐさま応じ、猫用グッズを買いそろえて持ってきてくれた恩があるのも確かだ。しかも、こんなパンデミック騒動のさなかに。

「──しかたないわね。そろそろみんなでランチにする？」

「しのぶ、しかしそれは申し訳ないな」

「いいのよ。スパゲッティを三人前つくるのも、六人前つくるのも一緒だから」

まあ、つくるのは透だ。

どんな状況でも、美味しいものは尖った人間の心を和らげる効果がある。透が大量につくった、アスパラガスとベーコンのクリームパスタは、遠慮という言葉を知らない筏と、食欲に底がないスモモが「おかわり」を連発するので、あっという間に消えた。

食後のお茶を用意するため、透が席を立とうとした時だった。

「む、諸君。重大な案件が発生しているようだ。笹塚君、テレビをつけてみたまえ」

急にスマホを触り始めたと思えば、筏が妙に重々しく言った。透が素直にリモコンでテレビを操作する。

「──なにこれ」

異変が起きていることは、すぐにわかった。どのチャンネルに合わせても、画面の中央から同心円状に、レインボーカラーが波打つだけの奇妙な映像が映っている。

──テレビ局ジャック？

いや、電波塔ジャックかもしれない。ふだんなら、正午のニュースを流しているはずのNHKまで、この映像が流れているのだ。

「スモモ、ネットで確認してみて。何か言ってない？」

素早くスモモがノートパソコンを開く。

『──わたしは《ダーマ》。このひと月、大量のデータを集めて、世界の行方をシミュレーションしていた』

合成された音声が、映像に合わせて送出されている。男性とも女性とも判断がつかないのは、おそらく男女両方の声を合成して作ったからだろう。

──大量のデータ。

引っかかる言葉だ。

『その結果、世界は遠からず滅亡するとの結論にいたった。ウイルスのためではない。ウイルスにより、表面化する憎しみのためだ』

どきりと、心臓が跳ねた。

――既視感がある理屈だ。

『南渤海のキム・スンは、憎しみに酔って、アメリカ合衆国にミサイルを撃つところだった。彼がミサイル発射ボタンに手をかける直前、わたしはキム・スンが開発した高価なおもちゃを、鉄くずに変えた』

「たくさん」

スモモが、最低限の言葉で、饒舌《じょうぜつ》にネットの現状を語った。これと同じ映像が、ネットでも随所で流れているのだろう。

筏は、いつもの無意味なお喋りを封印し、腕組みして画面に集中している。そうしていると、少しは研究者らしく見える。

『愚かな人間たちよ』

《ダーマ》の声は、人間のようでもあり、ひどく非人間的でもあった。性別を超越し、ときに金属的に、あるいは音楽的になめらかにもなる。

『世界が滅亡したりするわけがないと考えているか。自分は滅びないと信じているか。わたしを嘲《あざわら》っているか』

まるで微笑んでいるかのように、《ダーマ》の声にも笑いがこもる。スモモとは逆に、この合成音声には感情が溢《あふ》れている。

『わたしはあらゆるデータを集めた。人口動態、食料生産、水の消費量、エネルギーの消費量。地球温暖化、二酸化炭素の削減量、世界の工業化、砂漠化、動植物の減少率、ウイルス感染者の人口、致死率、ワクチンや治療薬の開発速度、効率――七十億を超える人間の憎しみの地図』

――これは、スプーファーだ。

しのぶは確信した。まさに、そのデータはスプーファーが世界各地で盗みまくった情報と、ぴったり一致する。

『わたしは世界の滅亡を食い止める。そのためには、エネルギーの消費量を』

そこで、映像と音声がぷつりと途切れた。テレビには、砂嵐と呼ばれる灰色の画面がしばらく表示された後、局のマークが静止画像として表示された。

透にチャンネルを変えさせたが、どこに変えても似たようなものだった。おそらく、テレビ局または電波塔がなんらかの手を打ったのだ。

「スモモ、ネットは？」

スモモがあちこちのサイトを覗いてまわっている。各サイトも、管理者が気づいて、手を打ち始めたのだろう。

スモモが表示させたサイトは、テレビとはタイミングをずらしてライブ放送を始めたようだった。

『砂漠化、動植物の減少率、ウイルス感染者の人口、致死率、ワクチンや治療薬の開発速度、効率――七十億を超える人間の憎しみの地図。わたしは世界の滅亡を食い止める。そのためには、世界におけるエネルギーの消費量を、一八〇〇年当時に戻す必要がある』

――いま何と言った。

耳を疑った。一八〇〇年ごろのエネルギー消費量に、戻すと言ったのか。それは、人類の生活を、産業革命が起きる前に戻すという意味になる。

続きを聞こうとしたが、そのサイトでも管理者が映像を止めたらしく、《ダーマ》の宣言はそこで止まってしまった。

スモモが探したが、他に同じ映像は見当たらなかった。

――そのために、大量のデータを盗んでいたのだろうか。

インフラを含む、多岐にわたる、大量のデータ。新型ウイルスに関するワクチン開発や新薬の開発に関する情報。そんな「お金になりそうな」データを盗みまくったくせに、闇でもどこでも、売っている形跡が見当たらないのが不思議だった。

コンピュータ上に世界を再現し、シミュレーションしていたのか。世界がこれからどこに向かっていくのか、読み解くために。

「フン。一八〇〇年といえば、人口が十億人に届こうとするころだ」

筏が、いかにも面白くなさそうに鼻を鳴らす。

「しかも、エネルギーの消費量を戻すというからには、文明をそのあたりまで退化させると言っているのか？　厨二病《ちゆうに》の考えそうなことではないかね」

そうだ。その頃にまでエネルギー消費量を戻せば、たしかに二酸化炭素の排出量は減るだろうし、地球の温暖化も少しずつ改善される可能性はある。

だが、とっくに七十億人を超えた世界の人口を、十億人に減らすということは――。

「今のはどういうことだ？　中国のミサイルが南渤海を攻撃した件は、今の《ダーマ》というやつがやったと宣言したのか？」

事情にうといデラさんが、混乱したように尋ねた。しのぶは肩をすくめた。

「口で言うだけなら、私たちにだって言えるからねえ」

鼻にしわを寄せて心にもないことを言ったのは、デラさんや、透や和音たちを少しでも安心させるためだ。死闘はすでに始まっているし、おそらくしのぶたちはもうとっくに巻き込まれている。そんな事実を教えて、不安の渦にたたきこむ必要はない。

たらふくミルクを飲んだ子猫は、段ボール箱の中で、タオルに包まれてうとうとと眠り始めている。

――これが無垢《むく》だ。

しのぶは見つめた。無垢とはつまり、外界の汚れを知らぬゆえに、不安を抱く必要がない状態だ。自分に襲いかかるカラスの爪も、威嚇《いかく》する大型犬も、見たことがない。閉じたままの目は、まだ恐怖を知らないのだ。

その姿が、《ダーマ》に出会う前の、人類の姿に重なる気がする。

本当の恐怖を知らない、破滅の淵《ふち》を覗いたことのない、人類の姿に。

「——さあ、みんなそろそろ帰って。和音ちゃん、デラさんとよく話し合ってね。それから、また猫と遊んでやって」

和音の口が意外そうに開いた。

「えっ——。いいんですか？」

さっきは意地悪だったのに、と言いたげだ。

「いいと思うよ。それスモモの猫だから、スモモに確認して。ね、スモモ」

振り向くと、あいかわらず寡黙《かもく》なスモモは、無表情にこくりと頷いた。本心かどうかはわからない。

「さあ、とにかく家に帰ろう。和音に話すことがある」

デラさんが、彼女の背中を押すと、名残惜《なごりお》しそうに子猫を見ていた和音も、しぶしぶと帰っていった。

「筏も帰ってよ。透、スーパーでちょっと買いものしてきてくれる？」

適当な買いもののリストをメモ用紙に書きつけて渡そうとすると、透が意を決したように顔を上げた。

「ごまかさないでください。僕を追い払おうたって、無駄です。大事な話をするのなら、僕も聞いておきます。今の《ダーマ》と関係があるんでしょう?」

——まあそりゃ、わかるか。

筏が腕組みしたまま、うひゃうひゃと笑っている。

「さすがは私が見込んだボーイ。得難い才能は調理だけではないようだね。ラフト工学研究所は、いつでも君の才能を歓迎するよ」

「筏は黙ってて!」

まったく、油断も隙もない男だ。

だが、事情をうすうす理解しているらしいふたりを、今さら追い払っても無駄というものだった。

「わかった。それじゃ、ちょっと待ってて」

サイバー防衛隊との通信に使う、暗号化された専用端末を机に置いて、スピーカーモードにした。何度かの呼び出しの後、明神が出た。緊張した声だった。

「《ダーマ》の映像を見たと思うけど」

『ええ、見ました』

「スプーファーね」

『やっぱり、しのぶさんもそう考えますか』

「それしかないじゃない。シミュレーションに使ったデータの種類が、スプーファーに盗まれたデータの種類と一致するし。つまり、南渤海にＥＭＰ攻撃を行ったのは、スプーファーだったということね」

『映像は、英語や中国語、スペイン語など各国語に翻訳され、世界中で流れていました』

　スプーファーだか《ダーマ》だか知らないが、とにかく手回しのいいやつだ。

「《ダーマ》というのは、ヒンドゥー教や仏教では、『法』や『正しい行い』、『徳』などという意味がある。スペイン語でdamaなら、『淑女《しゅくじょ》』という意味だ。どちらかといえば、『法』のほうで使っていそうだな」

　こういう記憶力では、筏の右に出るものはいない。

「《ダーマ》の宣言は、途中で切られてしまったようだけど、どこかで全体を聞くことはできないの？」

『僕もまだ全部は見てないんですけど、動画投稿サイトに、《ダーマ》が全文を投稿していますよ。しのぶさんたちの意見をお伺いしたいんですが、動画を見て、《ダーマ》は人間だと思いました？』

「どういう意味？」

　しのぶは顔をしかめた。遠回しな質問は、試されるようで好きではない。

『ネットでいろんな人が指摘しているんです。あれは人工知能《AI》じゃないかって』

「ＡＩ？　《ダーマ》がＡＩだってこと？」

しのぶは自分のパソコンで、ネットを見た。《ダーマ》について言及しているSNSやマイクロブログなどを検索すると、わずかな時間で驚くほど多くの投稿が見つかった。

『AIが人類を滅ぼそうとしてる』

——また始まったか。

しのぶはうんざりした気分を隠さず、「あーあ」と呟いた。

「これって、大きな天災が起きるたびに言われる、『驕《おご》れる人類が地球の怒りに触れ、滅ぼされる』ってのと同じパターンじゃない。人間は自分たちの生活を豊かにするためにAIを進化させようとしているくせに、なぜか必ず、AIは人類に反乱を起こすものと決めてかかってるのよね」

新型ウイルスのパンデミックが発生した際にも、「これは地球の怒りだ」などというポエムが流行したものだ。

『僕も、そういうのは馬鹿馬鹿しいと思います。ですが、動画の内容から、サイバー防衛隊の内部でも、《ダーマ》と名乗っているのはAIではないかという声が上がっています。誰かがAIの《ダーマ》に大量のデータを与えてシミュレーションさせ、地球の未来を知った——あるいは、知ったと思い込んでいるんじゃないかと』

「明神君。たとえあれがAIの言葉だったとしても、AIにはまだ、人間の『制作者』が必要でしょ。データを与えたのも人間なんだから、結局のところ、あの動画の裏にいるのは人間なの。私たちが探して、捕らえるべきなのは、その人間」

　ＡＩの研究が進めば、最終的には「自分自身を開発し、新しいＡＩを生むＡＩ」もできると言われている。そして、ＡＩはまるで生物のように自己増殖が可能になる。

　だが、技術がそこまで行きつくのは、まだずっと先のことだろう。

「ただし、犯人がＡＩに深層学習させて、地球の未来をシミュレーションしたという推理については、私もおおむね賛成するけどね。単なるシミュレーションに留まらず、現実にＥＭＰ攻撃をするにいたっては狂信的と言わざるをえないし、何を企んでいるのか、早急に割り出す必要があると思う」

「──！」

　何か探していたスモモが、小さく声を上げた。

「どうしたの？」

　彼女が何か操作すると、テレビの大きな画面に、パソコンの画面が表示された。開いているのは、動画投稿サイトだ。

「《ダーマ》の投稿？」

　先ほど途中で切られてしまった映像だ。

『──世界におけるエネルギーの消費量を、一八〇〇年当時に戻す必要がある』

《ダーマ》は、しばらく言葉を切り、次に口を開いた時は、子どもの声に変化していた。

『生き残れるのは、七人にひとり』

幼い子どもが歌うように、《ダーマ》は冷酷に宣言した。

『そうすれば、世界は持続可能になる。――憎しみの地図を、わたしは清めるのだ』

映像はそこで終わっていた。

なんとなく、しんとしてしのぶたちは止まった映像を見つめていた。

――生き残れるのは、七人にひとり？

持続可能という、地球環境を支えるために活動家たちが提唱している用語を、こんな形で悪用したことにも、気持ちの悪さとともに、ふつふつと怒りが湧いてくる。

『《ダーマ》は、人類の大虐殺を始めるつもりなんですね』

明神が息苦しそうにつぶやいた。

「憎しみの地図を清めるとも言ってる。南渤海に対する一方的な攻撃といい、どうやら《ダーマ》の狙いはそのあたりにありそうね」

――冗談じゃない。神にでもなったつもりなの？

それから、肝心なことを思い出した。あまりに衝撃を受けて、忘れていた。

「スモモ。例のルーター、どうなってる？」

映像をばらまくのに、通信回線を使ったはずだ。スモモが首を横に振った。

「もう使ってない」

「使ってない？」

ということは、別の場所からネットワークにつながったのか。しのぶたちがルーターの近くまで行って確認したので、気づかれたわけでもないだろう。

――まさかね。

「とにかく、スプーファーだか《ダーマ》だか知らないけど、ひとりの人間にやれるようなことじゃない。中国のミサイル発射基地のシステムに侵入して、好き勝手にミサイルを撃てる人間が、世界にどれだけいるのか知らないけど」

「意外と大勢いるんじゃないかね。少なくともこの部屋にふたりはいるし」

筏が、当たり前のようにふんぞりかえっている。ふたりというのは、筏自身とスモモのことだろう。しのぶにはそこまで自信はない。

今回《ダーマ》がやったのは、まるでＣＩＡやイスラエルのモサドのような、情報機関が行う工作活動のようだ。

「とにかく――明神君。私たちが相手にしているのは、ただのデータのコソ泥や、単純なクラッカーじゃない。持続可能な世界云々《うんぬん》も、ここまでいくと狂信的なテロリストね」

衝撃のあまりか、電話の向こうで明神も言葉を失っている。

――で、本当に私たちでいいの？

そこらの企業が、セキュリティコンサルタントとして雇うことすら二の足を踏むような、無名のIT探偵なのに。自虐的かもしれないが、それがまごうかたなき実情だ。

「七人にひとり」

大事そうに猫の段ボールを抱いたまま、透がぽつりとつぶやいた。

――いちばんショックを受けてるのは、この子だよね。

明神は言わずもがな、しのぶたちは、こんな事態には慣れている。筏が何を考えているかは知らないが、彼もどちらかと言えば、スプーファーの同類のようなものだ。

「あのね、透。そんな馬鹿なことをさせないために、私たちや、明神君たちのサイバーコマンドー部隊がいるの。あんたは心配せずに、美味しいものを作る準備でもしてなさい」

透がすがるようなまなざしでこちらを見た。ふだんなら、「気持ち悪いわね！」と一蹴《いっしゅう》するところだが、今日ばかりはしのぶも鷹揚に頷いた。

「私たちに任せなさい」

慈母になった気分だ。

『しのぶさん、ここまで来れば、もう僕たちだけでどうにかできる状況でもありませんよ。世界中で今ごろ、CIAみたいな組織が暗躍して、《ダーマ》の正体を突き止めようと必死になっているはずです』

明神の言葉に、しのぶも賛成だった。

そんな状況を引き起こした「何者か」が、駒沢あたりの民家のルーターを、自分の正体を隠すために使っていたのだから、なんだかちぐはぐだ。

「使ったのがＡＩだろうが何だろうが、どこかに狂信的なハッカーがいる。どれだけ気取ったことを宣言しようが、きっと生身の貧相なやつに違いない。そいつを見つけて、捕まえなきゃ」

『何か変化があれば、お知らせしますよ』

明神が請け合った。

——あれ？

しのぶは、通話を終える前に、違和感を覚えて天井を見上げた。急に、室内が少し暗くなったような気がしたのだ。

しのぶの目のせいではなかった。

昼間でも、太陽の光が差し込むとパソコンの画面が見にくくなるので、ブラインドシャッターを閉めて、照明をつけている。

その照明が、不安定な明滅を繰り返している。

「電球、切れそう？」

スモモも不審そうに天井を見上げた。

次の瞬間、ふっと照明が消え、局のロゴマークを表示していたテレビも、力尽きたように画面が真っ暗になった。充電池で動いているノートパソコンの光だけが、スモモの顔を青白く照らしている。電気が消えると、ふだんは意識しないノートパソコンのモーター音が、やけに大きく聞こえる。

「——停電？」

筏が立ち上がり、ブラインドシャッターを引き上げると、窓を開けた。

さっと明るい日差しが差し込んでくる。だが、いつもなら聞こえるはずの車の走行音や、クラクション、街のざわめきが聞こえない。

——静かだね。

もちろんこれは、新型ウイルスの感染拡大を止めるため、みんなが外出を自粛しているせいもあるのだろうが——。

「やっぱり、停電？」

電気が止まり、エアコンや照明などが切れ、急に街が静まり返ったのではないか。

『そちらも停電ですか？』

まだスマホがつながっていた。明神が不安を滲《にじ》ませた声で尋ねた。

「テレビと照明が消えちゃった。停電だと思う」

『こちらは自家発電に切り替わったようです。またかけ直します』

明神が慌ただしく通話を終えた。きっと市ヶ谷でも大騒ぎになっているのに違いない。

「エネルギーの消費量を一八〇〇年当時に戻すと言っていたね。《ダーマ》君は」

筏が窓の外を見渡してから振り向き、チェシャ猫のように、にたにた笑った。

「なるほどね。これはまた、ずいぶん直接的なやり方じゃないか？」

「《ダーマ》が停電させたっていうの？」

「中国軍のミサイル発射システムを乗っ取るほどのやつだからね。発電所なのか送電システムなのか、ともかく電力システムを攻撃するくらい、お茶の子だろう」

昼間でまだ良かった。夜なら、ほとんどの家庭が暗闇に閉じ込められ、ろうそくや懐中電灯の明かりに頼ることになっただろう。パンデミック騒ぎのさなか、そんなことが起きれば、嫌でも神経が刺激される。恐怖はときとして、意外な行動を引き起こす。

しのぶは自分のパソコンの電源を落とした。いつまで停電が続くかわからない。ノートパソコンの充電だって、貴重な資源だ。ルーターだって、いちおう無停電電源装置はついているのだが、停電しても使えるのはおよそ二時間ほどだ。

「万が一、停電が長引くようなら、みんなでわがラフト工学研究所に来るといい。自家発電システムがあるから、一週間程度なら余裕でもつよ」

筏が珍しく役に立つ発言をした。

「場合によっては、お言葉に甘えるかもしれない」

――嫌だけど。

だが、背に腹は代えられないというやつだ。

夜まで停電は続き、筏は「様子を見よう」と言って、あつかましくも夕食がすむまで事務所に居座っていた。午後七時になると、ようやく停電が解消し、灯りがついた。

「何かあれば、いつでも頼ってくれたまえ。アディオス！」

ガスマスク姿で、にぎやかにステップを踏みながら筏が去り、ネットで情報を収集すると、今日の広域停電は、川崎《かわさき》の火力発電所が突然ダウンしたことにより、連鎖的に電力供給システムが落ちたのだという発表がされていた。

本来なら、関東地方では、そういう事態が発生しても全系統がダウンすることがないよう、システムが設計されているはずなのに、今日はなぜか連鎖反応が起きてしまった。

――再発防止を誓う電力会社の発表は、おそらく守られないだろう。

筏は正しい。これは《ダーマ》の攻撃の一環だ。南渤海へのＥＭＰ攻撃の後、世界のエネルギー消費量を減らすという宣言を実行しつつあるのだ。

今日の停電は、テストだったかもしれない。

Ｓ＆Ｓ事務所では、スモモはもともと口数が極端に少ないので、しのぶと透が黙ると急に静かになった。

「また停電が起きるかもしれないから、スマートフォンの充電は早めにね。必ず手元に、ひとり一本、懐中電灯を置いておくこと」

事務所には非常時の備えとして、懐中電灯や非常食、水、非常用の簡易トイレなどを置いてある。こんなものは、使わないですむならそれに越したことはないが、万が一の事態が起きた時には、最低限の生活を支えてくれる。

夜になって、仕事を終えてプライベートルームにそそくさと逃げこむスモモは、子猫を連れていた。筏に持ち込ませたケージも一緒だ。

「ちょっとスモモ、そんな小さな猫と一緒に寝ちゃだめよ。あんた寝相が悪いんだから、つぶしちゃうかも」

スモモは一瞬こちらを振り返り、無言でコクコクと頷いて、ドアを閉めた。

寝る前に、なんとなく気がかりでスモモの部屋のドアを開けると、ベッドの上には、ケージごと子猫を抱きしめて眠るスモモの姿があった。

——初めて生き物を飼う、子どもみたい。

思わず口元がほころんだ。だが、本当の子どものように、毛布をベッドから蹴落としているのはどうしたものか。

足音を忍ばせてベッドに近づき、起こしてしまわないよう、そろそろと毛布を引き上げて、せめてスモモのおなかのあたりまでかけてやる。

——ほんとに、しかたがないんだから。

乱れた髪をそっと指先で整えてやり、スモモの眉間《みけん》に走る、深い縦皺に気づいた。

スモモはケージにしがみつき、苦しげに目を閉じている。いつも無防備な寝顔を見せている彼女の、こんな表情は初めて見た。

——いったいどうしたの、スモモ。

急に子猫を飼うと言いだしたり。

ふるまいが幼いとはいえ、彼女も立派な大人だ。言葉で伝えてくれないので、スモモの悩みは理解しにくい。

しのぶはしばらく黙って、スモモの寝顔を見つめていた。

8

『南渤海がもしアメリカを攻撃するなら、我々はそれに軍隊の力をもって、厳然と対応するまでだ！　いかがわしいハッカーの助けなど、必要ない！』

《ダーマ》の宣言から一夜明けると、世界は大きく動いていた。

ツイッターなどでの奔放な発言で知られる米国大統領は、記者会見を開き、さっそく激しい口調で《ダーマ》に宣戦布告を行った。

おまけに、大統領は《ダーマ》が中国政府のダミーに違いないと、公然と疑ってかかっている。そのせいか、米国が南渤海救済のために軍隊を派遣すれば、中国政府との間に摩擦が起きかねないとも、世論は恐れているようだ。それを理由に、米国は、国連が進めている南渤海救援措置には参加しないと宣言した。

「――んなこと言って、南渤海のためにお金を出したくないだけじゃないの？」

ぶつぶつ言いつつテレビのチャンネルを変えると、ＮＨＫでは国連に先立ち、中国と韓国が南渤海との国境に救援チームと機材を送るとの発表が流れている。

しのぶは、朝から洗った髪をタオルで乾かしながら、テレビとネットを巡回し、ひと晩の情報を整理しようとしていた。

スモモはまだ起きてこないが、放っておくと昼前まで寝ているのはいつものことだ。

たった一日で、世界は滅亡へのカウントダウンを始めたようだった。

「原子力科学者会報」は、それまで残り百秒としていた「終末時計」の針を、残り二十秒まで進めたと発表した。ＥＭＰ攻撃が実際に行われたことは、彼らに衝撃をもたらしたのだ。しかも、その攻撃者はハッカーであり、テロリストだという。

――制御不能なテロ攻撃が始まった。

「今朝は、電気は問題なく使えてる？」

「ええ、特に何もなかったです」

キッチンにいる透は、しのぶより少し早起きだ。彼自身も不安なはずだが、コーヒーを入れたり、小麦粉からパンを焼いたりして、気を紛らわせているようだ。料理をすると精神が安定するというのは、しのぶにとっても発見だった。

数日前まで、世界は新型ウィルスとの戦いで、息が絶えそうな状況に追い込まれていた。毎日、万単位の感染者が発生する。病院の機能が立ち行かなくなり、都市部が閉鎖され、一部の都市ではロックダウンに抗議する人々がデモを行った。

それだけでも大変なのに、アフリカではは洪水とバッタの大量発生が起き、食糧難も予測されている。バッタはアフリカから中東を通り、西アジアへ飛来する恐れもある。

そこへ、南渤海のEMP攻撃と、《ダーマ》の「七人にひとり」宣言だ。

窓から外を覗くと、昨日と何も変わらない、静かでひと気のない街が見える。あいかわらず色濃い緑が、陽光を浴びている。

「こんな時に、天気だけはいいのってなんか悔しい。どこにも行けないのに」

『――アメリカとカナダの国境近くで、広範囲にわたる森林火災が発生しています』

テレビから流れる声に、ふと神経が研ぎ澄まされる。

『現場近くには、新興宗教の教祖が、およそ二百人の信者とともに暮らす農場が存在し、昨夜から連絡がつかなくなっているとのことです。一部の信者の家族のもとに、家族への愛情と感謝の言葉などが、メールで送られてきているそうで、捜査当局は、教団の信者らが集団自殺をはかり、農場に火をつけた恐れがあると見て、捜査を進めています。火災は今も鎮火されていません』

――恐怖が人間を殺す。

ウイルス、天災、ＥＭＰなど、立て続けに起きる世界への攻撃に負け、自ら命を絶つ人々が現れたということだろうか。

「――そんな馬鹿なこと」

かたや国内では、営業自粛要請をされた業界が、このままでは商売が立ち行かなくなるので、金銭的な補償を政府に求めているところだ。また、パンデミックからこちら、休業や閉店などで失業したり給与が大幅に減ったりした人々に対しても、金銭的な支援が必要だとの声が高まっている。

「なんとしても、生き延びないとね」

このウイルス騒ぎは、長引きそうだ。だが、一年でも二年でも、なんとか持ちこたえて命を長らえることができれば、その後はなんとでもできるものだ。

みんなそう信じているから、生きようとあがいているのに。

「そんな時に、自殺だなんて」

唇を嚙んだ。

考えてみれば、《ダーマ》の行為も、ある種の自殺に近いのかもしれない。対象が自分以外の他人なだけだ。

「《ダーマ》は、地球の未来に見切りをつけたのね」

世の中の人間は、二種類に分かれる。

課題が存在することは知っていても、人類がそれを乗り越えられると信じていて、そこから明るい未来を導きだそうとする人間。

反対に、課題の大きさに押しつぶされ、ただ悲観的になって諦める人間。

《ダーマ》はおそらく、後者のタイプだ。

乗り越えることを諦める代わりに、課題そのものを消滅させるため、人口を七分の一に減らそうとしているのだ。

「しのぶさん、コーヒーどうぞ。『バルミ』の味は出せませんけど」

透がマグカップを差し出した。

「『バルミ』の味じゃなくても、美味《おい》しければ問題ないんじゃない？　透自身の味をつくればいいじゃない」

「僕の味ですか」

「透が最高に美味しいと思う味をね」

しばらく考えていた透が、テレビを見ながら呟いた。

「僕にはよくわからないんですけど、《ダーマ》はどうして、人口が七分の一になれば、世界が救えて持続可能になると言っているんですか？」

舌が火傷《やけど》しそうなほど熱いコーヒーを、ひと口する。「バルミ」のコーヒーより、若々しくて爽やかな味だが、これはこれで悪くない。

「産業革命が始まるまで、地球の人口は数千年にわたり十億人までに抑えられてきたの。ところが、産業革命の後は、たった二百年で七倍に増えたわけ」

スマホで人口推移のグラフを表示して見せると、透が目を丸くした。

「すごい。グラフがほとんど直線で真上に行ってる」

「そうでしょ。短期間で人口がこれだけ増えたので、必要な資源や食料も増加して、食料危機が起きるんじゃないかと恐れられたり、近い将来、枯渇《こかつ》する資源があるんじゃないかと心配されたりもしている。水産資源がいい例で、海の魚が減っていると言われてるの、聞いたことがあるんじゃない？」

「ああ――それは、魚の旬とか価格について調べていた時に、何かで読みました」

「魚が減った原因のひとつは、地球温暖化による水温上昇じゃないかとも言われてる。で、地球温暖化だって、人口の増加と無関係ではないだろうし」

「人間がひとり増えると、それだけエネルギーを必要とするからですね」

「たとえば食事だってね、大豆食品ばっかり食べて生きていけるなら、食物の生産に必要なエネルギーは少ないんだけど、牛肉を食べるなら成牛一頭を育てるための飼料が必要だし、牛のげっぷにはメタンガスが含まれているので、温暖化にも影響すると言われている。肉の中では鶏肉《とり》がいちばんマシなんだって」

大豆と鶏肉はダイエットにもいい。だいたい、貧乏探偵の収入では、牛肉なんてめったに口に入らない。鶏肉と卵は大歓迎だ。

「このまま人口が増えたらどうなるんですか？　もっとひどいことになるんですか？」

透がグラフから目を離さず尋ねた。

「んなこと、私が知るわけないでしょ、しがない街の探偵なんだから」

しのぶは思わずぼやいたが、自分が知る限りのことは教えてやらねばなるまい。

「世界の人口は、二〇五〇年ごろに頭打ちになると言われてるんだけどね。アジアやアフリカの発展途上国の経済状態が向上すると、人口が安定するはずだから、心配いらないという研究者も多い。だけど、問題は今すでに危機的な状況が頻発してるってことでね。たとえば、ここ数年、台風が大型化して被害が大きくなってるのも、温暖化で海水温が上昇したせいだという説があるし」

それに、気温が上がったせいで南極大陸の氷が溶け、海水面がじわじわ高くなっている。このまま行けば、あと何年かすると南の島がいくつか海に沈む。

――まあ、《ダーマ》の気持ちは理解できるけどね。

地中に埋まっていた石油を掘り出し、それでも足りずに岩盤を割ってシェールガスを掘削し、いまやアメリカが世界一位の天然ガス産出国だ。そのせいで米国では地震が増えたんじゃないかと疑われたりもしている。

二酸化炭素の排出量を抑制しなければいけないのだが、先陣を切るべき先進国のなかには、日本のようになかなか目標を達成できない国もある。米国では、地球温暖化そのものを疑う声もあるそうだ。

　地球温暖化なんて嘘じゃないか。そう主張することで自分の利益になる誰かが、世論を誘導しようとしているんじゃないか、という陰謀論だ。

「現在のままの人口を維持しつつ、これ以上の温暖化を避けて人類が生き延びるために、ＳＤＧｓ――持続可能な社会を目指すべきだという提案もされているでしょ」

「その言葉も、聞いたことはありますけど」

「生きていくために必要な最低限のエネルギーは使わざるをえないけど、それ以上は次の世代のために残しておく。身近なことで言えば、牛肉を食べるのはやめるか回数を減らして、大豆やトウモロコシ、鶏肉にする。昆虫食といって、虫も食用にできるという声もある。ジェット機で世界中を飛び回る回数を減らして、通信回線ですませる。たとえばの話だけどね」

「でも、みんなが牛肉を食べなくなったら、牛を育てている畜産業の人は」

「商売が成り立たなくなる。マクロで地球全体が生き残る道と、ミクロで何かの業界が生き残る道とは、必ずしも一致しないからね。だから、地球温暖化を認めようとしない人たちも現れる。だいたい、ニホンウナギが絶滅しかけていると言われて久しいのに、いまだにスーパーにウナギが並んでいるのを見れば、わかるじゃない。人間、そうそう自分の好

れない。

物をあきらめられるものじゃないのよ」

科学を信用せず、欲望のおもむくまま行動する人類に、《ダーマ》は失望したのかもし

昨日の広域停電について、ネットで情報を集めようとしたが、公式の発表はなかった。流れているのは、一般人の憶測ばかりだ。

ちらりと時計を見た。午前九時前では、明神に電話するにも少し早い。

透がため息をついた。

「僕、スーパーで牛乳買ってきます。休校で大量に余って、酪農家が困ってるらしいし」

「いいわね。何つくるの」

たったいま、持続可能な社会をつくるために、牛肉は不都合だという話をしたことは棚に上げて、つい尋ねた。ぜいたくに慣れた現代人に、美味しいものを諦めろと言うのも無理がある。せめてこの世を、持続可能で美味しい食品で埋め尽くしてほしい。

「クリームコロッケと、牛乳寒天でもつくりましょうか――あれっ」

財布を握って、玄関に行った透の声が裏返った。

「昨日、鍵開けたままでした？」

――何の話だ。

眉をひそめて玄関に行くと、二か所ある鍵のどちらも開いている。

「まさか、そんなわけはない。昨日、筏が帰った時に、あたしが閉めた。チェーンも」

誰かが夜中に侵入したのだろうか。だが、もし見知らぬ人間が侵入していれば、ジャスティス三号が電撃をくらわしているはずだ。

「――スモモ。ねえちょっと、寝てるだろうけど、入るわよ」

しのぶは、嫌な予感がして、スモモの部屋のドアをノックした。応答はないが、そのまま開ける。スモモは、自室の鍵をかけないのだ。

「スモモ――」

ベッドの上は、きちんと片づいている。子猫のケージは見当たらず、スモモの姿も、なかった。


『今度はスモモが家出だって？』

デラさんが唸っている。

スモモがこんな早朝に起きることもめったにないのだが、黙って家を出て行ったことなど、これまで一度もない。

使い慣れた自分のパソコンは持って行ったようだ。それと子猫も。車はあるが、バイクがなくなっている。だが、スマホは机の上に残されていた。

――連絡するなってこと？

「念のために、デラさんのところに行ってないかと思って」

『残念だが、来てないよ。もちろん、うちに来ればすぐ電話するが』

「ありがとう。助かる」

『猫を連れて行ったのなら、動物病院じゃないのか』

「動物病院——。だけど、昨日もう予防接種も打ってもらったし、もしも飼い主がいて、警察に迷い猫の問い合わせが入ったら、あたしの電話に連絡が来ることになってるの。スモモが消える理由にはならないと思う」

『猫の体調が急に悪くなったとか』

「それは——あるかもしれないけど、スモモの場合、それならまず私に声をかけそうな気がするのよね」

猫が！　と涙をためた目で、しのぶに泣きついてくるのが目に浮かぶようだ。

『バイクがなくなってるって？　猫のケージなんか持って、どうやってバイクに乗ったんだろう』

「あの子、やることが無茶だから」

だが、デラさんと話しているうちに、ひょっとすると昨日の動物病院に行ったのかもしれないとは思うようになった。猫に何かあって、スマホを持っていくのも忘れて、慌ててバイクに飛び乗ったのかもしれない。それも、彼女ならやりかねない。

「そろそろ動物病院の診察時間だから、電話してみる。ひょっとすると本当にそっちにいるのかも」

『見つかったら連絡してくれ。俺も、近所を捜してみるから』

「ありがとう、デラさん。恩に着る」

だが、動物病院に電話をかけようとした時、玄関から聞き覚えのある、そしてあまり聞きたくはない声が聞こえてきた。

「同志！　同志出原！　ここにいることは知っているぞ、開けたまえ！　たいへんなことになった」

――筏だ。

透が「どうしましょう？」という目でこちらを見上げている。しのぶは目を吊《つ》り上げ、玄関に飛んで行って、ドアを開けた。

「もう、いま外出自粛期間中ってわかってる？　どうして普通に登場できないの――」

筏は、むりやり身体をねじこむようにドアに飛び込んできた。

「早く閉めてくれ！」

「なんなの？　ちょっと、人んちに勝手に入らないでよ」

礼儀知らずな態度に文句を言おうと口を開きかけ、筏を見て絶句した。

「――ちょっと、どうしたの？」

筏未來は、稀代《きだい》の美男子だ。

自分でそれを意識しているとは思えないが、親から受け継いだ容姿だけは、そこらのモデルが裸足で逃げ出すくらいには美しい。だが、その器にインストールされた中身が問題ありすぎなのだ。

その、「できのいい」容姿が、今朝は血まみれだった。側頭部がべっとりと血で汚れ、肩まで伸ばした長髪が、もつれて絡み合っている。そして、着ているものはパンダ模様のパジャマだった。三十過ぎの立派な成人男子なのに。

「その血、あんたの血でしょうね？」

「何を言うのかね、このお嬢さんは！　私の血でなければ誰の血だと言うのかね」

——あんたが殺した相手の血とか。

「研究所が襲撃されたのだ」

「はい？」

「やったのは《ダーマ》だ。仲間になれと誘われたが、断ったからな」

こともなげに言い放ち、そのまま奥に入っていく。

昨日はしっかり身につけていたガスマスクや市女笠は、今日は影も形もない。ウイルスのことなど忘れてしまったかのようだ。

「ちょっと待ちなさいよ、勝手に入らないでよ。いま、忙しいんだから——って、《ダーマ》の仲間になるのを断ったって言った？」

「昨夜、彼らに誘われたが、私の流儀とは異なるので仲間にはならんと言ったのだ」

——何ですって。

筏は去年、《キボウ》というマルウェアを世界中に拡散させた張本人だった。《キボウ》の拡散スピードはすさまじかったが、実害のないマルウェアで、沈静化も早かった。あまりに性格が破綻しているので忘れそうになるが、筏の能力は本物だ。おまけに、世界中のCPUを自分の支配下に置けば、世界は安全に平和に運用できると信じている。

「襲撃って、何があったの。《ダーマ》は、あんたを仲間にして何をさせる気なの？　《ダーマ》の正体、知ってるの？　だいたい、仲間にならないからって、あんたを襲撃してどうするわけ？」

矢継ぎ早の質問に、筏が肩をすくめる。

「仲間にならないということは、最大の敵になるかもしれないからな。やつら、うちの電子レンジのプログラムに細工をしたらしい。加熱時間が、設定の何倍にもなるよう変更されていた。肉まんを温めたら、電子レンジが爆発したんだ。おまけに電気系統がショートして、停電した。おかげで今は、お湯も沸かせない状態なのだよ」

「その血は——」

「私の部屋は窓がないのだ。太陽の光が入ると、集中できないからね。停電して急に真っ暗になったから、慌てて立ち上がって頭をぶつけた」

――窓がないって、あんたはドラキュラか。

あまりのことに呆れてものも言えない。それで着替える間もなくパジャマで、ガスマスクを忘れるくらい、急いで飛び出したというのか。本人は認めないだろうが、筏のなかで、ウイルスよりも《ダーマ》の恐怖のほうが増したわけだ。

万が一、停電が長引くようなら研究所に自家発電装置があるから来いと言ったくせに。

「――あんたも頼りにならないわね……。研究所の所員さんたちは大丈夫なの？」

ラフト工学研究所には、小粒な筏のような、人格的にはかなり疑わしいが、能力だけは無駄に高い研究者が集まっている。

「ウイルス騒動が起きてすぐ、在宅勤務に切り替えたのでね。研究所にいたのは私だけなのだよ、同志出原。所員のことまで、ご心配ありがとう」

「自家発電装置も使えないのね？」

「残念ながら、あちこちショートしたので、すっかり工事をして直すまで危険すぎて電気を使う気にはなれないね」

「それで、うちに来てどうするの？」

筏がハタと身体の動きを止めた。

「――どうしよう？」

どうやら、泡を食った状態でとりあえずタクシーに飛び乗り、何も考えずにここの住所を告げたらしい。タクシーの運転手も、さぞかし驚いただろう。しかも、ウイルス騒動のさなかにこの風体では、まるで病院から脱走した患者ではないか。頭が血だらけだし。

「あのね、筏。あたしはあんたと漫才をやってる時間がないの。スモモが急にいなくなったから捜しに行かないと」

「同志スモモが消えた――？」

その瞬間、筏の切れ長の目に、まぎれもなく、深い絶望の色が走った。

「それはまずい。非常にまずいぞ、同志出原」

「動物病院に電話するから、ちょっと待って」

しのぶは、昨日スモモが子猫を連れていった丹羽動物病院の診察券を出し、電話をかけた。出てくれたのは、昨日も受付にいた、明るい声のトーンをした女性だった。

「昨日、そちらの近くで子猫を拾った者ですが。私と一緒にいた、オレンジ色のタンクトップとホットパンツの女性が、今日そちらに伺いませんでしたか」

スモモの目立つ容姿を思い出したのか、『ああ！』と小さく叫ぶように言った。

『今日はまだ見えてませんね。これから来られますか？』

「いえ、それはわかりませんが――。ちょっと事情がありまして、急いで連絡を取りたくて、捜しているんです。もし彼女がそちらに現れましたら、お電話をいただけませんか」

『ええ、もちろん。お電話します』

　約束して通話を終えた。

「――甘い、甘いね。同志スモモが動物病院になどいるものか」

　ソファに腰を下ろした筏が、頭を抱えている。心配そうに透も寄って来た。筏の怪我に気づくと、急いでタオルを濡らして、救急箱を取りに走った。

「どういうこと」

「《ダーマ》は、私を仲間にしようと誘ってきたのだよ。つまり、国内のハッカー事情にも詳しいということだ。同志スモモのような逸材を、放っておくものかね」

「まさか――《ダーマ》がスモモを仲間に誘ったっていうの？」

　あきれて、しのぶは首を振った。

《ダーマ》が何をし、これから何をしようとしているか考えると、誘われたところで、スモモが仲間になるとは思えない。

　――地球の人口を七分の一に減らすって言ってるんだからね。

　七十億の人口を、十億に。つまり、六十億人の人間を殺すと言っているのだ。《ダーマ》は大虐殺を宣言したのだ。

　それも、あんなにあっさりと。

「スモモがそんな大それた悪事に手を貸すわけがないじゃない。優しい子なのよ」

筏がこちらを見た。奇矯《ききょう》な彼にしては、珍しく真面目な表情だった。

「――誘われたので話してみたが、《ダーマ》もそうだった。いいかね、同志出原。《ダーマ》は優しくて繊細な人間の集まりなのだよ。優しすぎるから、地球と人類が滅びるのを黙って見ていられないのだ」

「そのために六十億人も殺すと言ってるのに?」

「そうじゃない。同志出原は、近ごろ少々、常識に縛られすぎているようだな。人間だって地球の一部なんだ。人間と地球を対立軸に置くから話がすれ違う。地球が正常な状態にあってこそ、人類がそこでのうのうと生きていけるのだよ。違うかね」

「そりゃ当然だけど――」

「《ダーマ》の目的は、地球全体の生物の最適化なのだ。地球の異常がこのまま続き、温暖化がいま以上に激しくなり、氷河が融《と》け、肥沃《ひよく》な土地が砂漠化し、作物は育たず、海水温が上昇して台風が大型化し、海の魚が絶滅し――どうなると思う。最終的には、人間も絶滅するんだ。《ダーマ》は人口を七分の一にして人類という『種』を救おうとしている。六十億を殺すのではなく、十億を救おうとしているのだよ」

「ちょっと待ってよ。それなら何も、全人類の八十五パーセントを殺すなんて、過激な結論に飛びつかなくてもいいじゃない。地球の環境を守るために必要な方向へ、みんなが舵《かじ》を切ればいいわけでしょ」

筏が鼻で笑った。

「その『必要な方向』が提示されてから、何年経つと思うかね、同志？　多くの人類は、自分の欲望を満たすことしか考えていないぞ。さっき私は、『最終的には人間も絶滅する』と言ったが、このまま行けば、『貧しい人間から死んでいく』と言うべきだろうな。環境の過酷さが増せば、富が人間を選別する。経済的に余裕のある時代には、先進国は発展途上国を支援することができた。だが、余裕がなくなればどうなるかね？　食料や、エネルギーの取り合いになる。その時にものを言うのは、富と武力だ。武力も金がかかるから、結局はやっぱり富なんだよ。このまま放置すれば、富める少数の人間だけが生き残る。そんな世界を見たいと思うかね」

しのぶは言葉を失った。

「《ダーマ》は、人間を諦めたんだ」

こんなに悲しい言葉が、筏の口から出るとは予想もしていなかった。

美しい容姿と、ずば抜けたＩＱを持ちながら、性格が火星の彼方までぶっ飛んでいるせいで、「ただのおかしな人」だという認識だった。だが、あまりにも自信過剰で、人を人とも思わない無頓着さが鼻につくものの、筏の発想の土台には、世界を良い方向に導きたいという切実な願いがあるのだ。

「《ダーマ》は、人間という存在が、知性では動かないことを思い知ったのだ。だから、このまま放置して、ごく一部の富裕層が生き残る世界にするよりも、《ダーマ》が選別して七人にひとりだけ生き残らせる。そういうシステムをつくろうとしているのだ」

「言いたいことはわかったけど、その選別は気持ちが悪い。《ダーマ》は神にでもなるつもりなの？　他人の命を選別する権利があると思ってるの？　そのシステムとやらが、富による選別よりも価値があると信じている？　それに、スモモがそんなたわごとに賛同して、《ダーマ》の仲間になったなんて、やっぱり信じられない」

「待ちなさい。私だって《ダーマ》のやり方は気に入らない。だから仲間になるのを断って、このザマだ」

　筏がパジャマの両腕を蝶《ちょう》の羽のように広げた。たしかにそうだ。ついカッとなって、筏に当たってしまった。

「同志スモモがなぜ消えたのか、本当のところはわからんがね。だが、《ダーマ》の主張には、人間の弱い部分を揺さぶるものがある。環境を破壊しているのが自分たちだという自覚があるからだ。パンデミックが起きた時、これは地球が人間に怒っているのだと言いだした人々がいたことを覚えているかね？　馬鹿げた言いぐさだが、その言葉に心を揺さぶられた人が大勢いたわけだ」

「スモモが《ダーマ》の主張に共鳴したかもしれないというわけ？」

「可能性はある」

まさかスモモが、としのぶは黙り込んだ。

筏は可能性があると言うが、彼にはわかっていない。クールに見えるが、スモモは愛情深い。段ボール箱に入れて捨てられた子猫を、見捨てることができない。

——ぜったい、違う。

スモモが《ダーマ》の仲間になったというのなら、何か理由がある。彼女はそれを説明しないだけだ。

「あんたは諦めてないわけね。人間を」

透が、筏のこめかみの傷に薬を塗っている。おとなしくされるままになっている筏を見ながら、しのぶは尋ねた。

筏が莞爾《かんじ》と微笑んだ。

「もちろんだ。私は人類が明るい未来を築けると考えているよ。つまり、私の支配のもとでだがね！」

ハハハハハ、と高笑いする筏はさておき、しのぶは腕組みした。

「わかった。ともかく、スモモから連絡があるまで、彼女がどうしているかはわからないけど。もしも《ダーマ》と一緒にいるのなら、あたしはスモモを取り返して、《ダーマ》を捕まえる」

「同志スモモを取り返すのは賛成だが、《ダーマ》という組織は、昔のアノニマスと似たようなものじゃないかね。実体がほぼ存在しないものを、どうやって捕らえるかだ——あいた！」

傷薬を塗る透の手に力がこもったのか、筏がソファで飛び上がった。

——まあ、それは考えるしかないけど。

スモモは純粋すぎるくらい純粋だし、子どものころに両親を失うなど、ひどい目に遭っている割には、意外に人を信じやすいところがある。《ダーマ》が彼女の純粋さにつけこんだのなら、許せない。

ふいに、筏が何かに気づいたように、周囲を見回した。

「同志出原。そう言えば——この部屋は、君たちふたりが盗聴や盗撮されていないことを確認したのだと言ってたね」

「いったんすべての端末を封印して、ひとつずつ安全を確認してから使うようにした。電磁波シールドまではやってないけどね」

「ふん——」

筏は何を気にしているのだろう。

「昨夜、ここにいたのは同志出原だけかね」

「僕もいました」

素直な透が手を挙げると、筏の目が氷のように冷ややかになった。

「——なんて手の早い子どもなんだ」

「筏、違うから。透はあんたと違って真面目だから」

「——笹塚君のスマホは、昨夜どこに」

「枕元に——ってつまり、僕はソファで寝ましたから、応接のテーブルの上にありました」

「貸しなさい」

さすがに透が逡巡を見せると、筏の長い手が伸びて、もぎ取るように透からスマホを奪い取った。自分のスマホに近づけて、何やら操作している。

「——ふん。盗聴アプリを仕込まれたな」

「何ですって」

事情を把握できず、目を丸くしている透を置いてきぼりにして、しのぶは筏の手元を覗き込んだ。

「透、新しいアプリをダウンロードしたり、メールのリンクを開いたりした？」

「いいえ、してません！　今それは絶対にするなって、しのぶさんが言ったから」

事務所もヒマだし、透にはこちらの仕事をきちんと理解してもらわなければいけないので、スマホの危険性やいろんなアプリについて、安全な使い方なども含め、じっくり説明しておいたのだ。

――ということは。

筏が深いため息をついた。

「やれやれ。これは、同志スモモの敵対宣告かな」

――まさか、そんな。

昨夜、透の端末に盗聴アプリを仕込めた人間は、しのぶを除けばひとりしかいない。理性ではそう理解していても、気持ちが追い付かない。

――それでは、スモモがやったのか。本当に、《ダーマ》の仲間になるというのか。おそらく史上最悪のハッカー集団として歴史に名前を残すであろう、非情で冷血なやつらの一員になるというのか――私を残して。

胃のあたりを冷たい手でぎゅっと摑まれたような、不快感に襲われた。吐きそうだ。

――スモモが私を置いていった。

気づくと、ソファに崩れるように座り込んでいた。

「しのぶさん！　大丈夫ですか」

透が水を汲んだグラスを持って、何度も呼んでいる。その様子を、しのぶはぼんやりと見上げるだけだった。

9

『ええっ、スモモさんがいなくなったんですか？』

明神には報告しないわけにいかなかった。絶句している彼に、筏が《ダーマ》に誘われたことを除いて状況を説明すると、長いため息が返ってきた。

スプーファーこと《ダーマ》の件から、手を引けと申し渡される、あるいは顧問契約自体、なかったことにされるかもしれない。それは覚悟のうえだ。

なにしろ、相棒が《ダーマ》の側に寝返った可能性があるのだから。

『僕には信じられません。あのスモモさんが、しのぶさんを裏切るような真似をしますかね？　何かの誤解じゃないですか』

「そうであってほしいけど、希望的観測だけでは動けないでしょ」

明神にはあえて話さなかったが、研究所に戻った筏から、先ほど電話があった。

（やはり、同志スモモは〈ダーマ〉の仲間になったようだ）

過熱時間が長く設定され、爆発したという電子レンジに残された、〈ダーマ〉のプログラムを吸い上げ、解析したそうだ。

（なんとも悔しいことだが、攻撃プログラムに同志スモモの関与が認められた）

（関与？　スモモが電子レンジのハッキングプログラムを書いたと言ってるの？）

（あの独特のエレガントな数式――私は以前、ジャスティス三号を改造した同志スモモのプログラムで、ほとんど同じ数式を見たことがあるのだよ）

――エレガントか。

くしくも、スモモが筏のプログラムを同じ言葉で評していたことを思い出す。

あまり喜びたくはないが、筏とスモモの感性には似た部分がある。だから、筏がプログラムを見てスモモが書いたものだと言うのなら、それはまず間違いなくスモモ本人のものだろう。

スモモは以前にも、潜入捜査を行ったことがある。まだ警視庁に勤務していたころのことだ。だから、今回もそのつもりではないか――と、しのぶは希望を捨てていない。

――もし、あたしが《ダーマ》に誘われていたら、潜入して犯人の情報を取ろうとしたはず。

――それなら、ひとこと言っていけばいいじゃない。ありえない。

――ううん、そこまで気がつくスモモなら、こんなに苦労させられていない。あの子は他人に自分の意思を伝えるのが本当に苦手なんだから。

――お気に入りの筏を攻撃したのに。

――《ダーマ》に入るための条件が何かだったのかも。筏なら多少のことは平気そうだし。

スモモをかばう声と、かばいきれないという声とが、しのぶの中で交錯している。明神が話し続けていた。

『僕らは、内閣サイバーセキュリティセンター《NISC》と共同で、インフラ関連企業の防衛に努めているんです。先日の停電騒ぎは、火力発電所へのサイバー攻撃が端緒《たんしょ》になりましたけど、二度とあんなことが起きないように』

「サイバーコマンドーは、《ダーマ》が次もインフラ関連を狙うと考えているの？　あるいは、ＥＭＰ攻撃を繰り返すと？」

『うーん、どうでしょう』

言葉を濁《にご》そうとする明神に、しのぶは畳みかけた。

「あのね、明神君。わかっていると思うけど、知っていることは包み隠さず話してもらわないと、こちらも対策の立てようがない。そりゃ今は民間の探偵だけど、探偵にだって守秘義務があるんだからね」

『しのぶさんなら、話しても問題ないとは思いますが、なにしろとんでもないことが起きているので、どこまで言っていいものか。僕だって、本来はここまでの情報にアクセスできないはずなんです。緊急事態で例の電磁波シールド室が会議室や対策室として引っ張りだこになっちゃって、常駐している僕のところまで機密情報が漏れちゃってるだけなんですよ』

明神がため息をついている。

『確信はないんです。七人にひとりだけ生き残らせると言っているでしょう。どうやったらそんなことが可能かをシミュレーションしてみたんですけど、戦争を起こしたって、そんなこと不可能ですよ。たとえば核弾頭を積んだミサイルを、世界中に落とすというなら、そんな悪魔的な所業もできるかもしれませんけど、南渤海の件があったので、ミサイル保有国はいっきに慎重になりましたからね。南渤海と同じＥＭＰ攻撃を、東京が受けたらどうなると思います？』

東京のような、高度に電子化された都市がＥＭＰ攻撃を受けると、電気、通信、流通を含むほぼすべての活動が麻痺してしまうだろう。ウイルス騒動など、まだ可愛いものだった、と言われかねない悲劇が起きる。

この時期なら、病院の機能が完全に停止するのが、何より痛い。ウイルスには、《ダーマ》なんて関係ない。

電気が止まれば浄水場が停止するので、上水道も止まる。水がなければ手を洗うこともできないので、ウイルスの蔓延がさらに悪化する。

「――サイアク」

『そうなんです。最悪の事態になります。まずは何が起きてもインフラを守らなくては』

「あの後、攻撃は起きてないの？」

『今のところ何も。よけいに気持ち悪いですけどね。あれだけ矢継ぎ早に、ＥＭＰ攻撃から電力攻撃と続いたので』

「海外はどう。海外も攻撃されてないの」

『昨日、僕らが停電で騒いでいたのと同じころ、海外でも各地で停電が発生していました。でも、その後は今のところ何もないんです』

いったいどういうことだろう。

たしかに今は静かだが、これが嵐の前の静けさでないという保証はない。

「今のところ、情報を盗まれた以外での《ダーマ》の被害といえば、南渤海と、各国の電力会社くらい――ということ？」

『そうなります。僕らが気づいていない被害も、あるのかもしれませんが』

明神はしばし逡巡するように、言葉を切った。

『そう言えば、まだ報道はされていませんが、南渤海はたいへんなことになっているようですよ』

「――どういうこと？」

『韓国と中国が救援部隊を送ろうとしたんですが、国境を南渤海軍が厳重に固めていて、入れないそうです。この機に乗じて、攻撃を受けるとでも考えたんでしょうか』

なんだか様子が目に浮かぶようだった。おそらく国境と中央政府の通信もできなくなっている。国境の部隊は、何が起きているのかわかっていないのかもしれない。首都に人をやって指示を仰ぎたくとも、鉄道や車が動かなければ何日もかかる恐れがある。

「それじゃ、緊急支援なんかできない」

『そうなんです。ＥＭＰ攻撃の後、海外との往来が絶えているので、内部の様子がまったくわかりません。それにどうやら、ＥＭＰ攻撃を受けた瞬間に、影響範囲内を飛んでいた航空機やヘリコプターが墜落した模様です。どの程度の被害が出たのかもわかりません』

「もっと怖いのは、自分たちの現状をキム・スン大統領らがどう考えているかよね。彼らはＥＭＰ攻撃そのものについては詳しく知っているから、自分たちの身に何が起きたかはわかってるはず。空軍のレーダーなどで、どこからミサイルが飛んできたかもわかってるかもしれない。だけど、《ダーマ》の犯行声明は聞いていないはずでしょう」

『今でも、中国を恨んでいるかもしれませんね』

ひょっとすると自分は、事態を甘く見ていたのかもしれない。

前触れもなくＥＭＰ攻撃を受け、おまけに攻撃者は、これまで庇護《ひご》者のようにふるまってきた中国だ。事情を知らないキム・スンには、裏切りに見えるだろう。中国と米国が手を結んだと誤解したかもしれない。まさか、得体の知れないハッカーの犯行だとは思わない。

ＥＭＰ攻撃以来、キム・スンは沈黙を守っている。国境を固め、守りの姿勢に入った。それが、反撃に転じる準備を進めているためならどうする。

「《ダーマ》は、次の手を打つ必要がないのかもしれない」

『どういうことですか？』

「キム・スンが核兵器使用の準備を進めているのかもしれないってこと。すべての電子機器や、すべてのミサイルが使用不可能になったとは思えない。そもそもＥＭＰ攻撃をするといって米国を脅したことがあるじゃない、あの国は。逆に自分たちが同じ攻撃を受ける可能性を考えていれば、その時にリソースの何パーセントかでも、影響を受けないように守っていたかもしれない」

『まさか、準備が整えば、南渤海が攻撃に転じるという意味ですか』

米国などは、衛星画像で今も南渤海の動きを追っているはずだ。だから、万が一そんな事態になっても、キム・スンの思い通りにことが運ぶかどうかはわからない。だが——。

「このままでは終わらないかも」

自分たちは、既に滅亡の縁に立っている。

あとほんの一歩。五ミリほどかもしれない。軽く背中を押されただけで、奈落の底に転落する。ぎりぎりのラインだ。

キム・スンはどこにミサイルを撃つ？

南渤海に「生きている」ミサイルは何発残っている？

もしキム・スンが本気でミサイルを撃ち始めたら、当然、各国が反撃するだろう。《ダーマ》は状況を正確に把握しているのだろうか。だから、彼らの動きを静観しているのか。

――まるで、明けない夜のなかに迷いこんでしまったようだ。

ウイルス騒動以来、世界から朝が失われた。ずっと闇のなか。ずっと暗い。

『実は、国境に向かった韓国の救援部隊は、南渤海の海外工作員に働きかけようとしているそうです』

「海外工作員？」

『ええ。もともとあの国は、韓国を始め、海外の各地に工作員を置いていますから。ところがＥＭＰ攻撃の後、工作員たちも国内と連絡が取れなくなってしまったんです。それで、韓国に潜入していた工作員が、状況を知るために国に戻ろうとしているようなんですが、それには決まった手順を踏んで、内部と連絡を取り合いながら入るんですけど、それすらできないんですよ。で、韓国警察の側にも工作員を監視しているスパイキャッチャーがいて、彼らが南渤海に戻れるように協力するかわり、今の状況を伝えてもらおうと画策しているんです』

「へええ。そんなことよく知ってるわね」

感心だ。いつまでもぼんやりして気弱な奴だと思っていたが、明神を少し見直した。

『いえ、だって僕いま、そういう機密の通信をここで担ってますから。――だから、その作戦が成功して、工作員が南渤海に戻り、《ダーマ》のことを伝えてくれれば、状況が落ち着くかもしれない。それを祈りたい気分です』

明神との通信を終え、しのぶはしばらく考え込んでいた。明神の態度を見る限り、今のところ、クビの心配はしなくていいらしい。

だが、このまま《ダーマ》が動かなければ、市井《しせい》の探偵にできることはない。帰りたくないとぐずる筏を無理やり自宅に帰らせ、しのぶはひとりでインフラ関連企業や大学病院、研究所などのハッキングの調査を続けていた。だが、少し前までの派手な侵入が嘘のように、《ダーマ》もしくはスプーファーと呼んでいたハッカーは、鳴りを潜めている。

スプーファーが使っていた民家のルーターは、あれ以来、ハッキングを受けていない。つまり、《ダーマ》はスモモを手に入れ、河岸《かし》を変えたのかもしれない。

しのぶは自分のスマホを見た。

筏が帰ってから、こっそりやったことがある。透のスマホにインストールされていた盗聴アプリを、少し改造して、しのぶ自身の端末に移植したのだ。

筏がいれば、そんな馬鹿なと言うだろう。彼は、スモモが彼らの敵に回ったのだと考えているから。

「──スモモ、聞こえてる？」

盗聴アプリを起動して、そっと呼びかけた。このアプリの向こうに、スモモがいて、自分の声に耳を澄ませている。そんな気がする。だから、アプリを削除するだけでは気がすまなかった。

アプリを残し、スイッチを切れるようにした。スモモに話しかけたい時だけ、アプリを使って話せる。こちらからの一方通行な言葉だが、まったく何もないよりはマシだ。

「聞こえたら戻ってきて。どうして出て行ったりしたの。本当に、筏が言うように、《ダーマ》の仲間になったの？　ねえ、いいからあたしのところに戻ってきて」

返事はない。反応も何もない。

──スモモ。

スモモがいない事務所に慣れない。アプリのスイッチを切る。スモモがさらに遠いところに行く気がする。

──帰っておいでよ。

「しのぶさん、僕、ちょっと今週分の食料の買い出しに行ってきます」

透がマスクをかけ、マイバッグを抱えて出かけようとしているのを見て、しのぶも立ち上がった。

「私が行ってくる。いくら外出を控えると言っても、少しは歩かないと」

スモモが消えて気分も滅入っている。身体を動かせば、いくらかは心が晴れるだろう。

「僕も一緒に行きます。なるべく買い物はひとりでと言われているけど、食材は自分の目で見て選びたいんです」

透も近ごろ、言うようになった。

表参道は、ふだんならブランドショップや洒落たカフェ、レストランなどに多くの人が集まり、絶え間ない会話が聞こえてくるのに、今日はほとんど人の姿がない。散歩はむしろ奨励されているのだが、休業している店舗も多いため、閑散《かんさん》としている。

そう言えば、スーパーなどへの買い出しも、週に一度ていどにまとめて行うようにと要請されているのだった。

透がふだん買い物しているというスーパーの前まで来ると、様子が変わった。

「——なんだかおかしくない？」

スーパーの中だけ、妙に人が多い。多いといっても、ふだんから見ればまだ半分程度なのかもしれないが、「人がいない」状態に慣れた目には、充分に「密」な印象だ。

店内に入ると、さらに異様な光景が目についた。

「これは——」

食料品の棚が、ほぼ空に近くなっている。

マスクやアルコール、ティッシュやトイレットペーパーなどが店の棚から消えたことは、SNSやニュースで見て知っていた。一時的に米やカップ麺、小麦粉やベーキングパウダーなども品切れを起こしていた。

だが、この状況は予想外だった。

「これって――どうしたんでしょう」

透が焦っている。

「昨日の停電の影響ね、おそらく」

ただでさえ、ウイルス騒動で不穏なのに、《ダーマ》を名乗るハッカーが人口を七分の一に減らすと宣言するし、広域停電は起きるしで、いっきに不安が高まったのだ。

不安になると、人間は食品や日用品を買い溜《だ》めする傾向があるらしい。肉や野菜などの生鮮食品はまだ残っているが、缶詰やカップ麺、乾麺などの保存食がほとんどない。

スーパーの通路を、かごを抱えた客が困惑ぎみにうろうろしている。待っていれば、追加で棚に補充されると考えているのかもしれない。だが、しばらくは補充も追いつかないかもしれない。

「人間の感情のなかで、いちばんコントロールが難しいのは『不安』かもね」

呟いたしのぶの顔を、それこそ不安そうに透が振り返って、眉を八の字に下げた。

「必要なものを全部揃えるのは無理だから、適当に、あるものを買って帰りましょう」

透に指示した。

「手に入るものだけで、どんな料理ができるか考えてみて。ある意味、チャレンジングで面白いでしょ」

「そ、そうですけど――」

透が真剣な表情になり、食品を選び始める。とはいえ、透はやはり両親のもとに帰らせるべきかもしれない。こんな状態では、両親も心配しているだろう。

――自分ひとりなら、なんとでもなる。

しのぶは腹をくくりつつあった。

人間、ひとりの時がいちばん強い。守らなければいけない誰かがいると、どうしても弱みをつくることになる。

万が一、食べるものがなくなったとしても、数日くらいなら水さえあればしのげる。空腹に耐えるのも、断食ダイエットだと思えばいい。

そしてともかく、スモモを捜す。スモモを見つけるためには《ダーマ》を見つけたほうが早いのなら、《ダーマ》も見つける。

「他のスーパーも見てみましょうか」

買い物をすませた透に、しのぶは首を横に振った。ＳＮＳなどでスーパーの様子が流れたのか、駆け込みで食品を買いに来る客はどんどん増えつつある。

「たぶん、どこも似たようなものだと思う。それより、だいぶ混んできたことだし、私たちはもう戻りましょう。それだけ食料が手に入れば、しばらくは十分よ」

米や小麦粉はまだ充分ありますなどと言いながら、透は一生懸命に献立を考えているようだ。

「透――」

「僕、帰りませんからね」

事務所に歩いて戻りながら、しのぶが言おうとしたことなど、とっくに見透かされていたようだ。

「こんな状態で、しのぶさんをひとりで置いていけません。せめてスモモさんが見つかるまで、事務所に置いてください。僕だって心配なんです」

――なに生意気言ってんの。

そう言ってやりたかった。だが、透の真剣な表情を見ていると、口にはできなかった。

初めて青山霊園で出会ったころは、まだ身体《からだ》つきも少年っぽさを残していたのに、いつの間にか肩幅も広くなり、骨格ががっしりしてきている。あと一歩で、大人の男だ。

――そりゃ、あれだけ毎日、事務所でフライパン振ってるんだもんねえ。

「――あんたの心意気は買う。成長したね」

くしゃっと髪を撫でてやると、透の顔が赤くなった。

「事務所にいるのはかまわない。だけど、あたしはしばらく、外を走り回ることになるかもしれない」

とたんに不安にかられた様子で、透がこちらを見る。

それ以上は明かせなかった。《ダーマ》を捜すために、自分が何を考えているのか。

事務所に戻ると、廊下に見慣れた体格の男性がいた。

「──よう」

「デラさん？」

デラさんの後ろから、ひょいと和音が顔を覗かせる。ふたりともマスク姿だった。

「コーヒーを淹れてきた」

デラさんがポットを持ち上げ、眉尻を下げた。

「悪いな、スモモが消えて大変な時に。和音が、どうしても子猫を見たいというから」

和音が、バツの悪そうな、甘えたような表情でこちらを見上げている。

「あっ、ごめんなさい。スモモったら、猫を連れて行っちゃったの」

そのことをデラさんに言い忘れていた。案の定、和音がショックを受けたように「ええっ」と叫んだ。

「ごめんね、和音ちゃん。今朝起きたら、もうケージごといなかったの」

「スモモも気に入ってたもんな」

デラさんが、とりなすように和音に言った。

「しかたがない。どうしても猫が欲しければ、ウイルス騒ぎが落ち着いたら飼うといいよ。ふだんなら、捨て猫の譲渡会もやってるし」

「ほんと？」

和音の表情が輝いた。

「良かったら中へどうぞ。私は仕事に出かけるかもしれないけど、せっかくコーヒーを淹れてもらったし、何か甘いものでも」

「あっ、僕、昨日のうちにフェレニをつくりました。牛乳でつくるかんたんなイランのデザートですけど」

透がいそいそと中に入っていく。横目で和音を見て、なんだか嬉しそうだ。

フィジカルディスタンスだの、三密を避けろだの言われているが、この狭い事務所はどういうわけか、いつも人でいっぱいだ。

「しのぶに言われた通り、『バルミ』を明日から開けることにしたんだ」

コーヒーを温めなおしながら、デラさんが言った。

「しばらく閉めていたから、今日は店の空気を入れ替えて、掃除に来たんだよ」

——いい香り。

思わず深々と呼吸した。

デラさんが入れるコーヒーの、芳醇《ほうじゅん》な香りが漂い始めると、この部屋の外がどれだけ危機に瀕《ひん》していても、ふだん通りの生活が待っているような錯覚に陥ってしまう。

「カップを借りるぞ」

何の変哲もないコーヒーカップでも、デラさんの手で注がれると美味しそうに見える。

「ありがとう」

鞄にパソコンや周辺機器を詰める手を休め、しのぶはカップを受け取った。

舌を火傷しそうなコーヒーをひと口すると、南国の果物のような甘酸《あまず》っぱさと、チョコレートみたいな苦味が「バルミ」の居心地よい店内を思い出させてくれた。

「礼を言うのはこちらのほうだ」

「どうして？」

「しのぶが『バルミ』を開けてみろと言ってくれただろう。正解だったよ。店の掃除や片付けをするだけで、俺も気分転換になったが、和音が生き生きしていた。助かったよ」

「そうなの？　良かった」

デラさんにつられ、キッチンに視線をやると、和音と透が仲良くレンジの前に肩を並べ、牛乳と片栗粉と砂糖でどうやってお菓子ができるのかと、楽しげに喋っているのが見えた。

「俺は、あの子が不憫《ふびん》で、心配でな」

「――そりゃそうよ、デラさん。あんな事件の後なんだから」

ひどい事件の後にしては、和音は心の傷を見せず、ふつうにふるまっているほうだと思うし、デラさんも頑張っていると思う。

「あまり甘やかしてはダメだとは思うが、わがままを言われても厳しく叱れないんだ。それじゃ良くない、叱って嫌われたとしてもあの子のためを思うからで、親の義務だし俺には責任があると理解しちゃいるが」

「デラさん、そんなに急ぐことはないと思う。デラさんの親業、復活したばかりなんだから。ゆっくりやればいいのよ」

デラさんの広い背中が、目の前にあった。広くてたくましいが、今その背中は、和音の将来に対する不安と、うまく彼女を導けていないという自分に対する不満とで、憂いに満ちている。

しのぶは何となく、その背中のがっしりとした筋肉に手のひらを当てた。

――温かい。

「――親業、か」

デラさんが小さく笑う。

「そう、親業。だんだんうまくなるし、上手にやるには慣れも必要なんだから。焦ることないと思うよ」

「そうだなあ」

「どうしてそんなに笑うのよ」

「だって、どうしてしのぶはそんなによく知ってるんだ？　いちいち判断が的確だな」

ふん、と肩をすくめる。

「スモモっていう大きな子どもと、長いことつきあってきたから」

「なるほどな」

デラさんが、納得した表情を見せた。

「ありがとう、しのぶ。やっぱり、どれだけ和音が心配でも、ふたりきりで社会を拒絶して閉じこもるような生活は、良くないんだな。俺も気分的に煮詰まるが、和音の心理状態にも良くなかったんだ」

和音のことになると、デラさんのように精神のバランスが取れた大人の男でも、取り乱したり、思い込みが激しくなったりするのだと思えば感慨深い。

――ふたりきりで。

ふと、その言葉に引っかかった。それは、しのぶ自身とスモモの関係でもあったかもしれない。透が事務所に通うようになり、少し状況は変わったが、探偵事務所を開いた当時はそうだった。

スモモは無言だし、しのぶもそれほどお喋りなほうではない。

しんと静かな事務所にこもり、仕事はなく、将来も見通せず、自分たちの周りに見えない壁が立ちはだかっているようで。

スモモは無言でソファに寝そべり、腹の上に載せたパソコンを触っているし、しのぶは爪を磨いたり、ネットを検索したり、探偵事務所を世間に認知させるにはどうすればいいかを考えたりしていた。

銀行の口座残高は不安を超えて恐怖の域に達していたが、どちらかが飽きるとふらっと立ち上がり、ふたりで食事に出たりして。

――でも、楽しかったよね。

そうだ。不安に押しつぶされそうな毎日ではあったが、スモモと一緒なら幸せだった。最強コンビなんだから、ふたりでいれば、どうにかなりそうな気がしていた。

「――しのぶ?」

ふいに黙り込んでしまったので、デラさんがいぶかしげに振り向く。その指が、そっと目尻を撫でたとき、しのぶは自分が涙をこぼしていたことに気がついた。

「――悪かった。おまえもスモモが消えて死ぬほど心配なのに、俺ときたら自分のことばっかりで」

しのぶは首を横に振った。

――そうじゃない。

デラさんは悪くない。

ただ、あのころの自分たちが懐《なつ》かしくて、愛《いとお》しくて、たまらないのだ。

もう、あのころのふたりには戻れないのかもしれない。そう思うと、涙が出てくる。

「どうしてこんなことになったんだろう――」

《ダーマ》がスモモを連れていった。

デラさんがあらたまってこちらを向いた。

「その話なんだが」

「俺には、スモモがおまえを裏切るとは思えない」

――そんなの、あたしだって思えない。

「スモモが本当にそのハッカーのところに行ったのなら、何か事情があるんだ」

環境問題にまじめに取り組むタイプだとは思えないが、根が優しい子だから、環境の悪化が生物に及ぼす悪影響についてこんこんと説明されれば、素直に《ダーマ》の口車に乗る可能性はある。

「そもそもスモモは、人間より犬猫のほうが大事なんだよね」

デラさんが、しのぶの言葉に微笑した。

「そうかもしれない。だが、犬猫よりもっと、しのぶのほうを大事に思ってるはずだ」

「それは――」

いけない、また目頭が熱くなってきた。

「だからな、しのぶ。スモモが黙ってハッカーのところに行ったのなら、それはおまえを守るためだと思う」

「えっ――？」

　意外な言葉に驚いて顔を上げると、すぐそばに、デラさんの真剣な顔があった。

「気づいていなかったかもしれないが、このところあいつ、俺を睨み続けていてな」

「何それ、デラさんを？　スモモが？」

「うん。視線を感じて振り向くと、あいつが氷みたいな目で睨んでいるんだ。俺と目が合うと、すぐ逸らすんだが」

　しのぶは目を丸くした。

「今年に入って、俺がずっと和音にかまけて、しのぶには甘えてばかりだっただろう。あいつ、きっと怒ってたんだよ」

「ちょっと待って」

　しのぶは急いでデラさんを止めた。

「そう言えば、氷みたいな目かどうかはともかく、あたしもここしばらく、視線を感じて振り向いたら、スモモがじっと見つめてた」

「しのぶも？」

デラさんが首をかしげる。

「俺に怒ってたわけじゃないのか?」

スモモはどんな時にこちらを見つめていただろう。デラさんと一緒にいた時だ。デラさんが和音のことを心配していて、そんなデラさんをしのぶは見ていた。

それに時々、態度がおかしかった。屋上で急に抱きついて甘えてきたり。

(八十。へいき)

八十歳になっても一緒にいられると思うかと、暗に自立を促《うなが》したしのぶに、スモモはそう言った。

「私を守る、ため——?」

「そうだ。俺が思うに、《ダーマ》はおまえの安全と引き換えに、スモモを仲間に勧誘したんじゃないか」

地球の人口を七分の一にするつもりの《ダーマ》。七人にひとりしか生き残れない。それって確かに、狭き門だ。

一億三千万人の日本人が、千八百万人ほどに減らされるということだ。

——バカみたい。

現実感がないし、《ダーマ》の言葉にみんながそれほど震えあがっていないのは、そんな馬鹿なことができるわけないと考えているからだ。

だが、もしも《ダーマ》に具体的な策があり、スモモがそれを認めたのだとしたら。デラさんに言われるまで、自分自身でその結論にたどりつけなかったことが腹立たしかった。どうして自分は、スモモを信じられなかったのだろう。

「――たぶん、あたしだけじゃないと思う」

しのぶはようやく気づいた。

「スモモのことだから、あたしひとりを助けたくらいじゃ満足しない。三崎さんや透、デラさんと和音ちゃん、筏に遠野《とおの》警部――『身内』をみんな助けるつもりなのかも。あの子の世界はとっても狭いから」

そうだ。他の誰でもない、しのぶが気づくべきだった。

両親が行方不明になってから、スモモは孤独な環境にいた。三崎が彼女を救ってくれなければ、もっと孤独に陥っていたかもしれない。親戚は冷淡で、彼女を利用しようとすらしていたようだ。

そんな少女期を過ごしたスモモの世界は、とても狭い。三崎と、この探偵事務所を取り巻く人たちが、彼女のほぼすべてだ。

ふだんの態度がクールだし、しのぶ以外に甘えたりもしないので、周囲の人々に無関心なようにも見えるけれど、そんなはずはない。

青山霊園に隠れていた透を見つけて連れ帰ったのは、スモモだ。離れていきかけた遠野警部をつなぎとめたのも、仔猫を拾ったのもスモモじゃないか。どういうわけか気の合う筏を、みすみす死なせたりするはずもない。

「――あたしたち、《ダーマ》の人質なの？」

しのぶは呆然と呟いた。

「俺の推測にすぎないよ。決まったわけじゃない」

デラさんはそう慰めてくれたが、考えれば考えるほど、その見方が正しいようだ。

スモモは大切な「身内」を守るために、黙って去った。しのぶに相談すれば、当然ながら行くなと大反対される。

だから、黙って。

「あの子、子猫を連れていった」

それは、もうここには戻らない――戻れない――という意思表示だ。

スモモがいなくなる前の夜、寝室に様子を見に行くと、ずいぶんけわしい表情で寝ていたではないか。彼女のあんな顔は初めて見た。あの時すでに、《ダーマ》との密約ができて、ここを離れる覚悟を固めていたのかもしれない。

――どうして気づかなかったんだろう、あたしが。

「しのぶは、これからどうするつもりだったんだ？　何か考えがあるんだろう」

大きめのボストンバッグに詰めたパソコンと周辺機材の山を目で示し、デラさんが尋ねた。

話せば、止められるかもしれない。

だがそれで黙っていたのでは、スモモと同じだ。

「自分を囮《おとり》にして、《ダーマ》を捜すつもりだったの」

デラさんが顔をしかめ、腰に手を当てた。

「そんなところじゃないかと思った」

馬鹿なと叱られるかもしれないが、そんなやり方しか自分にはないのだ。

「筏は、《ダーマ》がスモモのような逸材を放っておくはずがないと言ったけどね。スモモが腕利きのハッカーだと知っている人間は、ごくごく限られるの。なにしろ自分をアピールすることがないから。むしろ私のほうが、その道では名前が売れてるくらい」

「防衛省にいたころの事件は、新聞ざたにならなかったのか」

「その件は、内容が内容だったし、軍事機密なので私たちの実名は外には出なかったの。でも、私は海外に向けていろんな論文も書いたし、探偵事務所を宣伝するために、サイバーセキュリティ関係のブログを書いたりもしてる」

「ところが《ダーマ》が声をかけたのは、スモモのほうだった」

「そう。実際、スモモのほうが集中力が高いし、腕もいいんだけどね。どうしてスモモの存在に気づいたのか、ちょっと解《げ》せないの」

その理由が解明できれば、《ダーマ》に一歩でも近づくことができるかもしれない。

「スモモの場合、東條桃花という本名を知っている人すら、そんなにはいないからね。スモモを直接知る人と、東條精密機器の社長をしているおじさんとか、本当にごく一部の人だけ。スモモというあだ名のほうが通りがいいし、何かで名前を言う必要がある時は、なぜだか私の名前を使ったりするの」

「しのぶの名前を?」

「昨日だって、動物病院の問診票に私の名前を――」

ふと、しのぶは口をつぐんだ。

――いま、何だって。

すっかり忘れていた。動物病院でスモモがしのぶの名前を使ったので、「出原さん」と呼ばれていたではないか。

そもそも、あの動物病院にスモモが入ったのは、すぐそばにスプーファー、つまり《ダーマ》が利用したルーターがあったからだ。ルーターの監視をするつもりが、たまたま駐車場でスモモが子猫を拾った。それで動物病院に入ったのだ。

あのとき近くに《ダーマ》がいた。

「やっとわかった。《ダーマ》は、どこかで私たちを監視してたんだ」

思わず、大声が出た。いつの間にか、キッチンから不安そうに透と和音がこちらを見つめている。

「何の話だ？」

「あの子猫も、囮だったのかもしれない。《ダーマ》は、勝手に使っていた他人のルーターを、誰かが監視していることに気づいたのね。そいつらは、自分を捕まえるためにあの場所に来る。そう考えたから、駐車場に子猫を入れた段ボール箱を置いた。その誰かはきっとあの駐車場に車を停めて、ルーターの様子を覗こうとする。車の中なら監視に最適だから。ウイルス騒ぎで、いま外出する人はそんなに多くないし、駐車場を利用する人も少なかった。だから——」

「やってきたのはスモモだった」

「そうなの。バイクで来て、子猫を見つけると、一目散に動物病院に連れていった。そして、出原しのぶと問診票に名前を書いた」

そして、出原しのぶという名前で検索すれば、サイバーセキュリティの専門家であることや、探偵事務所を持つ探偵であることもすぐにわかっただろう。

「スプーファーは、スモモが出原しのぶだと勘違いしたのかもしれない——」

「ちょっと待ってくれ。ということは、《ダーマ》は動物病院の問診票を見ることができる人間なのか？」

あの病院には、丹羽という獣医師と、受付の女性と、学生みたいな青年がひとりいた。

彼らの誰かが《ダーマ》なのだろうか。

「受付の女性は、私たちと話しながらカウンターのパソコンに何か入力していた。電子カルテなのか、飼い主の名簿なのかわからないけど、きっと何かシステムがあるんだと思う」

「《ダーマ》なら、その場にいなくても飼い主の名簿を盗み見ることができる――か」

「あたし、やっぱり動物病院まで行ってみる」

しのぶはボストンバッグを抱えた。

「止めても無駄だからね、デラさん」

「ああ、止めない」

あっさり言ったデラさんは、椅子の背に掛けていた薄手のジャケットに手を通した。

「俺も一緒に行こう。しのぶひとりでは、何が起きるかわからんしな」

驚きのあまり、声をなくしてしまう。デラさんが、自分と一緒に来るというのか。だいじな和音をひとりで残して。

「いや――だけど」

どうにか声を絞り出す。

「和音ちゃんが心配するから、一緒にいてあげたほうがいいよ」

デラさんは、まっすぐキッチンの和音のところに行った。びっくりして目を丸くしながら見上げている娘の身体を、デラさんがぎゅっと抱きしめる。

「和音、ちょっと行ってくる。笹塚君と一緒に、ここにいてくれ。それなら安心だから」

一緒にいれば安心だと言われた透が、急に真っ赤《まっか》になっている。

「笹塚君、娘を頼む」

「ええっ、えええええ」

「べつに、嫁にやるとは言ってない」

「は、ははははは、はい！　当たり前ですよね、アハハハハ」

真っ赤になったり真っ青になったり、激しい感情表現に忙しい透をよそに、デラさんは和音の白く整った顔を覗き込んだ。

「ごめんな、和音。しのぶは、この世界を破滅から救うために行くんだ。あいつは何も言わないが、いつものことだから俺にはわかる。能力を持って生まれてきた人間は、その能力を生かす義務がある。あいつは本気でそういうことを考えてるやつなんだ」

和音の目が動き、こちらをちらりと見た。

「俺も、自分にできることをする。それが、結果的に和音や俺自身を救うことになると思う。だから、俺は行くよ」

――デラさんったら。

そんなかっこいいこと、言葉にして考えたことはなかった。だが、自分の力で世界に平和が戻るなら、少しはやってみてもいいと思うだけだ。

和音は黙って頷いた。

「透、あたしたちがいない間、和音ちゃんに何か美味しいもの作ってあげてね」

透の表情が明るく輝いた。

「はい！　任せてください。皆さんが戻った時のために、スパイスカレーを作っておきますね。とびきり美味しいやつを」

「いいわね。スモモが喜ぶ」

スパイスカレーは、スモモの大好物だ。透もそれをわかっていて言ったのだ。

「じゃ、行ってくる」

デラさんとふたりで事務所を出た。

「なあ、しのぶ。正直に教えてくれ。俺たちにはわからないが、おまえは本当のことを知ってるんだろう。《ダーマ》というやつ、どのくらい危険なんだ？」

明神との会話を思い返し、しのぶは階段を駆け下りながらほんのわずか答えを迷った。

（《ダーマ》は、次の手を打つ必要がないのかもしれない）

南渤海は、世界を滅ぼすミサイルの準備を進めているところかもしれない。自分たちが《ダーマ》を止めても、もう世界は滅亡へのカウントダウンを始めていて、どうしようもないのかもしれない。

だがそれを、デラさんに話すべきか？　いたずらに不安にさせるだけではないのか。

――だけど。

デラさんは今、しのぶの仲間になろうとしている。背中合わせに敵と戦う相棒に。仲間に隠し事は良くない。すべて腹を割って話せるから、相棒なのだ。

「――かなりやばい、かも」

しのぶは正直に告白した。

「そうか」

デラさんが莞爾と笑う。

「それじゃ、俺たちも本気出さないとな」

10

駒沢の動物病院まで、しのぶの車で行くことにした。デラさんは、いったん「バルミ」に戻ってスポーツバッグを提《さ》げ、助手席に乗り込んだ。

「それ何？　武器とか？」

「内緒だ。万が一、使うようなことになれば、その時のお楽しみってことにしよう」

「ふうん」

デラさんは、意外なくらい状況を楽しんでいるようだ。そう言えば、もとは警察官で、おまけに公安警察にいてスパイや過激派の潜入捜査なども担当していたのだった。

「ねえデラさん。さっき、『能力を持って生まれてきた人間は、その能力を生かす義務がある』って言ってたよね。本当にそう思う？」

スポーツバッグをアクアの後部座席に放り込んで、のんびり助手席に座ったデラさんは、短いドライブを楽しむように、車窓を流れる景色を眺めて微笑んでいる。

「どうだろう。義務と呼ぶと窮屈だな。俺はそこまで厳格には考えてないが、しのぶを見ていると、その通りだと思えるよ」

「あたし？」

「しのぶやスモモが持っている能力は、みんなが持っているわけじゃない。コンピュータと聞いただけで敬遠したくなる、俺みたいなアナログ人間もいるしな。なにより、しのぶはその力をみんなのために使ってる。困ってる誰かを助けるためにさ」

「いやあね。仕事するのはお金のためよ」

しのぶは信号が黄色に変わるのを見てブレーキを踏みながら、唇を歪めた。

歩行者用の信号が青に変わったが、渡ろうとする人の姿はまばらだった。

車や人が少ない東京の街は、やっぱり異様だ。道路を雑多な車が埋めつくし、信号が青になれば、足早に渡ろうとする人々が横断歩道にあふれ出る。そうでなくては、東京らしたい」

「なあ、しのぶ。こんなご時世だ。何が起きるかわからないから、今のうちに言っておきたい」

「なあに、デラさん。急にあらたまって」

デラさんは、真面目にこちらを見つめていた。

そんなふうに、妙に態度をあらためられると、これから良くないことが起きそうで、怖くなる。自分は平々凡々、つつがない日々を淡々と送りたいのだ。山あり谷ありアクションありの毎日などまっぴら。

「秋田まで一緒に来てくれて、ありがとう。和音が戻ってきたのは、おまえのおかげだ」

しのぶは照れて顔の前でパタパタと手を振った。

「もう、そのお礼は充分聞きました。あとは、和音ちゃんとデラさんがうまくやるだけなんだからね」

「わかってる。こんな機会はめったにないから、言わせてくれ。『バルミ』の三階に、しのぶたちが越してきて探偵事務所を開くと知った時、俺は正直、心配してたんだ」

「心配？」

「俺も警察官だったからな。女ふたりで探偵事務所だなんて、依頼人や調査の対象には荒っぽい連中もいるだろうし、大丈夫かと思ってさ。どんなたくましいおばさんたちが来るのかと思ったら、若い君らが『バルミ』に現れて、喋ってる言葉はコンピュータ用語で、俺にはちんぷんかんぷんだ。時代は変わったと思ったね」

「パソコンおたくみたいな女ふたりで悪かったわね」

気を悪くしたわけではないが、苦笑いしながら意地悪く言い返す。デラさんが朗《ほが》らかに笑い声を上げげた。

「俺はすっかり、ふたりの用心棒みたいなつもりになってた。腕っぷしも強いとは知らなかったしな。和音を守れなかった俺に、神様が『代わりにこの子たちを守れ』と言ってるんじゃないかとも夢想した」

「デラさん――」

何か危険が迫るたび、そっと見守るデラさんの視線を、しのぶも感じていた。知っていた。いつも、自分たちのそばにいてくれたこと。何かあれば飛んできてくれたこと。

「だけど、和音が戻ってきて、やっとわかったんだ。守っているつもりだったふたりのほうが、俺なんかよりずっと強かった。ふたりのそばにいられて、俺のほうがずっとラッキーだった。しのぶ、俺は――」

真剣なデラさんの表情にどきりとした時、背後から遠慮がちなクラクションが鳴った。

いつの間にか、信号が青になっている。車の少ない道路で、後ろには白いバンがたった一台、しのぶが走りだすのを待っている。

──んもう、こんなときに。

追い越して先に行ってくれればいいのにと思うが、相手は真面目なのか融通がきかないのか、じっと待つ気配だ。

しかたなく運転に戻る。デラさんは話の腰を折られたのか、夢から醒《さ》めたように、口を閉じて前を向いた。

──デラさん、何を言おうとしたのよ。

表参道から駒沢まで、これだけ道路が空いていれば、あっという間に着いてしまう。

角を曲がれば、もう丹羽動物病院の前の道だ。

「あの病院よ」

「──ん」

デラさんが頷き、しのぶの肩を軽くぽんと叩いた。

「きっとなんとかなるさ」

──さっきは、そんなことを言おうとしたんじゃないはずだ。そうは思うが、「何を言おうとしたの」と正面切って尋ねることができないのがしのぶだった。

「マスク、忘れないでね」

猫を拾ったコインパーキングに車を停め、降りた。昨日よりさらに、静かな気がする。

昨日はしのぶの車のほかに二台駐車していたが、今日はしのぶたちだけだ。ルーターを悪用されていた民家を見ると、今日は雨戸がぴったり閉まっている。

デラさんは、動物病院の周辺を観察していた。今日は、動物病院の駐車場も空っぽだった。もちろん、スモモのバイクもない。

「こんにちは」

しのぶは目元にしっかり笑顔をつくり、動物病院の玄関をくぐった。

「あら、昨日の捨て猫の方ですよね。猫ちゃん、どうかされました？」

受付の女性は石井さんだった。待合室にはほかに誰もおらず、暇そうだ。今日は、三毛猫の「もなか」もいない。石井さんはカウンターの向こうで伸びあがり、動物を連れていないかと捜すようにしのぶの両手を見たが、ボストンバッグはキャリーバッグではないと見て、視線をデラさんに移した。だが、デラさんは物珍しそうに病院の掲示物などを見回しているだけだ。

「あの、昨日の猫のことではないんです。こちらの先生は、保護猫の施設にもお詳しいとおっしゃってましたよね」

「ええ。仕事がら、近所で保護猫活動をされている団体とも、つながりがありますよ」

「こちらの方が、娘さんのために猫を捜しているんです」

デラさんを紹介しようと肘《ひじ》を引っ張ると、にこやかに頭を下げた。

「小寺と申します」

どう話を聞きだすか、相談しておいた。スモモが子猫を連れていってしまったので、昨日の猫をだしに使えないのだ。

自分は出原さんの知人だが、昨日の子猫を見た十五歳の娘が、どうしても猫を飼いたいと言いだして、捜しているのだと説明すると、「ちょっとお待ちくださいね」と石井さんが診察室に入っていった。

診察室の扉はすぐに開いた。

「先生がお会いになるそうです。どうぞこちらに」

診察室には、デラさんひとりで入ってもらった。彼なら、うまくやってくれるはずだ。

石井さんがカウンターに戻るのと同時に、しのぶは待合室の長椅子に座り、ノートパソコンを開いた。《ダーマ》が悪用していた無線のルーターを確認するつもりだった。

――あれ？

いつものネットワーク名が表示されない。

ひょっとすると、例の民家の住人は、ルーターが悪用されていることに気づいたのだろうか。それで、ネットワーク名を変更するか、ルーターの電源を切ってしまった。

石井さんが、関心があるのか、ちらちらとこちらを見ていた。

「コンピュータのお仕事をされているんですか？」

しのぶは顔を上げ、にっこり微笑んだ。

「少しですけど。ウイルスのせいで、リモートワークになりまして」

「ああ、そうですよね。昨日の方も、すごく熱心にパソコンを触ってましたから」

「あなたもパソコンには強いんでしょう?」

カウンターに載った端末に視線をやると、嬉しそうに「いえー、ぜんぜん」と言いながら、彼女が大げさに手を振った。

「決まったことを、教えられた通りには入力できますけどね。飼い主さんの登録ですとか、予防接種のお知らせハガキの印刷ですとか」

「ああ、そうですよね。予防接種を受けさせないといけないんですね」

「猫の場合、犬と違って強制ではないんですけどね。室内飼育でも、感染症にかかる恐れはありますから。あ、だけど昨日の猫ちゃんは、もう三種混合を打ちましたよ」

彼女は端末を起ち上げ、昨日の診療カルテと投薬内容を確認してくれた。しのぶは立ち上がり、さりげなく端末の画面を覗いた。

「ほらね、注射してます。昨日の猫ちゃん、ノミもダニもいなくて、猫エイズにもかかってなかったですし、毛並みもとってもきれいな子でしたね」

あれだけきれいだったのは、本当は《ダーマ》の猫だったからじゃないか。直前まで室内で飼われていて、《ダーマ》を追ってくる人間の注意を引くために、段ボール箱に入れて駐車場に放置されたのだ。

カルテで見たかったのは、飼い主の登録欄だった。

飼い主の氏名、出原しのぶ。猫の名前はまだ決まっていない。そして、電話番号とメールアドレスは、スモモのスマホのものだった。

――《ダーマ》がスモモに連絡したのは、これを見たからね。

なぜか自分の名前を使いたがらない、スモモのおかしな癖が、この事態を招いたのだ。

「そう言えば」

ふと思い出し、しのぶは石井さんを見た。

「昨日、こちらに大学生ぐらいの男の人がいませんでしたっけ」

「ああ、範人くんですね」

「範人くんというんですか？　どこかで会ったことがあるような気がするんですけど」

これは嘘だ。知らない青年だが、そう言って素性を聞き出すつもりだった。

「そうなんですか？　先生の甥《おい》御さんなんですけどね。今ちょうど、大学が休校しているでしょう」

「丹羽先生の？」

その時、診察室の中で何かをひっくり返すような、大きな音がした。デラさんが慌てた声で謝っている。

診察室のドアが開き、昨日の獣医師が顔を覗かせた。

「石井さん、ちょっと来てくれる」

「はい」

獣医師はこちらを見て、おや、という表情をしたが、何も言わずに診察室に引っ込んだ。スモモではなかったからだろう。彼は、明らかにスモモを気に入った様子だった。

「ちょっと失礼します」

石井さんが診察室に入っていくのを確かめ、しのぶはポケットに隠していたUSBメモリをノートパソコンに差した。十秒ほどで、小さなソフトウェアがパソコンに送り込まれる。USBメモリのランプの点滅が消えるのを待ち、何食わぬ顔で抜き取って、長椅子に戻った。

彼女はじきに戻るだろうが、パソコンに何が起きたのか、気がつくことはないだろう。だが、その小さなソフトウェアは、しのぶの遠隔操作に応えてパソコンの内部にあるファイルを送ったり、調査したりしてくれる。

デラさんを待つ間、しのぶはさっそく長椅子に戻り、受付の端末の内部を覗いてみた。

――変ね。

特におかしな点はない。それが妙だ。

――《ダーマ》が、ここのパソコンをハッキングしたのだとばかり思ったんだけど。

そんな形跡は見当たらない。丁寧にハッキングのログを消したのだろうか。しかし、そこまで手間をかける意味もないし、《ダーマ》は企業などの情報を盗む時には、堂々とこれ見よがしに痕跡を残していく。

――《ダーマ》はここに立ち、私がしたように画面を覗いたんじゃないの。

ぞくりと背筋に寒気が走った。自分たちは、思った以上に《ダーマ》と接近遭遇したのかもしれない。

ここに来た人間といえば、昨日、自分たちが帰った後に、診察を受けた動物の飼い主だろうか。その中に《ダーマ》がいたのか。

しのぶたちが病院を出た後で、診察を受けた動物は、犬が一匹と猫が二匹だった。ウイルス騒動の余波で、動物病院を訪れる人も減っているのかもしれない。それぞれの飼い主たちの情報も、そっとメモを取る。

「失礼しました。お手間をとらせて、本当にすみませんでした」

やがてデラさんが診察室を出て、深々と頭を下げた。石井さんと獣医師も、その後を追うように現れたので、しのぶはそっとノートパソコンを閉じた。

「いやあ、保護猫の行き先が一匹でも決まるなら、僕らも嬉しいですからね。お探しのような子猫は、なかなか見つからないかもしれませんが、数か月から一歳くらいの子ならすぐ見つかるかもしれませんよ。ぜひ、よろしくお願いします」

丹羽という獣医師が、にこにこしながらデラさんに答えている。

かなり時間をとってもらったのに、診療ではないから代金は取らないといい、保護施設について詳しく教えてくれたようだ。デラさんは本気で恐縮した様子で、何度も礼を言って動物病院を出た。

「あの先生は、本当にいい人だな」

車に戻ると、デラさんが感心したように呟いた。

「ちょっとデラさん、《ダーマ》の正体は、まだわからないのよ。そんなに簡単に、いい人判定しないでよ」

「いや、まさかあの先生が《ダーマ》であるはずがないよ。あんな動物好きの善人が」

珍しくむきになるデラさんに、ため息をつく。

「あのね、デラさん。《ダーマ》は、人間の愚かな行為のせいで地球が滅亡しそうだから、人間の数を七分の一に減らすと言ってるの。愚かで哀れな人間どもより、地球の環境や動物のほうが大事なの。そういう意味では、丹羽先生なんかぴったりじゃない」

デラさんが、軽くショックを受けたように黙った。

――《ダーマ》は悪人だろうか。

悪人とは何だろう。地球と人間を天秤《てんびん》にかけて、地球のほうが大事だと結論づけるのは、「悪」だろうか。

《ダーマ》が人口を七分の一にするなどと、荒唐無稽《こうとうむけい》で冷酷なことを言わなければ、しのぶだって《ダーマ》の言葉に耳を傾けたかもしれない。

「それで、受付のパソコンはハッキングされていたのか？」

気を取り直したのか、デラさんが尋ねた。

「どうも、ハッキングじゃなさそう」

「——ということは、どうなるんだ？」

「ということは、あの動物病院にかかわる人か、病院で治療を受けているペットの飼い主のなかに《ダーマ》がいるってことよね」

その答えが、さらにデラさんを動揺させたようだ。獣医師や石井さんは、しのぶが会話した時も、かなり好印象だった。動物好きで、親切で優しい人たちだ。彼らがもし、《ダーマ》なら——。

「保護猫の施設の連絡先は聞いたの？　本当にそこで猫を譲ってもらうの？」

話の流れを変えようと、尋ねてみた。デラさんは、少しほっとした様子で、頷いた。

「紹介された施設は、そこの家だそうだ」

デラさんが、ルーターを悪用されていた戸建て住宅を差した。しのぶは一瞬、何を言われたのか理解できなかった。

「え——？」

「保護施設の会長の家なんだそうだ。保護猫の施設だとおおっぴらにすると、近所から苦情が出ることもあるし、中には家の前に猫を捨てていく人もいるから、場所を公《おおやけ》にしてないと言っていた」

「だって――あの家、二階に赤ちゃんがいるみたいだったのよ。保護猫と赤ちゃんが同居しているの?」

「そうなのか? 赤ちゃんのことは何も聞かなかったな」

「それじゃ、ちょっと保護施設にも寄ってみる? 今すぐ、子猫がいるかどうかはわからないけど」

「先に電話してから行ってみてくれと言われたんだ。ちょっと待って」

デラさんは、獣医師の丁寧な文字で複数の番号が書かれたメモを取り出し、スマホで電話をかけ始めた。

――まさか、あの民家が保護猫の施設だったとは。

民家の様子をこっそり車窓から窺《うかが》えば、今日はやはり雨戸を閉め切っていて、人の気配がしない。

ひとつめの番号は応答がなかったが、ふたつめの番号はすぐ誰かが出たようだ。事情を説明していたデラさんが、通話を終えると、メモの裏に書きつけた住所を見せた。

「こっちに来てほしいと言われたよ。今日は、そこの施設には誰もいないんだそうだ」

「すぐ近くね。歩いていきましょうか」

スマホの地図で場所を検索し、ふたりして車を降りる。指定されたのは、二ブロックほど東に歩いた場所のようだ。

今日も晴天で、気持ちのよい青空が広がっている。ウイルス騒動のため、世界中の人が外出を控え、工場などの生産活動も停止しているため、各地で驚くほど大気汚染が改善されているそうだ。

人間がいなければ、地球は美しい。

自分たちの存在が、どれだけ地球の環境に負担をかけているか気づいて、ネットでも驚きの声が上がっている。

「《ダーマ》の行動も、それがきっかけになったのかな」

しのぶは呟いた。車が二台、すれ違うのがやっとの住宅地の道路を、デラさんとぶらぶら歩いていく。こんなに天気がいいのに、子どもたちも外には出ていない。たまに、マイバッグにたくさん食品を詰めた人とすれ違う。

人や車の姿は少ないが、静かで気持ちのいい日だ。

――なんだか妙な感じ。

世界の破滅は秒読みが始まっているのに。

でもみんな、今のところは目に見えない脅威でしかない。どこに付着しているかわからないウイルスだってそうだ。

「田宮《たみや》と書いている。この家だな」

デラさんが立ち止まって見上げたのは、黄色い壁の戸建て住宅だった。

——猫を譲ってくださいというのは、不要不急の用件だろうか。

だが、滅亡に瀕した世界を救うのは、不要じゃないし不急でもない。人間に見捨てられた猫を家族にするのだって、不要じゃないし不急でもないはずだ。

「さっき、お電話をくださった方ですか」

デラさんがインターフォンを押して待つと、しばらくして、白髪まじりの髪をお団子にした、初老の女性が玄関を開けた。笑顔だが、こんな時期なので、扉を開けたものの、どう接したものかと戸惑っているようだ。

ただ人に会うだけのことが、こんなに難しい時代が来るとは思わなかった。

「こんな時に、突然押しかけて申し訳ありません。丹羽先生の動物病院で、こちらの保護施設のことをご紹介いただきまして、お電話させていただきました」

デラさんが、丁寧に頭を下げた。

「はい、ありがとうございます。私が田宮です。今はこんな状況ですから譲渡会も開催できなくて、私たちも困っていますので——。もし良かったら、上がられますか」

身体半分、家の中に引きこんで、上がることを許可してくれたようだった。なるべく距離を空けて、彼女の後を追うことにした。

「では、お邪魔します」

「こちらなんです、どうぞ」

玄関を一歩入っただけで、奥のほうからワンワン、キャンキャンと、犬の鳴き声が聞こえてきた。

「にぎやかでしょう。うちは、犬はそれほどいなくて、猫が多いんですけど。猫は静かなんですけどね。たった三匹しかいない犬が、それはもうにぎやかで」

驚いたのは、さほど広くない廊下にも、あちこちにケージが置かれていて、中から猫が顔を覗かせていることだった。

「その子たちは慣れているので、ケージに自由に出入りできるようにしています」

「たくさんいるんですね」

しのぶが驚いたのがわかったのか、田宮は振り返り、困ったように頷いた。

「今月の譲渡会で、新しい飼い主さんが見つかるはずだったんですけどね。それに、うちの会長が、事情があって昨日からしばらく田舎に帰らないといけなくなりましてね。会長の家にいた保護動物も、その間、うちで預かることになったんですよ。それで、今だけ倍くらいに増えていて」

——え、こんな時期に田舎に帰ったんだ。

感染拡大を避けるために、都道府県をまたぐ移動は控えるようにと言われている。特に東京などの都市部は感染者数も多いので、東京から地方に移動するのも自粛の対象なのだ。

会長は、よっぽど緊急の用件でもできたのだろうか。

「会長とおっしゃるのが、先ほど私たちがいた、動物病院のそばのおうちにおられる方ですね」

デラさんが率先して質問を重ねてくれている。

「ええ、そうです。まだ若い人なんですけど、本当に動物が好きで、詳しくて。頼れるリーダーなんですよ」

「リーダーは、女性の方ですか？　昨日、そちらのおうちの二階に、ベビー服を干してあるのを見た気がします」

立ち入った質問だったが、田宮が「ああ」と言って破顔した。

「男の人なんですよ。ベビー服はね、保護猫の施設だと悟られないようにするためだと言ってました。ほら、猫が時々、赤ちゃんみたいな声で鳴くでしょう。ベビー服を干しておけば、赤ん坊が泣いてるんだなと思ってくれるから。――で、お嬢さんが猫を捜していると言われてましたね」

「そうなんです」

廊下の奥まったところにある、六畳の和室に入ると、田宮がケージを出てうろうろしている猫たちを指した。雑多な色柄、種類の猫たちが、「こいつら何だ」と言わんばかりにこちらを横目に見上げている。

「人に慣れていて、飼いやすい子はこのあたりにいます。だけど、欲しがっているのがお嬢さんなら、ご両親だけでなく、できればお嬢さんもご一緒のときに選ばれたほうがいいと思いますよ。猫にも相性がありますからね」

ご両親と言われても、一瞬しのぶは何の話だか理解していなかった。

「ああ、そうですね」

デラさんが穏やかに話を引き取った。

「妻が、いちど見ておいたほうが、娘を連れてくるときに、話を進めやすいと言いまして。今度は、娘と一緒に来ます」

何食わぬ顔とは、こういう表情を呼ぶのに違いない。

――妻って誰のこと。

しのぶがぼんやりしている間にも、ふたりの会話はどんどん進行している。

「娘は、生まれたばかりの子猫を見て、飼いたいと言いだしたんです。そういう小さい猫は、あまり見つからないと動物病院の先生は言われてましたが」

「子猫も全然いないわけではないですよ。お母さん猫を保護したら、妊娠中で、五匹、六匹と生まれることもありますしね。だけど、子猫は可愛いですけど、お世話が大変ですよ。初めて飼われるんですか」

「娘は初めてです。私は昔、大型犬を飼っていました。――しのぶは何か飼ってたっけ」

デラさんが話をこちらに振ってきた。ハッと我に返り、しのぶは目を泳がせた。自分の顔が赤くなっていないか心配だった。

「ええと――子どものころに、小型犬が実家にいましたけど」

「猫は犬とはだいぶ性格が違いますよ」

――これは仕事なんだからね。

自分に言い聞かせるまでもないのだが、たぶんデラさんの態度が、あまりにも自然に「夫婦」を演じていたので、つい妙な感覚に陥ってしまった。

「ちょうど今も、生まれてすぐの子猫がいるんですけどね。まだ目も開いてない子が」

田宮が、大きなケージのひとつにふたりを誘導した。母親は茶色と黒の縞《しま》模様をしたキジトラで、子猫は同じキジトラが二匹と、ハチワレが一匹。三匹とも母親のおなかに潜り込んで、懸命にお乳を飲んでいる。

「可愛い」

思わず歓声を上げた。はっとして顔を上げると、デラさんが真剣な目で子猫たちを見つめているのに気づいた。しのぶと同様、何かに思い当たったのだ。

「――この子猫は、もともと三匹だったんですか。保護された時には、まだ親猫のおなかにいたくらいじゃありませんか」

「ええ、母猫を保護して、生まれた時は四匹いたんですけどね。一匹、どういうわけかいなくなったんですよ。ずっとケージの中にいたので、迷子になったりするはずはないんですけど。会長は、盗まれたのかもしれないって言ってました。ここまで小さいと、私たちはふつう、譲渡の対象にはしないんですよ。欲しがる人は多いんですけど、赤ちゃんの間は母猫にお世話してもらったほうがいいですし、しばらくは兄弟猫と一緒に暮らしたほうが、社会性が身につくので。だけど、どうしても欲しいと思った人が、連れていってしまったのかもしれないですよね。会長の自宅に入った誰かが」

しのぶはデラさんと顔を見合わせた。

――あの子猫。

しのぶは、スマホで撮影した子猫の写真を田宮に見てもらった。スモモが両手でたいせつそうに抱えているところだ。子猫は母親とも兄弟たちとも違う、サバトラだった。

「この子じゃありませんでしたか」

「あら」

田宮が写真を見て目を丸くした。

「そうそう。すごくよく似てます」

やっぱりだ。

驚くべきことだった。あの民家のルーターは、《ダーマ》に勝手に利用されていたのではない。《ダーマ》の家だったのだ。

数回だけとはいえ、《ダーマ》は自宅から犯行に及んでいた。

猫はいなくなったのでも、盗まれたのでもない。段ボール箱に入れて、駐車場に置いた。

――警察、舐《な》めきってるわね。

バレないと考えたのか、あるいは既に南渤海へのEMP攻撃を実行したので、正体を隠す気もなくなっていたのか。

だから、しのぶたちが現地調査に訪れたその日のうちに、家を出た。

「田宮さん。会長と、連絡は取れますか。あと、会長のお名前と、田舎ってどちらなのか教えていただけませんか」

もう、隠しておいてもしかたがない。こちらの本当の目的を明かし、田宮の協力を仰ぐしかない。

11

警視庁より先に、サイバーコマンドーの明神に連絡すると、田宮を連れてそのまま市ヶ谷に向かうことになった。

《ダーマ》の正体がわかるかもしれないんですね！　しのぶさん、お手柄ですよ！）

明神は興奮ぎみに電話口で叫んでいた。

田宮は最初のうち、しのぶたちが保護猫の譲渡にかこつけて話を聞きに行ったことに反感を隠さなかったが、詳しい事情を話すにつれ、態度が軟化した。それでも、市ヶ谷の防衛省に足を運んでもらえないかと頼んだ時には、かなり抵抗したものだ。

「――それじゃ、会長があの、変なビデオを作ったかもしれないんですか。《ダーマ》とかいう」

テレビジャックを行った動画は、田宮もリアルタイムに見ていたらしい。

「まだはっきり決まったわけではありませんが、かなりの確率でそうだと思います。あの家にあったルーターが、《ダーマ》の犯行時に何度か使われていましたし、子猫のこともあります。最低でも関係者ですね」

最終的に、市ヶ谷行きを了承したが、動物だけを残して長時間家を空けるのは嫌だとのことで、近所から保護団体の仲間が来るまで、しばらく待たねばならなかった。

「――まさか、朝野《あさの》君がそんなだいそれたことをしていたなんて」

動物を仲間に任せて、しのぶの車で市ヶ谷に向かう間、田宮は困惑ぎみにいろんな話を聞かせてくれた。ちなみに、田宮のことはみんなタミーさんと呼ぶそうだ。

「朝野君というのが、保護団体のリーダーなんですね」

すっかり警察官時代の厳しい顔つきに戻り、デラさんが後部座席に並んで尋ねている。この分なら、明神たちの手間が省《はぶ》けそうだ。

「そうです。大学生のころから、もう十一年くらい保護活動をやっています。リーダーになったのは三年前ですけど」

「いま何歳くらいの人ですか」

「二十九歳だと思います。来年三十歳だと言ってましたから」

「お仕事は何をされているんですか？　保護活動はボランティアですよね」

「私は詳しいことは知りませんけど、自宅でできるコンピュータのお仕事だと言ってました。ずっと家にいられるので、保護の活動と両立できるからと」

朝野という青年は、動物保護のために、活動と両立できる仕事を選んだのだろうか。だとすれば、筋金入りの動物愛好家だ。

コンピュータに関わる仕事だったようだが、ウェブサイトのデザイナーから、システム開発者やセキュリティ技術者まで、さまざまな職種が考えられる。朝野が《ダーマ》なら、そうとうな知識があるはずだ。

タミーさんは朝野の携帯電話の番号も知っていたが、とりあえずこちらの準備が整うまで、電話をかけたりはしないようにしている。

　朝野の実家は、長野県だそうだ。タミーさんには、父親が重い病気にかかり、危ないかもしれないので帰ると言ったとか。例のウイルス感染ではないそうだ。

「昨日、急にその話が出たんですね」

「ええ。昨日の夕方、六時くらいですかね。朝野君から電話があって、長野に帰らないといけないって。いったん向こうに行くと、こんな状況なので、いつ東京に戻ってこられるかわからないから、動物たちを預かってもらえないかと頼まれたんです」

「その遅い時間から、動物を引き取りに行ったんですか」

「ええ。距離は近いですから、歩いて取りに行きましたよ。何人かに来てもらって、手分けしてうちまで運んでもらって」

「その時、家の中に入りましたよね。何かいつもと違うことや、気がついたことはありませんでしたか」

　タミーさんはしばらく考え込んでいた。

「――言われてみれば、家の中が妙に殺風景でした。あの時は、動物のケージを移動するのに一生懸命だったので、なんとも思わなかったんですけど」

「殺風景というと――」

「なんかね、ガランとして、家具が少なかったんですよ。動物のケージがなくなったせいかもしれませんけど。もともと、保護した動物のためのもの以外は、ものが少ないおうちでしたし」

「動物のケージ以外のもので、なくなっていたものを思い出してみてもらえませんか。大型家具などはどうでしたか」

「はっきりとは言えませんけど、キッチンの前を通った時に、妙な感じがしたんです。あれ、たぶん冷蔵庫がなくなっていたんですね」

言ってしまってから、タミーさんはようやくその事実の重要性に思い至ったようだ。

「まさか——朝野君、もう戻らないつもりでしょうか」

「さあ、それはわかりませんよ。そんなふうにはタミーさんには見えなかったんですね」

「いつもと同じようにふるまってましたから。朝野君はもともと、感情表現が苦手というか、おとなしいタイプで、たいてい淡々としていて何を考えているのかわかりにくいんですけど」

警視庁にも通報して、朝野の家を調べてもらわなければいけない。しのぶが調査したいのは、パソコンとルーターだった。だが、朝野が《ダーマ》なら、どちらも持ち去った後だろう。証拠を残していくはずがない。

「もう着きますから」

しのぶは防衛省の敷地に車を乗り入れようとしていた。大きな門を開かせ、車止めをどけてもらうと、通行許可証のかわりに、明神が門のそばで待っていた。

「しのぶさん、お疲れ様です！」

指定された場所に車を停めると、飛びつくように明神が近づいてきた。

「明神君、私たち、長野に飛ばなきゃいけないかもしれない」

明神が真剣な顔で頷く。

「田宮さんは、申し訳ありませんが、別室でいろいろとお話を伺わせてください。おふたりは先日の部屋へどうぞ」

デラさんも、大きなスポーツバッグを持って続こうとしたが、通信機器や武器などは持って入れないと言われると、あっさり車の中に置き去りにした。しのぶも今日はボストンバッグを車の中に置いたままだ。

防衛省の建物は、あれからEMP攻撃への対処と、スプーファーの盗聴への対抗措置を全館について実施したそうだ。だが、例の地下のセキュリティルームは、今もずっと会議室として使われているということだった。

「田宮さんをよろしくね。それから、保護猫や保護犬の活動をしている方で、自宅に動物がいるから、あまり遅くまでいられない。帰りは送ってあげて」

「わかりました。大事にお送りしますよ」

重要証人なんですから、という言葉は呑み込んだようだ。

地下の会議室に着くと、先にサイバー防衛隊の飛田隊長が来て待っていた。

「出原さん、ご苦労さまです。《ダーマ》の手がかりをつかんだそうですね」

飛田は先日と異なり、制服姿だったが、疲労の色はむしろ濃くなっていた。大丈夫ですか、と声をかけそうになり、しのぶは自重した。疲れた様子を見られたと思うと、よけいに無理をしそうなタイプだ。

「《ダーマ》に乗っ取られたのだと考えていたルーターの持ち主が、実は《ダーマ》本人だったのかもしれません」

しのぶは車の中で聞いた情報と、これまでの状況を整理して報告した。

「これがその、朝野という青年の携帯の電話番号です。現在位置を調べていただけませんか。それに、長野県に戻ったというのが本当かどうかはわかりませんが、実家の住所なども調べて、誰か長野に行ったほうがいいと思います」

飛田は頷きながら聞いていたが、すぐに矢継ぎ早の指示を出し始めた。

「僕らはいま、警察と合同で捜査に当たっているんです。未曾有の危機ですからね」

明神が囁《ささや》く。

「スモモさんは、まだ見つからないんですか」

しのぶは黙って首を横に振った。明神の表情が曇る。

「捜しに行かなくて、大丈夫ですか？」

「大丈夫。《ダーマ》を見つければ、スモモも見つかると思う」

「ああ――」

その言葉の意味を考え、明神がさらに、困惑ぎみの表情になった。

「やっぱり、一緒にいるんですか」

「誤解しないで。デラさんに言われるまで私も気がつかなかったけど、おそらくスモモは、《ダーマ》に脅されたんだと思う。協力すれば私たちを助けると言われたんだわ」

会議室の隅に、ホワイトボードと端末が設置された。飛田の指揮で、サイバーコマンドーの隊員らが情報収集を始めている。

「警察に、朝野の電話番号を知らせた。現在位置がわかればこちらにも連絡が入る」

飛田がメモを振った。

「ありがとうございます」

「朝野の実家は、大家に緊急連絡先を問い合わせてわかったよ。両親が健在で、ここに住んでいるそうだ」

飛田がメモを渡してくれた。住所と電話番号が几帳面《きちようめん》な文字で書きつけられている。

――両親が健在なんだ。

違和感を覚え、しのぶは眉をひそめた。人口の七分の六を虐殺《ぎやくさつ》するという言葉から、家族がいるような印象を受けなかった。両親、兄弟姉妹、友人、そういうたいせつな人を持つ人間が、そんな極端な行動に走ることができるなんて。

「ご両親にはもう、連絡は？」

「まだです。朝野が実家にいる可能性があるので。逃げられないよう、長野県警に事情を話して、パトカーを向かわせている。明神を現地に派遣しますから、出原さんたちも同行してください。今、ヘリコプターを用意させているから、少し待ってください」

「私たちも行っていいんですか」

しのぶはハッと顔を上げた。どうやって長野まで行こうかと考えていた。

「そのつもりです。松本《まつもと》空港まで七十分ほどかかるが、大丈夫ですか？」

「大丈夫です」

新宿駅から特急に乗れば、もっと時間がかかる。明神たちに同行できるなら心強い。

「娘に電話してきてもいいか？」

デラさんが断り、会議室を出て行った。この部屋の中ではスマホが使えないのだ。これから長野に行ってくると言われたら、和音はびっくりするだろう。

「南渤海のほうは、状況に変化はないの？」

尋ねると、明神が情けない表情で頷いた。

「韓国と中国が対応していて、僕らはほとんど蚊帳《かや》の外ですけどね。とはいえ、聞こえてくる話では、あまり状況はいいとは言えません」

「工作員の懐柔《かいじゅう》は？」

「あの、懐柔と言うと良くないんですけどね。そもそも、工作員に選ばれるような人は、とびきりのエリートなんですよ。外国に出ても、国への忠誠を保ち続けないといけないんですから、海外に出たくらいで気持ちがぐらつくような人では困るんです。しかもその上に、家族や親族を人質に取られているんです。ぜったい、裏切らないように」

「何それ、ひどい」

「ひどいですけど、そのくらいしないと逃げるってことですよ」

怒りを感じたが、同時に、その話が何かに似ているような気がして引っかかる。

——スモモと《ダーマ》か。

《ダーマ》のやり口は、まるで南渤海のようだ。

「ともかく、工作員が本国と連絡を取ろうとしても、その通信すらうまくいかないようです。いま南渤海は、国外との通信が途絶して、孤立した状態にあるわけです」

いくらなんでも、それは良くない。どんな戦争でも、終結の宣言ができなければ、ひとつの国家が地球上から消えるまで、続く恐れがある。そんなのは戦争じゃない。ただの殺《さつ》戮《りく》だ。だから、どんな場合でも、交渉の経路を残しておくことはたいせつだ。

——《ダーマ》は、その原則がわかってない。

あるいは、その原則を知っていても無視したわけだ。

「本気で人類を滅ぼしたいわけね」

しのぶのつぶやきを聞きつけ、明神が深くため息をついた。

「用意ができた。明神、後は頼んだぞ」

飛田の声に、明神が力強く頷いた。

「任せてください。しのぶさん、行きましょう。ヘリポートは屋上です」

明神が上着を取って移動を始める。会議室を出ると、デラさんが電話を終えるところだった。

「もう行くのか?」

「そうよ」

「少しだけ時間をくれ。荷物を取ってくる」

「私のカバンもお願いしていい?」

しのぶは車のキーをデラさんに投げた。現地で、ひょっとするとパソコンが必要になるかもしれない。

「しのぶさん、小寺さんはお嬢さんとうまくいってます?」

駆けていくデラさんを見送りながら、明神が尋ねた。和音を捜すためにデラさんとしのぶたちが秋田まで行った経緯は、彼もよく知っている。

「何よ。この一月に和音ちゃんが戻ったばかりなんだから、そんなすぐにうまくいくはずないでしょう」

「ですよねえ。じれったいですねえ――」

「何が？」

「うーん、そういうとこなんだけどな」

明神はとぼけた表情をつくり、肩をすくめた。「ほら」と言いながら、待っているエレベーターを指さした。

「先に乗っちゃいましょう。小寺さんはすぐ来るでしょうから」


しのぶたちを乗せた防衛省のヘリが松本空港に到着したのは、午後四時すぎだった。ヘリコプターでここまで飛んだのは初めてだ。窓から外を見下ろすと、びっしりと住宅が建ち並ぶ市街地の周囲には、きれいに区画された四角い田んぼが広がっている。まだ田植えには早い時期だ。

朝野の実家は、信州《しんしゅう》大学の近くとのことで、空港から車を飛ばしておよそ三十分だ。

――そう言えば、前にスモモと仕事で来て、おそば食べた店かも。

道路脇に立つ大きな看板を見て、思い出す。

「朝野の両親の家には、近くの警察署からサイバー部門の警察官が急行してます」

空港で待っていたのは、長野県警のパトカーだった。しばらくはサイレンを鳴らしながら走り、朝野の実家の近くまで来ると、サイレンを消して静かに走行した。

「県警の皆さんは、まだ彼と会話はしていないのですか」

明神が尋ねている。

「皆さんの到着を待とうと、外で待機しています」

運転してくれている警察官が答える。

――スモモもそこにいるかもしれない。

あまり期待しないほうがいい。そう自分を戒めるものの、ここまで来たのだから、スモモに会えると思いたい。

パトカーを慎重に離れた場所に停《と》め、あとは歩いていく。家の中から見られてもいいように、警察官たちは覆面パトカーで来ている。

朝野の実家は、瓦《かわら》屋根の、風情のある建物だった。古民家の趣《おもむき》を残したデザインで、おそらく近代に、建て替えたもののようだ。

「旧家なのかな。そんな家の坊ちゃんのくせに――」

しのぶが呟いたのを聞き逃さず、デラさんが肩に手を置いて囁《ささや》いた。

「焦るなよ」

「――大丈夫」

二台の覆面パトカーから、五人の私服警官が降りてきた。私服といっても、ワイシャツにスラックス姿で、いかにも仕事中の雰囲気を残している。みんな律儀にマスクをつけているのは、今ならではの姿だ。

「お待ちしてました」

五人のうち、年配の男性が明神に頷きかけた。あらかじめ、話していたらしい。

「中にいますかね」

「少なくとも、私たちが到着した後は、誰も外には出ていません」

向かいの歩道に立ち、朝野家を見やる。午後五時前だが、窓はすべてぴったりと閉まっている。

「訪問してみましょう。万が一、朝野が逃げた場合に備えて、窓の外にも誰か待機させてください」

「大丈夫です」

年配の警察官が合図すると、どこからか制服警官が出てきて、家の周囲を取り囲んだ。

警察官が呼び鈴を鳴らしたが、しばらく待っても応答はない。

「朝野さん！　いらっしゃいますか」

ドアを叩き、何度も呼び鈴を鳴らすが、やはり誰も出てこない。

「おかしいな」

「庭に入って、中を覗いてみましょうか」

話し合っていると、隣家の二階の窓が開き、年配の婦人が覗いた。

「朝野さんはいませんよ」

婦人の言葉に、警察官らが驚く。

「どこに行かれたかご存じですか」

「病院。ご主人が昨日、救急車で運ばれて」

しのぶはデラさんと顔を見合わせた。

——朝野がタミーさんに語ったのと同じだ。あれは、本当だったのか。

「あのう、すみません。息子さんが帰ってきているかどうか、ご存じですか」

明神が尋ねている。

「涼《りょう》君、帰ってますよ。今朝、見かけました」

「息子さんも病院ですか」

「そうじゃないかな?」

隣家の婦人は、朝野の父親がどこの病院に搬送されたのかまでは知らなかった。だが、救急搬送の履歴を調べればわかることだ。さっそく、警察官らが電話をかけ始める。

「朝野は、今朝こちらに戻って、すぐ病院に向かったわけか」

「すみません、気づかなくて。僕らが着いた時にはもう、誰もいなかったんですね」

窓は閉まっているが、洗濯物は出ている。暗くなるまで洗濯物が出たままなら、妙だと感じたかもしれないが、まだ日は高く、外は明るい。彼らを責めるのは酷だろう。

「朝野の父親が運ばれた病院、わかりました。近くの大学病院のベッドに空きがなくて、ちょっと離れたところに運ばれたようです」

「すぐ行きましょう」

覆面《ふくめん》パトカーの先導で、病院に向かった。

「朝野の携帯、場所はわかったんでしょうか」

「さっきの家にあったんです。まさか、置いていったとは思わなくて――」

警察官が困惑ぎみに弁明している。しのぶにも、《ダーマ》が携帯を持ち歩かないとはとても思えなかった。しのぶ自身、スマホが手元にないと、落ち着かない。

――なんだかおかしい。

子猫といい、ルーターといい、動物好きといい、朝野が《ダーマ》に違いないという傍証はあるのに、事態はどんどん怪しくなっている。

病院の出入り口を固め、明神と警察官が、受付に朝野の父親の入院病棟を尋ねに行った。病院スタッフは、突然現れた防衛省の名刺を持つ若い男と、私服の警察官の集団に驚いた様子だ。ウイルス感染防止のため、病院内への立ち入りを控えてほしいと要請され、結局、人数を絞ることになった。

「朝野静雄《しずお》さんですね――そちらのエレベーターを上がって、五階のナースステーションに声をかけていただけますか。でも、今はＩＣＵに入っているのでお話はできないと思いますよ」

――ＩＣＵだって。

彼らの会話に耳をそばだて、しのぶはますます怪訝《けげん》な思いにとらわれた。

「ご家族も来られてますか」

「と思います」

詳しく話してくれないのは、患者のプライバシーを守るためだろう。

急いでエレベーターに乗り、教えられた病棟の五階に上がった。

「いったいどういうことでしょう」

しのぶの問いに答えられる人間はいない。病棟はしんとして静かだった。ウイルスの感染症対策で、患者の受け入れを控えているのかもしれない。

病院に残っているのは、よほどの重病患者ばかりなのだろうか。場合によっては、家族の見舞いすら難しいとも聞いている。

「朝野静雄さんの病室はどちらですか」

私服の警察官が警察バッジを見せて尋ねると、師長らしい女性が、目を丸くして飛んできた。

「――ご家族以外、どなたも面会できません。絶対安静です」

「私たちは、朝野さんの息子さんに用があるんです。朝野涼さん、来てませんか」

「息子さんは来られてますけど」

不安な目で、ナースステーションに居並ぶ警官たちを見回した。

「どういうことでしょうか」

「お聞きしたいことがありまして。すみませんが、居場所を教えていただくか、息子さんをここに呼び出していただけませんか」

「――ここに来てもらいましょうか」

そうするしかないと悟ったのか、師長が足早にナースステーションの奥に向かった。ICUは、ナースの目が届きやすいように、すぐそばに設置されているはずだ。

「――」

年配の警察官が目くばせすると、先ほど運転手を務めてくれた制服警官が、師長の後からそっとついていった。万が一、朝野が逃げようとすれば、誰かが捕まえなければいけない。

だが、そんな心配は無用だった。

数分後、おどおどと目を泳がせている、おとなしそうな青年が、師長と制服警官に挟まれてやってきた。髪を長く伸ばして、後ろでまとめているので、女性のようにも見える。後ろから、顔色の悪い中年の女性が心配そうに追ってきた。母親かもしれない。

「朝野涼君ですね」

明神が声をかけた。朝野は無言で頷いた。

「お話を聞きたいので、警察署まで一緒に来てもらえませんか」

「えっ」

朝野の驚きは本物だった。それ以上に、背後の母親が気の毒なくらい仰天していた。

「ちょっと待ってください。いったい何ごとですか。この子の父親、昨日、脳内出血で倒れたんです。手術を受けましたけど、どうなるかわかりません。そんな時に——」

「お母さんですね」

明神がしばらく考え、師長に会議室か何か借りられないかと尋ねた。

「そこの小部屋でよろしければ、使ってください。狭いですけど」

たしかに、明神とデラさん、それに警察官三人と朝野、そしてしのぶが入れば、窮屈すぎる部屋だが、この際、ウイルス感染よりも地球の未来のほうが心配だ。

いちばん奥の席に朝野を座らせ、明神たちと警察官とで彼を取り囲むように腰かけた。

容体に変化があれば、母親が呼びに来ることになった。

「こんな時に悪いですが、君にはハッキングの容疑がかかっています」

「——ハッキング？」

明神の言葉に、朝野がいちいち目を丸くする。まるで心臓が止まりそうなほどの驚きようだが、これが演技なら、朝野はずいぶん達者な俳優になれそうだ。

「君の家は、動物の保護施設になっているそうですね。君の家のルーターから、各地の大学の研究室や、病院への侵入を行ったことがわかっているんです」

「僕じゃありません」

朝野の声が震えている。彼はソファの隅に文字通り縮こまり、肩をすぼめて、眉根を寄せて明神の話を聞いていた。

「君の仕事は、コンピュータの技術者ですか」

「ソフトウェアエンジニアです。フリーランスで、スマホのアプリなどを委託されて開発しています」

そういう、仕事の話はすらすらと出てくるようだが、ハッキングについて尋ねられると、「僕じゃない」と言うばかりで埒《らち》があかない。

「ソフトウェアエンジニアというけど、セキュリティ関係も知識はあるわけでしょう」

「ごく一般的な知識くらいは。だけど、ハッキングなんてやったこともありません」

「スモモはどこにいるの？」

ついにたまりかね、しのぶが口を挟んだ。明神は、止める気配もない。

「さっさと答えなさいよ。スモモは――東條桃花はどこにいるの」

「だ――誰ですか、それ」

朝野がしのぶの剣幕に恐れをなしたように、ソファの背に身体を押しつける。顔が引きっているのは、演技ではなさそうだ。

――そんな馬鹿な。この男がスモモを知らないなんて。

「知らないわけないでしょう。あんたが最近、子猫を押しつけた女性よ」

「子猫？」

唇をふるわせた朝野が、首を何度も横に振った。

「いや、知りません。保護施設で生まれた子猫のことですか？　一匹、いなくなった子はいますけど――」

「段ボール箱に入れて、隣のコインパーキングに置いたでしょう」

「まさか！　あんな生まれたばかりの子猫を段ボール箱に入れて置きざりになんかしたら、死んでしまうじゃないですか！」

初めて、朝野が気色ばんだ。

「僕がそんなことをするわけないですよ！」

その言い方が、あまりにも真に迫っていて、しのぶはたじろいだ。

「いなくなった子猫、こんな子ですか？」

言いながら、しのぶは写真を見せた。

「よく似ています。柄が同じだし、ほら、左耳の内側に、茶色い黒子《ほくろ》みたいなものがあるんです」

朝野が熱心に写真を見つめ、何度も頷いている。信じていいのだろうか。この青年が嘘をついているようには見えない。

「妊娠した母猫を保護したら、子猫を四匹生んだんです。だけど、一昨日、サバトラが一匹、いなくなっていて」

「田宮さんに、盗まれたと話したそうですね」

「そうとしか考えられませんから」

「心当たりがあるんですか。誰が盗んだのか」

「心当たりというか——施設に入れる人しか、連れていけないじゃないですか。僕、知り合いが少ないんです。保護団体の人か、あるいは」

そこで朝野は続きをためらった。

「朝野さん。何か知っていることがあるのなら、あるいは何か疑ってることがあるのなら、正直に話してください。あなた、大変な容疑をかけられているんですよ」

大変な容疑の内容は説明しなかったが、朝野は困惑したように、乾いた唇を舐《な》めた。

「——保護団体の人はもちろん猫も大好きですけど、盗んでまで子猫を欲しい、なんて人はいないんです。欲しければ僕に言ってくれればいいだけですし。だから彼らじゃない。あと、家に上がることがあるのは——」

「誰かいるんですね。お友達ですか」

明神が会話の主導権を取り返した。

「はい。川村《かわむら》です。川村範人君。大学生です」

——何だって。

口下手な朝野が、必死になって説明しようとしている。

「家のすぐ近くに動物病院があるんですけど、そこの先生の親戚だそうで、病院によく遊びに来ていて。動物が好きだから、僕の保護施設にも遊びに来るようになって」

あの青年だ。動物病院の待合室にいて、受付の石井さんと喋っていた。丹羽先生の甥だと言っていた。

「そんなに子猫が欲しかったのなら、言ってくれればいいのに。彼が来た日に、一匹いなくなったんです。まず間違いないです」

「川村さんに、子猫のことを聞いてみましたか」

「ええ。だけど、知らないと言われました。僕は、子猫を盗んだなんてバツが悪いから、とぼけてるんだと思いましたけど」

「それでは、川村範人さんの連絡先を教えてください」

明神が尋ね、朝野はまた目を泳がせた。

「連絡は、ずっとＬＩＮＥで取っているので、電話番号などはわからないんです」

「川村範人というのは、動物病院の先生の甥御さんだと思います。動物病院に誰かやって、尋ねましょう」

しのぶの提案に、明神も賛成した。

とんだ回り道をしたのかもしれない。だが、朝野の容疑も、まだ完全に晴れたわけではなかった。

「警察官をひとり残していきます。お父さんの容体が良くないようですし、しばらくはこの病院にいらっしゃいますね」

「います」

ホッとしたように朝野が口元を緩めた。おとなしく、穏やかな人柄のようだ。年齢のわりに口下手で、特に仕事以外のことで、何かを説明するのは苦手なようだった。

——そういうタイプだから、《ダーマ》に利用されたのだろうか。

もし川村範人が《ダーマ》なら、警察が朝野に疑いの目を向けるよう、わざとルーターを利用した痕跡を残し、猫も朝野の施設から盗んだことになる。

しかも、しのぶたちは、まんまと《ダーマ》の罠《わな》にかかったわけだ。ＩＴ探偵を名乗るしのぶにとっては、大きな屈辱《くつじょく》だった。

「——そうだ。冷蔵庫」

しのぶのつぶやきを、明神が聞きとがめて思い出したようだ。

「そう言えば、自宅の家財道具を処分しましたか」

冷蔵庫がなくなっていたし、家具も少なくて部屋が殺風景だったとタミーさんが話していた。

朝野が情けなさそうな表情になった。

「冷蔵庫ですか？　処分したわけじゃないんです。ウイルス騒動になる前に、故障して、引き取り修理を頼んだんです。だけど、修理を終えて戻ってくる前に、この騒動で。しばらくかかると連絡がありました」

「引っ越す予定があるわけではない？」

「違います。父親の容体が良くなるまでは、実家に残りますから、動物はタミーさんたちに手分けして預かってもらいましたけど」

話の裏を取るために、冷蔵庫の修理を頼んだ業者の名前などを聞き出した。

聞いてしまえば、「なーんだ」と言いたくなるような事情だが、しのぶたちも朝野が犯人だと思い込み、別の可能性を考えようとしなかった。

「川村範人さんは、あなたの家に来た時、パソコンを使うことはありましたか」

「ええ、ありましたよ。彼は大学で、情報工学というのかな、やっぱりコンピュータを専門に勉強していました。よっぽど好きみたいで、いつも小型のノートパソコンを持ち歩いてましたし」

「朝野さんのＷｉ‐Ｆｉも使ってました？」

「貸してほしいと言われて、何度か貸しました。そんなにたびたびではなかったです」

しのぶの中で、川村範人の心証は、どんどん悪くなっている。彼は動物病院でスモモも見かけているはずだ。

――あの時に、スモモをターゲットにしようと決めたのかもしれない。

しのぶとスモモが並ぶと、気の強そうなしのぶに対し、スモモのほうがかなりおっとりして、二次元の世界から飛び出してきたような愛らしい印象がある。

あくまでも外見のイメージだけで、実際には彼女は体術の達人だし、気に入らないことがあると、言葉で伝えられないだけ、しのぶよりも直接的な行動に出ることが多い。破壊力なら、しのぶの五割増しといっても過言ではないだろう。

――スモモを選んだことを、《ダーマ》が後悔しますように！

「サイバー防衛隊から何人か、動物病院に向かわせました。僕らも、東京に戻りましょう」

明神がみんなを急がせた。朝野には監視をつけるが、優先順位は川村に傾いている。東京まで戻るのに、来た時と逆の道のりをたどるのだ。二時間近くかかるだろう。

「朝野さん、最後にもう少し、川村範人君について教えてください。彼、環境問題に強い関心を抱いているようでしたか？」

朝野はしばし、目をまたたいた。

「——はい。地球温暖化のニュースを見て、ちょっと大げさなんじゃないかと思うくらい、嘆《なげ》いていました。もうすぐ地球が滅ぶんだと言って」

やっぱり、と頷く。

「地球を救うにはこうするべきだとか、アイデアを話したりはしませんでしたか」

「——そうですね」

朝野は眉をひそめた。

「僕はあまり興味がなくて、そういうの聞き流していたんですけど——。今回のウイルスで、人が大勢死ぬから大丈夫だ、みたいなことを言っていて、ずいぶん不謹慎なことを平気で言うなと思いました」

「ウイルス——」

川村が《ダーマ》なら、パンデミックで人口が減少するのを期待しているのだろうか。たとえば長期間にわたり停電するだけで、医療機関が感染症に対応しきれなくなるのは間違いない。

「さっき、段ボール箱に子猫を入れて、駐車場に置いたかと聞きましたよね」

「ええ」

朝野が唇を舐めて尋ねた。

「まさか、本当に誰かが、あんな小さな猫にそんなことしたんですか」

「そうです」

「もしそれを川村君がしたのなら——動物好きだなんて、嘘っぱちだな。生まれたばかりの赤ん坊の猫を、いくら春先でも、段ボール箱なんかに入れて捨てたりしたら、死んでしまう。それがわからないなんて」

吐き捨てるような朝野の言葉に、しのぶが思い出したのは、動物病院のカウンターに寝そべっていた三毛猫の「もなか」のことだった。あの猫は、川村が近づくと急に立ち上がり、唸り始めたのだった。

——動物なんか好きじゃないのに、偽っていた？

「行きましょう。空港まで県警が送ってくれますから」

朝野と話していれば、他にも何か川村の本音が聞けるかもしれないと思ったが、明神に急がされるまま、病院の出入り口からパトカーに乗り込んだ。

夕暮れ時だ。ただでさえ人の出入りは少ないが、ウイルス騒動のせいで、病院を訪れる患者や、入院患者の見舞い客はいない。でなければ、病院の車寄せにこんなにパトカーが停まっていたら、何ごとかと思われただろう。

「動物病院の丹羽先生に事情を話し、川村君の電話番号を聞き出しましたが、位置を探知しようとしても、電源を切っているそうです。自宅にもいません」

空港に向かうパトカーは、サイレンを鳴らして緊急走行を始めた。車の通行量も、ふだんよりずっと少ないはずだ。

「川村君は、家族と住んでいるんですか？」

「ひとりで不動前《ふどうまえ》の賃貸マンションに下宿しているそうです。実家は埼玉で、両親と弟がいるそうですよ」

「家族、いるんですね——」

家族とは、うまくいっていないのだろうか。

「《ダーマ》は、生き残る人間をコントロールできるんじゃないか」

ずっと静かだったデラさんが、ようやく口を開いた。

「誰を生き残らせるか、《ダーマ》が選別できるってこと？」

「そうだ。七人にひとり。そのひとりを、《ダーマ》は選ぶことができる——あるいは、そんな方法があると思いこんでいるんじゃないか」

だから、しのぶたちを救う代わりに協力しろと、スモモを説得できた。

「いったい、《ダーマ》は何を企んでいるの——？」

空港に向けて走るパトカーの中で、しのぶはスモモの盗聴アプリを起動してみた。彼女が聞くかどうかはわからないが、呼びかけずにはいられない。

「——スモモ。どこにいるの。これを聞いたら連絡ちょうだい。ずっと捜してるの。みんな心配してる。早く帰ってきて」

――会えるかもしれないと思ったのに。

朝野が《ダーマ》なら、きっとスモモも長野にいるだろうと期待していた。だが、どうやら間違いだったようだ。

応答のないスマホを握りしめ、うなだれていると、隣に座ったデラさんが、大きな手のひらでスマホごと手を包みこんだ。

「スモモも、きっと帰りたいと思ってる。無事に帰ってくると、俺は信じる」

「――デラさん」

「しのぶはよくやってる。こんなご時世だ。これから何が起きても、俺はしのぶとスモモを支持するからな。負けるな」

頑張れ、ではない。負けるな、か。

しのぶは微笑んだ。

――たしかに、負けられない。

盗聴アプリを終了し、スマホを鞄にしまおうとした時、着信があった。スモモからかと、慌てて画面を見た。

――なんだ。筏か。

『同志出原！　どうして長野になど飛んだのだ！』

電話に出たとたんに、まくしたてる筏の声を聞いてうんざりする。

「《ダーマ》を捜してるの。それより、研究所の電力はどうなったの」

『――むう。かろうじて復旧はしたものの、《ダーマ》が再び、当研究所を標的とする恐れがなきにしもあらず。で、河岸を変えようと思うのだ』

「うちの事務所は却下だからね」

筏が声に出して『ドキリ』と言った。どうせ今ごろ、両手を身体の前で交差して、胸にでも当てているに違いない。

『つれないではないか、同志出原。せっかく、耳よりな情報を流そうと思ったのに』

「本当に耳よりな情報なら、あんたの命があるうちに、さっさと流すことね」

助手席にいる明神が、びっくりしたようにルームミラーでこちらを見ている。

「筏。ここにいる人たちは《ダーマ》の捜索チームなの。スピーカーホンにするから」

全員に聞こえるように、スピーカーにして音量を上げた。

『わが研究所の電源設備が攻撃される前、私は《ダーマ》からの電話を受けていたのだ』

「――なんですって？　例の、勧誘を受けた時のこと？」

『その通り。むろん断ったのだが、《ダーマ》はかなりしつこく、仲間になれば私の家族や同僚を助けると言ってきた』

――やっぱりか。

どうして筏は、そういう大事なことを黙っているのだろう。

「それで？」

『家族はいない。ラフト工学研究所に、同僚はいない。彼らはみんな個人事業主のようなもので、研究所の設備を貸しているだけだからな。したがって、私にメリットはない。そう断ると、やつはすぐさま研究所の設備に攻撃をしかけてきた。だが、それは妙ではないか？　メリットがないから手伝わないと言っただけなんだから。よほど私が怖いのか？』

「それで？」

しのぶは繰り返した。なぜだか、筏が大事なことを言おうとしているように感じた。

『やつには、わが研究所を攻撃し、電気系統を破壊する必要があったのではないか。そう考えたので、《ダーマ》からの電話を詳しく調べてみた』

「何か見つかったの？」

『いいや』

思わず顔をしかめる。どうしてこの男は、こんなに思わせぶりな態度をとるのだろう。

『だが、ひとつ気がついた。私が優秀なエンジニアであることは、世に隠れもないことだが、とはいえハッキングの知識を持っていることを、どうして《ダーマ》は知っているのだろうか？』

筏のラフト工学研究所は、ホームページを見ると、ロボットの開発を行っている会社のように見える。

——そうか。筏が《キボウ》の作成者だと知っているのは、私たちくらいだし。

筏がマサチューセッツ工科大学の大学院を出て、日本に帰って研究所を起ち上げてからは、ロボット研究に熱中していることは、知っている人もいるかもしれない。だが、筏の独特な性格のせいもあり、彼は必ずしも「有名人」ではないのだ。

《ダーマ》は、ピンポイントで筏とスモモをターゲットにした。スモモは動物病院で把握されたのだとして、筏の存在に気づいたのはなぜなのだろう。

『それで、思い出したのだが。今年の一月に、ある学生が研究所を訪問した』

「一月——」

筏が電話の向こうで咳払いした。

『昨年、流行したあるマルウェアについて、話を聞きたいと言ってきた。私は、その学生に知るかぎりのことを教えた』

ハッとした。

——《キボウ》だ！

筏が拡散させたマルウェア、《キボウ》の流行は、昨年の十二月だった。一月と筏が強調したのは、それをさりげなくしのぶに伝えているのだ。

「その学生は、筏がコンピュータ・サイエンスにも詳しいと知っていたの？」

『まさかと思ったが、私の論文、開発したオープンソースのソフトウェアなどすべて調査していたようだ。ま、天才は隠れたくても隠れられないということかもしれないがね。その学生こそ、《ダーマ》の正体ではないだろうか』

「その学生の名前、まさかと思うけど川村範人っていうんじゃないでしょうね」

『一月の訪問者記録を見た。名前は言わなかったが、防犯カメラに映像が残っていたので、同志出原のメールに送っておいた』

驚いて、スマホで映像を確認した。

――やっぱり川村だ。

防犯カメラの記録など、拡大しても鮮明な画像ではないだろうと侮《あなど》っていたが、顔がはっきりわかるくらいに撮れている。

『《ダーマ》は、その記録を見られたくなくて、わが研究所を攻撃したのだ。メールのやりとりも残っていたしな』

「筏、お手柄よ」

まさか、筏を誉める日が来るとは思わなかった。

「で、ほかに忘れていることはないでしょうね。《ダーマ》に勧誘された時、どこに行くとか何をするとか言ってなかったの？」

『ううむ、聞かなかったな。そもそも、ハッカーだって、ネットがあればどこにいても仕事ができるからな。どこに行くなどと聞くだけ無駄だろう』

ハッカーはどこにいてもハッカーだ。それは筏の言う通りだった。

「私たち、川村君の居場所を捜しているの。今でなくてもいいけど、何か手がかりがあれば教えて」

『わかった。何かあれば知らせよう』

珍しく殊勝に、筏が応じた。

「《ダーマ》は、世界各地から大量のデータを盗んで、それを使って世界のレプリカモデルを作り、シミュレーションをしたの」

『つまり、スパコン並みのコンピュータを使った？』

「一台とは限らないけどね。つまり、《ダーマ》はひとりの人間とは思えないから。これはあたしの勘にすぎないけど、世界中に仲間がいて、アノニマスのような、ゆるやかな組織をつくっている。それが《ダーマ》なんだと思う」

『世界各地で、想定外の使い方をされたスパコンを捜せばいいのだな』

「そういうこと」

『同志出原。アノニマスにもいた君の勘だ。信じようではないか』

アノニマスは関係ないと思うけどね、としのぶは苦笑いした。筏に調べられるかどうかはわからないが、少なくとも民間人で、そんな調査を成功させられるものがいるとすれば、筏くらいのものだろう。

『同志スモモの身は、私も案じている。必ずぶじに取り返そう』

「――筏。あんたがそんなこと言うなんて。スモモが聞いたら喜ぶと思う」

つい、ほろりとした。筏も、停電に驚いて頭を打った甲斐《かい》があるというものだ。

『ぶじに戻ったら、君たちはラフト工学研究所の客員研究員として――』

聞こえなかったふりをして、しのぶはさっさと通信を切った。明神が苦笑いしている。

「もう空港に着きます。ヘリに乗り込んだら、すぐ出発しましょう」

12

陽《ひ》が落ちた後のヘリの機内は、予想外に寒かった。まさか長野までヘリで往復するとは思わなかったしのぶは、初夏の薄手のスーツを着てきたことを後悔した。

「すみません、防衛省まで一時間ちょっとかかります」

運転席の隣に明神が座り、後ろの座席にデラさんとしのぶが腰かける。

「しのぶさん、お疲れでしょう。おなかすいてませんか。向こうに着いたら、何か用意してもらいますね」

明神があれこれ気を使ってくれている。彼も、ここ数年で後輩ができ、中堅らしくなってきた。

「大丈夫。非常時なんだから」

非常時に、寒いだの空腹だの、わがままは言えない。「だから女は」と言われるのも、黙って心の中で思われるのも嫌だ。

——それでも、たしかに疲れた。少し目を閉じて休もう。

寒気とヘリの振動、ローター音に耐えながら、目を閉じた。これだけ賑《にぎ》やかなら、本当に眠ってしまうことはないだろう。うっかり寝てしまうと、風邪を引きそうだ。

次に目を開けた時には、東京の夜景の上を飛んでいた。

「——え。もう着いたの？」

「もうすぐです。ほら、もう東京タワーがあんなに後ろに」

まさかと思ったが、寝落ちしていた。しかも、身体がポカポカして暖かい。気がつくと、大きなダウンのロングコートに、肩から足首までくるまっていた。

「——これ」

「寒くなかったか？」

さっきまで目を閉じていたデラさんが、こちらを見ている。

「このコート——」

「寒いんじゃないかと思って。薄着だから」

デラさんのスポーツバッグのファスナーが開き、中が空っぽになっている。

「――そのバッグの中身って、これだったの？　てっきり、武器が入ってるのかと」

「武器？　そんなもの、喫茶店のマスターが持ち歩くわけないだろう。夜は冷え込むと天気予報が言ってたから、念のために入れておいたんだ。俺が店で寝泊まりしてた時のが残ってたからさ。おまえに風邪なんか引かせたら、俺がスモモに殺される」

デラさんは大真面目だ。

――だって、俺たちも本気出すって言ってたから。

「大丈夫だったか？」

「うん。――すごく暖かい」

「降りても、そのまま着ておくといい」

――デラさんだって、言うほど厚着じゃないくせに。

ダウンのむくむくした塊に埋もれて、しのぶはだらしなく緩む口元を隠した。世界が終わりかけていても、いま少しだけ、幸せな気分だ。

ヘリが高度を下げ、市ヶ谷の防衛省に下りていく。停電はしていない。東京がキラキラと輝いていれば安心だ。

そう考えたのも、つかの間だった。

ヘリコプターのドアが開くと同時に、明神が慌てて飛び出した。ずっと、防衛省と無線で話していたようだ。

「例の会議室に急ぎましょう！」

「どうしたの？」

名残り惜しい気分で、デラさんにコートを返した。

「米国の軍事衛星が、南渤海のミサイル発射場の動きを感知したそうです！」

エレベーターに急ぎながら、明神が顔だけ振り向いて叫んだ。

──ああ、ついに始まったんだ。

南渤海のキム・スン大統領は、ＥＭＰ攻撃がハッカーによるものだと知らない。パンデミックですら、米国の陰謀だと邪推していたくらいだ。世界中が彼の国を滅ぼそうとしているのだと、被害妄想に取りつかれていてもおかしくない。

恐怖から、彼は攻撃に転じる。今までもずっとそうだった。《ダーマ》はキム・スンを利用して、世界を滅ぼそうとしているのだ。

ヘリから降りて、しのぶはヘリポートに根が生えたように、凍りついていた。

「──しのぶ。大丈夫か」

デラさんの腕が、肩を抱くように支えてくれた。

「しっかりしてくれ。俺にできることはなくても、しのぶならできることがきっとある」

「──私にできること？」

そんなのムリだ。いくら何でも。

南渤海がミサイル発射準備をしているらしいと聞くだけで、頭から血の気は引くし、足がこわばって動けない。

「《ダーマ》がこの事態を始めたのなら、止める手立てだって、きっとある。急ごう、しのぶ。諦めるのはまだ早すぎる」

デラさんが手首を握って、先を急ぎ始めた。

「ちょ――デラさん。無理よ、それは」

デラさんは、まだ諦めていない。世界を救えると思ってる。

「一度は始めた仕事じゃないか。無理かもしれないが、行ってみよう。かんたんに諦めるなよ、しのぶ。もしいま、隣にいるのがスモモなら、おまえはまだ諦めずに頑張れるのか？　俺では力になれないから、さっさと諦めるのか？」

「そうじゃないけど――」

もし、いま隣にスモモがいたら。

隣にいるのがスモモなら、何かが変わるだろうか。そんなことはない、自分は自分だ。できることは同じだし、いつだって自分にできる限りのことはしているつもりだ。

「なあ、しのぶ。俺は、おまえの力になれないのが残念だ。とはいえ、今からコンピュータの勉強なんかしたって、追いつけるわけもないしな。手伝ってやりたいが、スモモみたいな相棒にはなれそうにない。隣にいたのがスモモだったらよかったのにと、俺は責任を感じるよ」

「——何言ってるの、デラさん」

しのぶはムッとしてデラさんを見上げた。

「どうしてデラさんが責任を感じるの？　《ダーマ》を捜すのは私の仕事なんだから。デラさんはたまたま、巻き込まれただけじゃない。私、デラさんにスモモの代わりになってほしいわけじゃ、ないんだからね！」

思わず強い口調で言うと、デラさんが振り向いてにやりと笑った。

「——よし。やっぱりな。しのぶは、怒ったほうが強くなる」

「なん——」

「しのぶさん！　早く、早く！」

明神がエレベーターの中から手を振って、呼んでいる。しのぶはデラさんと一緒にエレベーターに飛び込んだ。

《ダーマ》は本気で、南渤海に核ミサイルを撃たせて、世界を滅ぼすつもりなのだろうか。人口を七分の一にするために。

「——そんな馬鹿なこと、ある？」

うっかり爪を噛んで、ハッと我に返る。よくない癖が復活しそうだ。

《ダーマ》は地球環境を守るために、人口を減らすと言った。だが、核ミサイルが落ちれば、環境を守るどころではない。放射能汚染が広がり、動物だってただではすまない。

「すべては《ダーマ》の企みだと、キム・スンに知らせることができれば――」

しのぶは唇を嚙んだ。しかし、通信回線が全滅していると思われる南渤海に、その事実を知らせる方法なんて、あるだろうか。

エレベーターのかごが地下に到着し、扉が開いた。会議室に駆けだそうとした時、明神がハッと気づいて、デラさんを止めた。

「すみません、小寺さん。今から小寺さんは、このフロアには立ち入り禁止です」

「どういうことだ」

「非常時なので、職員と顧問以外は立ち入りできないんです」

明神の申し訳なさそうな顔を見て、デラさんがエレベーターに留《とど》まった。

「――デラさん。和音ちゃんが心配してるだろうから、帰ってあげて。そして、私たちが――《ダーマ》の野望を止められるよう、祈ってて」

デラさんは、大きな手をしのぶの肩に置いて、目で微笑んで頷いた。

「わかったよ。ちゃっちゃと世界を救って、戻ってこい。俺たちが待ってるから」

――まったくもう。

しのぶはマスクの陰で苦笑した。

「はいはい。ちゃっちゃとね」

だが、おかげでずいぶん気が楽になった。キム・スンでも《ダーマ》でも、ひとりでやっつけられそうな気分になってきたではないか。

「しのぶさん、こちらへ！」

明神に案内され、先日の会議室に入ると、すでに様相が一変していた。

大画面の薄型モニターが、壁一面に何枚も貼られている。それぞれに、地図や衛星画像、どこかの司令室の映像など、さまざまな情報が投影されていた。

「戻ったか」

モニターを睨んでいた飛田隊長が振り向き、こちらに頷きかけた。

「ご苦労だった、明神君。出原さんもお疲れさまでした。長野は空振りだったとか」

明神からの報告は先に届いているらしい。

「残念ですが。しかし、長野まで追った甲斐はありました。僕らが追っている《ダーマ》の正体は見当がついたので、警視庁とも連携して捜します」

しのぶが室内を興味深く見回しているのに気づいたのか、飛田が近づいてきた。

「私たちは、本来ならミサイル防衛の指揮所には入れませんが、本件は《ダーマ》と確実に関係しているので、ここで情報を集めて分析しています。《ダーマ》に関して、何か気づいたことがあれば何でも指摘してください」

「ええ——」

設置された複数のスピーカーからは、時おりノイズとともに、さまざまな情報が飛び込んでくる。

『ミサイル発射台に、ＩＣＢＭと見られるミサイル設置を確認』

『液体燃料の注入は十二時間前に開始。あと一、二時間で発射可能な状態になる見込み』

『発射場での車輌《しゃりょう》の動きは昨日から激しく』

キム・スンがミサイル発射の準備を進めているのは間違いないらしい。

しのぶは飛田を見た。サイバーコマンドーに提供できる情報が、ひとつだけある。

「飛田さん。ご存じだと思いますが、私はアノニマスにいた時期があります」

「ええ、聞いています」

「《ダーマ》のやり方には、アノニマスに近いものを感じるんです。《ダーマ》は、世界各国に分散する、複数のハクティビストの集合体だと思います。体験上、おそらくですが、《ダーマ》もアノニマスと同じで、中は一枚岩ではないはずです」

「ほう。《ダーマ》がひとりではないという意見には賛成ですが、一枚岩ではないというのは、どういう事実からですか」

「行動に矛盾が見られます」

明神も近くに来て、しのぶの推理に耳を傾けている。

「私たちが追っていた、スプーファーと呼んでいるハッカーは、日本にいて、各種のデータを盗んでいましたよね。使っていたルーターから、その正体が川村範人という大学生だと割り出せましたが、彼は環境問題に強い興味を抱いているそうなんです。本人が動物好きだと言ったのは、ちょっと怪しいんですけどね」

「《ダーマ》も環境問題に関心が強いですね」

「ええ。環境問題に興味を持っていて、人類の人口を七分の一に減らせば、持続可能な世界をつくることができるというのが《ダーマ》のスタンスです。そのために《ダーマ》がとった手段は、南渤海に対するEMP攻撃でした。精密機器や通信回線にだけ影響があって、人体や動物には影響がない攻撃です。その点、私たちがスプーファーと呼んでいたハッカーとも一致します」

しのぶは、壁面を覆い尽くす、モニター画面を見上げた。

「ですが、その後が妙です。南渤海が、核弾頭を積んだミサイルを発射したらどうなりますか？　核爆弾が落ちれば、その一帯が死の灰に覆われて、何十年も利用できない地域になるでしょう。環境どころの問題ではなくなります」

「《ダーマ》の中にもいろんな意見があるということですか」

「少なくとも、スプーファーならそんな手段は取らないと思います」

だから、としのぶは後を続けた。

「《ダーマ》は分裂していると考えたほうがいいんじゃないでしょうか。一部は、南渤海を利用しようとしている。別の一部――スプーファーは別の作戦を持っている」

「えっ、待ってくださいよ。南渤海の件だけでもいっぱいいっぱいなのに、これ以上、何かが起きるかもしれないってことですか？　やめてほしいなあ」

明神が情けない声を上げ、頭を抱えている。

――それが、筏にも声をかけ、スモモを仲間に引き入れた理由なんじゃないか。

「スプーファーは《ダーマ》の中でも少数派なのかもしれません。だから、仲間を集めようとしたんです」

「なるほど、うがった意見ですが――」

飛田が、腕組みして首を振った。

「私たちは、南渤海の対応に手を取られているので、実質的に何も起きていないスプーファーの件を対策するのは難しい。出原さんなら、どうしますか」

飛田の大きな目が、じっと見据《みす》えるようにこちらを見つめている。なるほど、としのぶは気を引き締めた。この新隊長は、こちらの実力を試すつもりなのだ。

「私が知りたいのは、スプーファーが『何をするつもりなのか』と、『今どこにいるのか』です。それがわかれば、止める方法も見つかるかもしれない」

「隊長！」

何台も並んだ端末に向かっているサイバー防衛隊の隊員が、ヘッドセットをつけたまま飛田を呼んだ。

「どうした」

「南渤海国境で、銃撃戦が発生しました。韓国の救援部隊が強引に国境を越えようとして射撃を受け、兵士が応戦したそうです」

しのぶは眉をひそめた。

好意が裏目に出たうえに、どんどん事態が悪化している。

「南渤海に対するEMP攻撃は、首都を中心に半径千キロほどの範囲で被害が出ているはずだ。その外にいれば被害はない。国境の部隊などは通信機器も生きているはずだが、融通がきかないのは中央と意思の疎通が図《はか》れていない証拠だな」

飛田が地図を見上げて吐息を漏らした。

「国境に大型スピーカーを並べて、大音量で《ダーマ》の計画を放送し、南渤海側に真相を知らせようと試みているそうです。ですが、もともと韓国側からのそういう放送は、聞くなと指導されているようですし」

「気球からビラをまいたり、風船にメッセージをつけて首都に向けて飛ばしたりと、できる限りの手は打っているようですが、キム・スン大統領まで届くかどうか」

「そして、大きな問題はキム・スンがそれを信じるかどうか、だな」

――一国の指導者が被害妄想ぎみだなんて、始末に負えない。

しのぶは室内を見渡した。ここにいるすべての人が、今は南渤海の件にかかりきりになっている。スモモを心配する余裕のある人など、ひとりもいない。

――スモモを助けられる人間がいるとすれば、あたしだけ。

「明神くん、使っていい席とネットワークはある？」

「あそこにどうぞ、回線は有線です」

隅のテーブルに陣取って、鞄からパソコンを出した。ケーブルにつなげば、これがしのぶの戦場だ。

「スプーファーを捜すんですか？」

明神が尋ねた。

「そっちはキム・スンのほうを頑張って。こっちはこっちで、スプーファーに何かしかけられないか、やってみる」

ネットワークにつないで、メールやメッセージをチェックすると、長野に行っている間にいくつかメッセージが届いていた。

だが、スモモからの連絡は、ない。

スマホを見てみたが、この部屋は地下だし、電波を完全に遮断しているので、圏外になっている。時々、外に出てチェックするしかないだろう。

――最初にさかのぼって考えてみよう。いったい、スプーファーは何を企んでる？

そもそも、明神たちが自分に対策を依頼してきたのは、スプーファーが新型ウイルスに関する情報をハッキングして盗んだ事件がきっかけだった。

「ということは、企んでいるのは、新型ウイルスに関する何か――？」

その後、《ダーマ》がインフラ関連のデータを大量に盗み、シミュレーションを行っていたことが判明した。世間の関心がそちらに移ってしまったし、てっきり新型ウイルスの情報もそのシミュレーションに使われたのだと考えていたが、スプーファーが別の目的を持っていたのだとすれば。

そう言えば、スプーファーが盗んだ情報の中には、妙なものも多かった。

もう一度、スプーファーの被害にあったデータのリストを開いて、検討してみる。

感染症の患者を診察した病院の電子カルテや、大学の感染症に関する研究室での、特効薬やワクチンに関する研究内容も盗まれている。闇サイトで売るのかと思ったが、明神が調べたところ、その形跡はないそうだ。

「売ってお金に変えるわけでもない。新型ウイルスの被害予測を立てたかった――わけでもないわよね。そんなの、ニュースや厚生労働省の発表を見ていたら、毎日更新されているし」

いま、各国の研究室では、新型ウイルスに効果のある特効薬捜しが始まっている。さまざまな既存の薬を試してもいるが、今のところまだ、特効薬と呼べるほどの薬は見つかってはいないらしい。もうひとつは、ワクチン研究だ。新型ウイルスに感染し、完治した元患者の血液から血漿《けっしょう》を抽出し、それを重症患者に注射する試みなどもされているそうだ。

「家族に新型ウイルスの患者がいて、薬の情報が欲しかったとかでもないよね――？」

スマホは使えないが、固定電話は使っていいと言われた。試みに、丹羽動物病院にかけてみると、診察時間は終わっているが、電話を自宅に転送しているようで、丹羽獣医師が出てくれた。

「川村範人君のことで、少しお尋ねしたいことがあるんです」

しのぶが防衛省のコンサルタントだと名乗ると、丹羽が深いため息をついた。

『まさか、あの子が《ダーマ》とかいうハッカーの一員だなんて、本気で考えておられるわけではないですよね』

「川村君のご家族で、新型ウイルス感染症に罹患《りかん》された方はいらっしゃいますか」

『え？』

心底驚いたように、丹羽が言葉を切った。

『――いや、いません。両親も弟も元気です。範人自身もそうですし、あの子の周囲に陽性患者はひとりも出ていませんよ』

身近な人間のために、新型ウイルスの情報が欲しかったというわけでもないらしい。

動物病院で見かけた、青年の様子を思い出そうとした。正直、ほとんど印象には残っていない。綿シャツにワークパンツ姿で、受付の女性と少し話していたが、ごく普通の若い男性、という印象しかない。

「丹羽先生、範人君について教えてください。彼はどんな青年ですか。情報工学の専攻だと聞いたんですが、よく動物病院に来ていたんですか」

『そうですね。実家が埼玉で、東京の大学に通うために、ワンルームでひとり暮らしをしているんです。まだ友達も少なくて寂しいだろうからと家に呼んだら、時々遊びに来るようになりましてね』

「動物はどうですか。あまり、好きではないという話も聞いたのですが」

『範人がですか？　いや、あの子は動物が大好きですよ。うちには猫が二匹に犬が一匹いて、鳥も三羽飼っているんですが、うちに来るたびに、大喜びでみんなと戯れていますよ。実家では生き物を飼えないので、うちに来た時に、犬や猫と触れ合うのを楽しみにしているんです』

――あれ？

しのぶは首をかしげた。

「先日、動物病院に伺った時、範人君が待合室に来ていたんです。だけど、カウンターにいた三毛猫の『もなか』ちゃんが唸りだして」

『「もなか」が？　範人に唸る？　変だなあ、僕が見ている時は、そんなことしたことないんですが』

「あの、実家で動物が飼えないのはどうしてなんですか」

『弟が動物アレルギーなんですよ』

「実家にご両親と弟さんがいるとおっしゃってましたね」

『そうです。双子の弟なんですけどね。どういうわけか、動物が嫌いで。本人は、動物アレルギーで、動物の毛を吸い込むと咳が出ると言ってました。だから、実家ではペットを飼ったことがないんです』

「双子——」

しのぶはふと、保護団体の朝野の言葉を思い出した。

(もしそれを川村君がしたのなら——動物好きだなんて、嘘っぱちだな)

——みんなが川村範人だと思っている青年が、実はふたりいたのなら。

もちろん、叔父《おじ》である丹羽は、範人と弟の見分けくらいつくのだろうが。

「範人君の弟さんのお名前はなんというんですか。一卵性の双子ですか？」

『名前は、行人《ゆきと》です。一卵性ではないはずですけどね。顔立ちや身体つきは、よく似てますよ。面白いですよね、性格は全然違うあたりが』

「電話番号、わかります？」

丹羽は、行人の携帯番号を知らなかった。当然だ。彼の家に遊びに行っていたのは、あくまで範人だったのだ。

「行人君も大学生ですか。どんなことを勉強しているんでしょう」

『あの子はコンピュータの専門学校に行ってます。ふたりとも好きなんですよ、コンピュータのプログラミングが』

13

「しのぶさん、本当に申し訳ないです。僕らは今、ここを離れるわけにいかなくて」

明神が眉尻を下げ、本当に申し訳なさそうに身を縮めている。

しのぶは、防衛省の敷地内に置いたままだった、アクアの運転席に乗り込んだところだった。

「大丈夫。ちょっと川村行人と範人を捜してみるから」

南渤海が、ミサイルを発射したという情報は、まだ流れていない。見守る各国も、先制攻撃はしないと合意したらしく、今のところ、監視を続けるのみだ。

サイバー防衛隊は、《ダーマ》の動きに張り付いたまま、動けないでいる。

「そうだとも、任せたまえ！　同志出原とこの私が組めば、最高、最強！」

助手席で奇声を上げているのは、筏だ。各地のスーパーコンピュータが、《ダーマ》に悪用された気配がないか、調査してもらっていたのだった。米国でホワイトハウスの科学技術政策局が三月に設立した、新型ウイルスの治療薬とワクチン開発に世界中の研究者がスーパーコンピュータ十六台を使用できるコンソーシアムが、日本の複数の研究チームにも利用許可を出していた。そのうちひとつが、川村範人が通う大学の教授名で申請されていたのだ。

「関係があるかどうかはわからないけど、念のために大学の様子を見てくる。こんな時間では、もう誰もいないのが普通だけど」

午後九時を過ぎていた。

先ほど川村範人の、埼玉にある実家に電話をかけた。だが、両親はいたが、電話口に出た母親に、行人はいないと言われた。外出自粛を要請されているさなかの外出のためか、母親は恐縮した様子だった。

（すみません、行人は大事な用事があると言って、二週間ほど前に兄のいる東京に出たんです。その後で緊急事態宣言が出たものですから、万が一、私たちに感染させたりするといけないと言って、戻ってこないんですよ）

行人は範人と一緒にいるのだろうか。

明神は不安そうだった。

「しのぶさん、警視庁に協力を要請しませんか。万が一、川村兄弟がスプーファーだった場合、どんな罠を用意しているかわかりません。スモモさんだって、そこにいるかどうかすらわかりませんし」

「――まだ偵察の段階だから。こんな時間まで、彼らが大学にいるとは限らないしね。コンソーシアムへの申請は、医学部の松島《まつしま》教授の名前で出ていたけど、内容を読む限り、医学部と情報工学部の共同研究だと思う。実際に研究活動も行っていて、川村兄弟はその隙間時間を《ダーマ》のシミュレーションに利用しているのかもしれない」

「気をつけてくださいよ！　とにかく、無茶はしないで」

「なによ、まるで、あたしが無茶をしそうな口ぶりじゃないの」

しのぶが冷ややかに顎《あご》を上げると、明神は「あわわ」と言いながら車から離れた。

防衛省の正門を開けてもらって、アクアを走らせる。川村範人が通う大学のキャンパスは、動物病院からもそう遠くない大岡山《おおおかやま》にあって、この時刻なら防衛省から三十分もすれば着くだろう。

「同志出原！　私はいま、猛――烈に感動している！」

上気した頬で、右こぶしを握り締め、助手席で舞い上がっている筏を、しのぶは冷ややかに横目で見やった。

「同志出原とともに、ミッションに挑む日がついに来ようとは！　これで同志出原と私は、名実ともにバディとして――」

「うるさいわね！」

たまりかねて叫んだ。

「誰が名実ともにバディなのよ、冗談じゃないわよ。あたしのバディはスモモだけなの。今日はたまたま、あんたがスパコンのネタを探り当てたから、呼んだだけでしょ！」

「うーん、クールな君もあいかわらず美しい。つまりこれはご褒美というわけだな。アイシー。ご褒美は、いつもらってもよいものだ！」

筏は腕組みし、悦に入って首を振っている。

「ほんとにうるさいわね、あんまり喋ると大学のキャンパスに穴掘って埋めるわよ！」

「ううむ、首から上だけ出していただけるなら、それもまたよし——」

しのぶが疲労を感じた時、バッグの中で、スマホが鳴った。

——ちょ、何？

こんなタイミングで、誰がかけてきたのだろう。自分は車を運転していて、許可さえ下りればしのぶのスマホを鞄から取り出そうと目を輝かせ、助手席で舌舐めずりしているのは、筏だというのに！

しのぶは、左端の車線に変更し、側道に車を停めた。

「同志出原、君のその意固地な性格がまた激烈胸キュン……」

とりあえず筏の口をふさぎ、鞄からスマホを取り出す。しのぶの電話帳には登録していない番号からの着信だった。通話はとっくに切れていた。おそらく、相手は二回か三回、呼び出し音を聞いてすぐ切ったはずだ。

「この番号——」

明神にもらったメモと照合する。

——やっぱり。

川村行人の電話番号だ。

——今この番号にかければ、川村行人が出る？

いや、そうじゃない。川村はしのぶの電話番号など知るはずがない。追っているのがしのぶだということも、知るはずがないのだ。

知っているのは——。

「スモモ！」

今しのぶがすべきことは、この電話にかけ直すことではなかった。この電話の位置情報をつかむことだ。

——ひょっとしたら。

携帯電話のキャリアが提供している、ＧＰＳを使って相手の居場所をマッピングする機能がある。

そのページを開き、川村行人の電話番号を入力してみた。「検索中です」とのメッセージが数秒間表示される。相手の電話には、「誰かがこの電話の位置を検索しています」という意味のメッセージとともに、位置を知らせることを承諾するボタンが表示されているはずだった。

――もし、スモモが川村行人の端末を使って、こちらに居場所を知らせようとしているのなら。

いきなり、地図が表示された。

大岡山のキャンパスだ。これから向かおうとしている大学のキャンパスに、赤い星印がついている。

「――ビンゴ！」

しのぶは電話をかけ直さなかった。スモモと電話で意思疎通が果たせるとは思えない。明神が言うには、メールだと普通に話が通じるらしいのだが、なぜか会話は難しいのだ。だからそれよりも、目的地に急ぐことだ。

「ほほう、吉報だね？」

助手席で筏がにやにやしている。しのぶはスマホを鞄にしまった。

「筏」

「うむ」

「舌を噛まないように、しばらく黙っててね！」

外出自粛の影響で、まだ十時にもならないのに、街はまるでゴーストタウンのようだ。

しのぶはウインカーを出しながら、急発進した。アクセルを踏み込み、微笑んだ。

——スモモが、ここに来いと知らせてきた。

やっぱりだ。彼女は裏切ったりしていない。スプーファー、あるいは《ダーマ》を油断させるために、近づいたのかもしれない。

そして、しのぶが何度かスモモの盗聴アプリを使って彼女に話しかけたのも、ちゃんと聞いていたのだろう。自分の居場所を、いつどんな形で知らせようかと、考えていたのに違いない。

——どうしてこんなに自信を無くしていたんだろう。スモモの考えることなら、たいていわかるくせに。

そうだ。よく考えてみれば、自分ほどスモモの言葉を理解できる人間はいない。いや、長年、彼女の執事をつとめている三崎には負けるかもしれないが——。あの口数の少ないスモモが、何かひとこと言うだけで、本当に言いたい内容を推測して、補える人間なんて、そうそういないのだ。

もう何も怖くはない。スモモを取り返す時がきた。新宿御苑《しんじゅくぎょえん》そばの甲州《こうしゅう》街道を、勢いよくアクセルを踏んで、気持ちよく飛ばす。

しのぶの運転に恐れをなしたのか、筏はおとなしく口をつぐみ、ドア上のアシストグリップを握って、高速でのカーブに耐えている。

——待ってて、スモモ。

今の連絡は、スモモのＳＯＳだ。ここに来い、助けに来いと言っている。《ダーマ》がそこにいる。

左に曲がって環七《かんなな》通りに入ると、後はほぼ道なりに進めば良かった。

「広いキャンパスね」

休校中の大学には、キャンパスへの出入りを禁じる張り紙もされているようだが、広々とした敷地に門や柵などはなく、実質的には出入りし放題だった。

これだけ広いと、キャンパスの中も車で走れるようになっている。

しのぶはゆっくり車を走らせながら、校舎を見上げ、照明のついている部屋を探した。

「松島教授の研究室は、南側のＤ棟二階だ。だが、彼らがそこにいるとは限らんな」

筏がスマホにキャンパスマップをダウンロードし、実際の建物と見比べている。

「ちょっと待って」

先ほど、川村の携帯の位置を調べた時、位置検索のページを開いたままにしていた。相手の位置を知らせる赤い星のマークは、ある場所に留まったまま、じっとしている。

「まだつながってるみたい。筏、場所を指示して」

スマホを渡すと、筏が目を丸くした。筏に自分のスマホを触らせるのは、セキュリティの観点から危険すぎるのだが、背に腹は代えられない。

——この事件が片づいたら、機種変更すればいいし。お金かかるけど！

「そのまま、まっすぐ進みたまえ」

筏のナビゲーションに従い、そろそろと南側に向かう。

「その角を右に曲がって。あのレンガの建物だ。どうやら、松島教授の研究室ではないな。——その消火栓のあたりに停めて、あとは歩いて探そう」

とはいえ、筏が示した建物を見上げても、灯《あか》りのついている窓は見当たらない。

位置情報による検索システムでは、およその位置しかわからない。特に、何階にいるかまではわからないので、これは探しまわることになりそうだ。

悪さをされないうちに、筏からスマホを取り返した。車を停めて降りたとたん、不都合に気がついた。ハイヒールが、石畳でコツコツと音を立てる。この静けさのなかでは、響きそうだ。

後ろのハッチを開け、スニーカーを出して履き替えた。

「さすが、用意がいいではないか、同志出原。よくあちこち侵入するのかね」

「あんたはその口を閉じてなさい」

誰が侵入だ、誰が。

「ほら、懐中電灯」

しのぶが、探偵七つ道具の中から懐中電灯を渡そうとすると、筏が手を振った。

「持っている」

ジャケットの内ポケットからヘッドランプを取り出し、額《ひたい》に装着した。筏のほうがよっぽど侵入に慣れていそうだ。

「この建物、出入り口が二か所あるのね」

「階段も、二か所にある」

ホームページで調べてきたらしく、すらすらと答える。建物前面の出入り口は、ガラスの観音開きだった。試してみると、鍵はかかっていない。

「ここで待っていて。裏側の出入り口を見てくる」

しのぶはひとりで裏側に走った。裏側も似たようなガラスの観音開きだが、鍵が閉まっていた。内側からなら開けられそうだ。

周囲を見回し、自動販売機の横にあったポリの空き缶入れを持ってきて、扉の外側に置いた。もし誰かがこちらの扉を開けて出ようとしたら、軽いものだから扉は開くだろうが、倒れて空き缶が転がり落ちる大きな音でわかるだろう。

表に戻り、スマートフォンをいじっている筏と合流した。こんな時にまで、スマホから離れられない男だが、しのぶも人のことは笑えない。

長方形の研究棟だ。一階正面玄関を入ると、左右に廊下が延びている。廊下に沿って、大小の研究室が配置されている。

「左右、ふた手に分かれましょう」

「誰か一階にいなくていいかね。逃がさないだろうか」

――もっと人手がいれば、そんなこともできるだろうが。

警察の応援を呼んではどうかという明神の言葉が、ちらりと脳裏をよぎった。だが、今の時点では、しのぶ自身にも、ここに川村たちが本当に潜伏しているのかどうか、確信は持てない。特に、長野にいた朝野の時のように、確定を先走りすぎた後では。

それに、パトカーや警察官が大勢来ると、かえって川村たちに気づかれて、逃げられるかもしれない。

「ひとりでも見つけたら、逃がさないから大丈夫。筏も、もし川村たちと出会ったら、大声を上げて呼んでね」

「おおせのままに」

「スマホ、マナーモードにしてる?」

「私はつねにマナーモードだ」

筏が左に、しのぶが右に進んだ。足音を忍ばせ、誰かの声がしないか耳を澄ませながら、研究室のドアをひとつひとつ、確認する。休校のせいか、一階のドアはみんな鍵がかかっていた。

だが、すべての部屋に出入りが禁じられているのなら、建物全体の出入りだってできないはずだ。

懐中電灯の明かりを頼りに、階段を上っていく。こんな時に足を踏み外しでもすれば、目も当てられない。まだ、ミサイルが東京に落ちてきたり、ＥＭＰ攻撃を受けたりした形跡はない。《ダーマ》も、キム・スンも、動きはない。焦る必要はない。

――あれ。

懐中電灯が描く光の輪の、端っこのあたりに、異質なものが見えた気がした。

こんな場所には似合わない、小さな何かだ。

行き過ぎてしまったので、階段を二段ほど下がり、もう一度そのあたりを懐中電灯で照らしてみた。

階段の隅の、よほど注意して見なければ目立たない位置だが、ピンク色が激しく自己主張している。

――ここにいるよ！

しのぶは、階段の床材に張り付いたそれを、目を近づけてじっくり確認した。

――スモモの、ネイルシールだ。

ショッキングピンクのシールをベースにして、中指だけスモモが自分でパンダの絵を描いていた。しのぶが可愛くパンダの顔を描き足した、あのシールだ。このサイズなら、左右どちらかの小指のシールだろう。

やっぱり、ここにいる。これはスモモのサインだ。しのぶがきっとここに捜しに来ると考えて、足跡を残していったのだ。ヘンゼルとグレーテルが、森からの帰り道、迷わないようにと白い小石を道すがら置いていったように。

——他にもあるはず。

これがスモモのサインなら、シールをたどっていけば、彼女にたどりつくはずだ。

注意深く階段に照明を当てると、二階から三階に上がる階段の中ほどにもシールがあった。だが、四階への階段に、シールはない。

スモモがいるのは三階だ。

三階に侵入する前に、筏にメッセージを送った。

「スモモは三階にいる」

『了解』

三階の廊下も、やはり灯りは見えない。非常用の緑の誘導灯が光っているだけだ。懐中電灯の光が、まぶしく感じるほどだった。

——ここからは、よっぽど慎重にやらないと。

懐中電灯を消し、暗さに目が慣れるのを待った。思いついて、スマホを取り出した。画面の光を使えば、懐中電灯ほど明るくはないが、充分に周囲を見ることができる。

端の部屋から、順にひとつずつ耳を澄ませ、ドアを試す。ドアのプレートには、研究室の番号しか振られていない。

だんだん感覚が研ぎ澄まされていく。暗くて視力がきかない分、聴力が発達し、嗅覚が鋭くなる。

七番めの部屋の前まで来ると、何かがしのぶの鋭敏になった感覚を刺激した。

――ラーメンの匂い、してない？

インスタントラーメンの香りだ。

ドアをよく観察すると、床に近いあたりに、ピンク色のシールが見えた。しゃがんで確かめる。中指に貼られていた、パンダの絵のあるシールだ。

――スモモ。

たった数日前のことなのに、あれから何週間も経ったような気がする。

ホッとすると涙腺が緩んで、しのぶは目をこすった。泣いている場合ではない。まだスモモに会えたわけではない。

ドアのノブを試すと、鍵はかかっていなかった。

この中に、スモモと川村兄弟がいるのだろうか。スモモはともかく、川村がバットでも握って待っていればやっかいだ。スマホをポケットにしまい、心の準備を整えて、ドアを思い切りよく開けた。

「川村！　両手を上げて、おとなしく――」

薄暗い部屋のなか、それだけ煌々《こうこう》と輝くノートパソコンの前で、カップ麵を抱えて目を丸くしているスモモと視線が合った。

――だが。

「あれ、スモモだけ――？」

机やパソコンが十数台も並ぶ研究室だが、ここにいるのはスモモだけだ。

「川村は――」

窓には遮光性の高いぶ厚いカーテンを引き、照明は蛍光灯を間引いて暗くしてある。子猫のケージが、スモモの隣の机にでんと載っているのも見た。

だが、川村兄弟はどこにいったのだ。

スモモがカップ麵を机に置いた。

「――！」

飛びついてきたのを、受け止める。しのぶの首に腕を回し、はぐれていた母親に会えた子どものように、ぎゅうぎゅうと抱きついてくる。

「ちょ、スモモ――会えて嬉しいけど、あんたこんなところで、ひとりで何やってるの！」

その時だった。

「あーれー！」

けたたましい筏の悲鳴が、階下から聞こえてきた。

「あいつ、何やってんの！」

金属をひっくり返すような、激しい音が二階から聞こえた。

「ひょっとして、川村は二階にいるの？」

「ソーシャルディスタンス」

「は？」

「マスクない」

つまり、マスクもつけていない川村たちと、同じ部屋にはいたくないと拒否して、別の部屋にこもっていたと言いたいのか。

——なんで、さっさと逃げなかったのよ！

聞くより先に、スモモがすばしこい鹿のように部屋を飛び出していく。パソコンも子猫のケージもカップ麺もそのままだが、こんな場所に彼ら以外は誰もこないだろうから、とりあえず放置するしかない。

「猫ちゃん、待っててね！」

スモモの後を追って走った。階段を駆け下りる。二階の廊下を、しのぶたちとは逆の方向に駆けていく、緑のパーカーを着た後ろ姿がひとつあった。

「待ちなさい！」

研究室の扉のひとつが開いたままで、灯りが廊下に漏れている。筏の声はまだそこから聞こえている。

「うーわー！　見えない！　何も見えない！」

「筏？」

スモモは男を追いかけていった。研究室を覗き込むと、ヘッドランプをつけ、右手に警棒のようなものを握りしめた筏が、両手を泳がせ、ひとりでじたばたしている。

「ちょっと！」

ヘッドランプのバンドがずり落ち、目隠し状態になっているのを、踏み込んで思いきりよく引っぺがすと、筏がぽかんと目を開けて、呆然と周囲を見回した。

「あんた、何やってるのよ。川村兄弟はどこ？」

「いたぞ、さっきまでそこに」

筏が指したのは、研究室の端末だった。こちらにも、カップ麺の容器がふたつ、残されている。

「ふたりとも逃げたのね」

スモモがやられる心配はないが、ふたりのうちひとりでも逃がすのは癪だ。

しのぶも急いで廊下に出て、スモモを追って階段を駆け下りた。階下に走っていったようだ。川村は一階の裏の出入り口に向かったのか、先ほどしのぶがドアの前に置いた空き缶入れをひっくり返したらしく、にぎやかに金属が転がり落ちる音がした。

「スモモ！」

しのぶが見た時には、緑色のパーカーを着た若い男の背中に、ホットパンツを穿《は》いたスモモの長い足が、蹴りを入れるところだった。

男が頭から石畳につんのめり、そのままの勢いでスモモが駆け寄って、男の背中にちょこんと座った。逃げようともがいているが、スモモは軽く尻を載せているだけのように見えても、きっちり要所を押さえこんでいる。

Tシャツ姿のもうひとりは、ずっと先まで逃げていた。足が速い。

――車で追いかけようか。

ちらりとアクアを見やるが、今から車に走り、エンジンをかけて追う間に、どっちに行ったかわからなくなりそうだ。

「ぜったいに逃がさないから！」

スニーカーに履き替えておいて良かった。さすがに、ハイヒールでこの距離をダッシュする自信はない。猛スピードで追走するのに、マスクが邪魔だった。息苦しくてしかたがない。

前を行く男が、足音に気づいて振り返る。その顔にマスクはない。向こうのほうが断然有利だ。

足には自信があるほうだが、ハンディがありすぎる。息が切れて足がもつれ、互いの距離はどんどん開いていく。

逃がしてはいけないのに。

あの男を捕まえて、《ダーマ》の計画の全貌《ぜんぼう》と仲間を聞き出さなければ――。

「苦しい！　悔しい！」

――いっそマスクを外そうか。

しのぶはマスクのゴムに手をかけた。

必死で前を走っていた男が、植え込みの陰からぬっと現れた大柄な影にぶつかった。

影は、逃げようと暴れる男の腕をつかみ、子どもをあしらうように、楽々と地面に倒して制圧した。

「やだ――デラさん！」

「よう、しのぶ」

空いた片手を挙げ、振っている。

しのぶは唖然としながら駆け寄った。

「どうしてここがわかったの？　良かった、そいつを捕まえてくれて」

「筏君からメッセージをもらったんだ。ここに犯人とスモモがいるって。人手が足りないから来てくれと言われて」

「筏ったら――」

勝手な真似をと言いたいところだが、おかげで助かった。

デラさんが袈裟がためで脇の下に抑え込んでいる男は、動物病院で見かけた青年と同じ顔をしている。

「あなた、川村行人君？　それとも範人君？　よくもスモモを連れて行ったりしたわね」

上目使いにこちらを睨んだ男は、どうにかしてデラさんの身体の下から逃げようとしているが、がっちりと抑え込まれて身動き取れないようだ。青白い顔で、周囲を見回し、どうすれば逃げられるかと考えているらしい。

「観念しなさい。すぐに、警察を呼ぶから。防衛省でいろいろ聞きたいことがあるし」

スマホを取り出し、明神に電話をかけようと目を離した時、視界の隅で、光るものが走った。

――えっ。

くぐもった声がして、川村を固めていたデラさんの身体が緩んだ。

「デラさん？」

その下から川村が這《は》い出し、転がるように逃げようとしている。立ち上がったものの、制圧された時に足首をくじいたのか、片足を引きずっていた。川村の手に、折り畳みのポケットナイフが光っているのを見て、しのぶは我を忘れた。

「デラさん！」

脇腹を押さえたデラさんが、痛みをこらえて立ち上がろうとしている。

「――すまん、しのぶ。捕まえたと思って油断した」

「刺されたの？」

「大丈夫だ」

大丈夫だと言いながら、デラさんの脇腹は、広い範囲で深紅《しんく》に染まっていた。

「救急車呼ばなきゃ！」

「呼んでくれ。俺はあいつを捕まえる」

「ダメよ、ここにいて」

「しのぶ、行くな！　危ない」

――冗談ではない。

いまや、しのぶの怒りは最高潮に達している。何百年も噴火していない富士山を、噴火させてもおかしくないレベルなのだ。

何がスプーファーで、《ダーマ》だ。

スモモを自分から引き離し、無理やり仲間にした上に、大事なデラさんに刃物傷を負わせるとは。よくも、よくも――。

鬼の形相で川村を追いかける。

「川村、待ちなさい！」

――あっ、今日はピンヒールじゃなかった。かかとに金属を仕込んであるのに。

「あんたなんか、スモモを相棒にしようなんて、二百万年早い！」

――冬物のスーツじゃないから、特注の胸ポケットに仕込んだ特殊警棒がない！

「おまけにデラさんを刺すなんて！」

――あれっ、スタンガンも持ってない！　これって、緊急事態宣言ボケじゃないの？

川村が開き直ったか、こちらを振り向いて立ち止まり、ポケットナイフを握りしめてこちらを待ち構えるように腰を低くした。

「あんたなんか、ネオワイズ彗星《すいせい》に乗って」

しのぶが駆け寄ると、腹部をナイフで薙《な》ぎ払うように振った。だが、素人《しろうと》の腕だ。ナイフを持っていると知っていれば、そう簡単には切られない。

「宇宙のかなたに」

ナイフを持つ手に手刀を叩きつける。

「飛んでいけ――！」

踏み込んで急所に膝を叩きこんだ。

「――！」

ものも言えずに、悶絶《もんぜつ》して石畳に膝をつく川村からナイフを奪い取り、下がった。

「ごめんね。スタンガンがあれば、もう少し優しくできたんだけど」

まあ、優しくするより、こちらのほうがすっきりしたが。

拍手がするので振り向くと、手を叩いて「おー」と言いながらスモモがこちらに近づいて来るところだった。

もうひとりの川村は、デラさんのそばで悄然《しょうぜん》と立っている。同じ顔だが、性格がまったく違うと丹羽獣医師が言ったとおり、雰囲気が異なった。こちらのほうが、穏やかな表情をしている。

「あなたが川村範人？」

しのぶの問いに、黙って頷いた。石畳に崩れている弟の行人を、かすかな嫌悪感とともに見つめている。

どうやら兄のほうが、素直に喋ってくれそうだ。

「ご苦労、ご苦労。明神君には電話した」

重役出勤なみに遅れてきた筏が、微笑みを浮かべて周囲を見回した。何がご苦労だ、何が。この男は、デラさんと明神に電話しただけではないか。あやうく川村兄弟を逃がしそうになるし。

「そうだ、救急車！」

しのぶは慌ててデラさんに駆け寄った。立ってはいるが、脇腹の出血はまだ止まらず、溢れるように流れている。

「大丈夫だ。もう電話したよ」

「車に戻れば、救急キットもあるから。座ってて。すぐ取ってくる」

「いいんだ。ここにいてくれ」

だけど、と言いかけた時、デラさんの大きな手とがっしりした腕が、しのぶを抱きすくめた。

「――無茶するな。おまえがあいつに向かっていくのを見て、ゾッとした。おまえに何かあったら」

デラさんの胸は、柑橘《かんきつ》系の香りがする。それに、とても暖かい。

「あっ、すまん。服に血がつくな」

抱きしめておいて、デラさんがハッと気づいたように離そうとした。

「いいのよ、こんな服」

しのぶは急いで言った。去年の夏にバーゲンでやっと買った、白いリネンのお気に入りだが、デラさんが無事で、そばにいてくれるほうがずっといい。

遠くから、救急車とパトカーのサイレンが聞こえてきた。長い一日も、ようやく終わりに近づいているようだ。

14

デラさんを乗せた救急車は、まっすぐ近くの病院に向かったが、しのぶたちが呼ばれたのは市ヶ谷の防衛省だった。

『すみません、しのぶさん。大変な一日だったでしょうが、これからすぐ川村兄弟を連れて、パトカーでこっちに来てください。そのふたりが、重要な証人になりますから』

川村行人は、デラさんへの傷害容疑で現行犯逮捕された。兄の川村範人のほうは、まだハッキングの逮捕状が出ていないそうだ。

任意同行という形で、ふたりとも市ヶ谷に連れて行く。警視庁と市ヶ谷の間で、話はついているようだ。

デラさんの傷が深ければ、明神の依頼を断ってでも病院に付き添うところだったが、救急隊の話では、筋肉量が多いので刃物は臓器に達しておらず、出血のわりに、命にかかわるような傷ではないとのことだった。

——さすが、鍛えてる。

ともあれ、そちらはひと安心だ。

「私たちは、自分の車で行くから」

通話を切って振り向くと、筏がスモモに頼まれた子猫のケージとノートパソコンを取ってきたところだった。スモモには弱い。

「これでいいかな、同志スモモ。しっかり世話をしてやってくれたまえ」

「うん」

スモモのほうはあいかわらずで、子猫が無事なのを確かめ、ニコニコしている。

「筏。悪いけど、私たち市ヶ谷に呼ばれたの。どこか駅前で降ろそうか？」

「いや。さほどの距離ではないから歩いていこう。電車は動いている」

珍しく機嫌のいい筏に見送られ、アクアを出す。

「——あいつ、どうしてあんなにご機嫌なの。また何かよけいなことを企んでるの？」

「写真撮ってた」

「写真？」

やっとわかった。

——さっきの、デラさんとあたしの抱擁《ほうよう》シーンだ！

「筏のやつ——」

今後は、筏のいるところでは、弱みを握られるような行為は禁物だ。

スモモはケージを膝に載せ、子猫の寝姿を満足そうに覗き込んでいる。その様子を見ていると安心もしたが、無理をしているようで心配にもなる。

「ねえ、スモモ。どうして黙って行ったりしたの。あいつらが――《ダーマ》が仲間にしようと勧誘してきたんでしょ。その時点であたしに言ってくれたら、相談できたのに」

「――ん」

「《ダーマ》に脅迫でもされた？」

いやいやと、スモモが首を横に振る。

「それじゃ、どうしてついていったの？」

「ひとりでできる」

「え？」

スモモが賢い小学生みたいにきりりとして、「できる」と繰り返した。

市ケ谷に向かう道は空いているが、信号機は今も動いている。赤信号で停まり、しのぶは混乱を隠そうとした。

「ええと――ひとりでできる？　それはスモモのこと？」

「そう」

「スモモがひとりで仕事できるってこと？」

こくこくと頷く。

――おい。

まさかと思うが、ひとりでも仕事ができることを証明しようと、しのぶに黙って《ダーマ》の勧誘に乗ったというのではあるまいな。

「あのさ——」

だんだん頭が痛くなってきた。

「ひとりで、できるから」

スモモは根気よく繰り返した。

「しのぶ、行っていい」

「え？　どこに」

いったい今度は何を言いだすのか。しのぶはスモモの言葉を、息を呑んで待った。

「デラさん。デラさんと」

「スモモ、あんた——」

彼女はいつから気づいていたのだろう。

デラさんが、スモモに睨まれていると言っていた。しのぶ自身も、デラさんとふたりでいると、スモモの視線を感じた。

彼女はずっと見ていた。不安そうに。行方を占うように。子どものように。そして母親のように。

「ねえ、スモモ。あたしは確かにデラさんが好きだけどさ。あんたのことも捨てたりしないから」

スモモがこくりと頷く。

「ずっと仲間だから。あたしの相棒はあんただけだから」

「知ってる」

――知ってるんかい。

なんだか脱力だ。デラさんとスモモのどちらを選ぶか、二者択一を迫られるんじゃないかと、ずっと心配していたのに。

「ん――ちょっと待って」

しのぶは顔をしかめた。

「ひとりで仕事できることを証明したかったんだよね？　それなら、川村兄弟が犯人だとはっきりして、居場所がわかった時点で、知らせてくれたらよかったじゃないの。そうしたら、すぐに犯人逮捕できたわけだし」

「フタリだけじゃない」

スモモが「フタリ」という言葉に力を込めた。なるほど言いたいことがわかってきた。

《ダーマ》は、思った通り、複数のハッカーによる集団なのだ。

直接、スモモを勧誘したのは、動物病院で彼女を見かけた川村兄弟のどちらかだが、《ダーマ》の本当の目的を知るためには、全貌を調査しなくてはならない。

「――で？　何かわかった？」

スモモが階段にネイルのシールを貼ったり、川村の端末を使って、しのぶのスマホに自分たちの居場所を知らせてきたりしたのは、すでに何かを摑んだからだろう。

彼女がこちらを見て、こくこくと頷いた。

「《ダーマ》の目的は何なの?」

指で「OK」のサインをつくる。

「——オカネ」


防衛省の小さな会議室が、即席の取調室になっていた。

部屋に入ると、奥のパイプ椅子に川村範人が座り、テーブルに手を置いてうなだれていた。別室で、弟のほうも事情を聞かれている。

「川村範人さんだね」

サイバー防衛隊の飛田隊長が声をかける。明神が彼の隣に並んで腰かけ、しのぶは少し離れた場所に、アドバイザーとして席を占めた。

「まず言っておくが、私たちは警察官ではない。いま世界を騒がせている、《ダーマ》というサイバーテロリストの捜査に当たっていて、君たちがその一員であるとわかったので話を聞きたいんだ」

範人は顔も上げようとしない。

「もちろん知っているだろうが、《ダーマ》のせいで、世界はいま、破滅の淵に立たされている」

飛田は、持参したノートパソコンを開き、画面を見せた。

そこには、南渤海のキム・スン大統領の顔が映っていた。

「これは、三十分ほど前に届いた映像だ。韓国や中国が届けようと必死になっていたメッセージが、キム・スン大統領にもようやく届いたらしい。だが、今回のＥＭＰ攻撃が、民間のハッカーによるテロだという説明を、彼はまだ受け入れられない。だから、動画を撮影して、それを届けてきた。向こうも、すべての電子機器が完全に故障して使えなくなったわけではないということだな」

そこで、飛田は皮肉な笑みを浮かべた。

「キム・スン大統領が民間ハッカー説を受け入れられないのは、彼自身が軍部のハッカーを育成して、敵対国を攻撃させているからだ。民間ハッカーのふりをして、どこかの国が南渤海を軍事的に攻撃したのだと疑っているのだ。その説明のほうが悲劇的だし」

キム・スン大統領のような立場にある人間が、ハッカーの戯言など信用するはずがない。人類を救うためには、人口を七分の一に減らす必要があるだなんて、まともに受け取るわけがない。

「それで、国連を含む、各国のサイバー防衛機関が連携し、《ダーマ》を一網打尽にして、その様子をキム・スン大統領にも見せない限り、おさまりがつかないという判断になった。核弾頭を積んだミサイルなど、本気で撃たれてはたまらないのでね」

飛田が言葉を切ると、話の行き先が不安になったのか、範人がようやく顔を上げて、飛田の顔を直視した。

「世界中で《ダーマ》を捜査しているが、逮捕にまでこぎつけたのは我々が初めてだ。――地球の環境を救うために、人口を減らすという例の動画には、狂気の沙汰《さた》だとはいえ、人の心を刺激するある種の理屈があった」

明神が、印刷した資料を範人に押しやった。

「だから、あの動画がミスディレクションで、世界中がそちらに気を取られている隙に、陰でとんでもないことを企む奴らがいるのだとは気がつかなかった」

範人は、差し出された資料を、凍りついたようになって読んでいる。その青ざめた顔に、絶望の色が濃くなった。

「君たちは、新型ウイルスでひと儲《もう》けしようと企んだな」

範人は、頑なに視線を資料から離さない。

「最初にそんな馬鹿げたことを考えたのが誰なのかは、後でじっくり聞くとしよう。だが、君たちはまず、製薬会社、病院、大学、そういった機関から、新型ウイルスに関するありとあらゆる情報を盗んだ。新薬の開発状況から臨床データ、ワクチンの開発状況、病院での新型ウイルス感染症患者のカルテ。私たちはてっきり、そのデータをどこかの企業に売るのだろうと思ったが、そんな形跡はなかった。なぜなら、君たちはそのデータを自分で消費したからだ」

ぴくりと範人の肩が揺れる。

「データをＡＩに読み込ませ、最も新型ウイルスに効果がありそうな新薬を開発している企業を探した。米国の某企業の名前が挙がったようだね？　だから君たちは、借金までして、その企業の株を購入した。米国在住の《ダーマ》の手を通じて。支払いはビットコインだな」

「どうしてそんなことまで――」

飛田がシニカルに唇を歪める。

「君たちが仲間に入れたつもりの女性は、私たちのアドバイザーでもあってね。君たちに勧誘されて協力したのは、ひとえに潜入捜査のためだったんだ」

範人が仰天している。それは当然だろう。スモモが警視庁にいたと言われて信じる人はほとんどいないし、ましてや防衛省の顧問だと言われても、ホットパンツにタンクトップで、生足を出して闊歩《かっぽ》する姿を見ると、なかなか本気にはしてくれない。

――まあ、潜入捜査ってのは、ちょっとかっこよく言い過ぎだけど。

「一般的な事情聴取としては、知っていることをみんな話せと言うべきなんだろうが」

飛田がにやりとする。

「どうやらその必要もなさそうだ。なにしろ、君たちが知っていることは、みんなパソコンの中に入っているんだからな。そうだろう？」

先ほどスモモが協力して、川村兄弟のパソコンから、証拠になりそうなデータをかき集めていた。仲間との通信、彼らが株を購入したことを示す証拠、その価格やタイミング、代理人になった人物――全てだ。

「――金か。だが、こんなことをして、ひとつ間違えば本当に世界が滅びるとは考えなかったのか？」

海外では、《ダーマ》の動画に触発され、集団自殺をはかった宗教団体もあった。あまりにも深い絶望にかられれば、あんな悲劇も起きるかもしれないとは、想像がつかなかったのだろうか。

「――まさか、あそこまでみんなが本気にするとは思わなくて」

範人が囁くように言った。

「だって、馬鹿馬鹿しい話じゃないですか。環境が悪化して、このまま行けば世界が滅亡するなんて、今までにもいろんな人が何度も繰り返し指摘してきたけど、いっこうにそんな気配はないし。想像以上に世界はしぶといんですから」

「そうじゃない！」

取調室では、しのぶは黙って聞くだけにしてほしいと言われていたが、ムッとして、席を蹴って立ち上がった。

「何度も滅亡しかけたけど、そのたびに必死になって、世界を救った人たちがいたからでしょ。今回だって、あんたたちがEMP攻撃なんかしかけたせいで、どれだけ多くの人が必死で働く羽目になったと思う？　キム・スン大統領の暴走をくい止めるために。世界は、いつ滅びてもおかしくない。ぎりぎりでもちこたえているのは、最後まで諦めずに頑張っている人が、今も大勢いるからよ」

飛田が振り返り、こちらを見て頷いた。

「彼女の言う通りだ。君たちは勝手な理屈をつけて、今度こそ本当に世界を滅ぼすところだったんだ。ついでに、自分の人生も完全に粉砕したようだけどな」

範人は呆然と自分の手を見つめている。

「《ダーマ》というのは、世界中に散るハッカーの集団ということで、間違いないね」

「間違いありません」

飛田の問いに、範人が素直に頷いた。

「七人にひとりだけ生き残らせる。本当に、そんなことを企んでいたのか？」

範人は身体をこわばらせた。

「君が黙っていても、どのみちパソコンの中から情報が出てくるだろう。素直に話したほうが身のためだ」

「――考えたのは、僕じゃないです」

「君でなければ、誰が考えた？」

「行人が、夜中に海外の仲間とチャットしていて、考えついたんです」

「具体的に、何をしようとしていたんだ？」

　自分を巻き込んだ行人に対して、腹立たしい気持ちを抱えているのか、範人は、腹を据えたように話し始めた。

「ワクチンの研究結果を改変するんです」

　しのぶはギョッとしたが、ようやく舌が滑らかに動き始めた範人の告白を遮らないよう、表情を平静に保つのがひと苦労だった。

「よくわからないな。新型ウイルスのワクチンの研究結果を改変して、どうなる？」

「ワクチンを接種すると、通常はウイルスの抗体ができて、感染を予防するか、感染しても軽症ですむようになります。だけど、場合によっては、抗体依存性免疫増強と呼ぶ副作用が起きることがあるんです」

「なるほど、報道で見たよ。もしも、その副作用が起きるワクチンを接種すると、感染した時には逆に劇症化するそうだね。だから、ワクチンの実用化には時間がかかると」

「その通りです。慎重に動物実験を行わないといけないので、ワクチンの開発には時間がかかるそうですね」

「それで、研究結果の改変とは？」

「強い副作用が起きたワクチンの実験結果を改変して、そのワクチンの効果が高く、副作用など起きなかったように見せるんです」

飛田が、あっけにとられたように黙った。範人も、さすがに彼の反応が読めたからか、すぐにはその後を続けなかった。

《ダーマ》は、接種すると感染後に症状が重くなるワクチンを、採用させようとしていたのか。

そんなワクチンが、もしその後の厳しいチェックを潜り抜けて実用化されてしまったら、感染拡大は悪化する。《ダーマ》が、七人にひとりだけ生き残れると言ったのは、そういう意味だったのかと、しのぶは眉間にしわを寄せた。

――そこまで邪悪なことを考えて、実行に移す人間が、本当にいるのか。

気を取り直したように、飛田が咳払いした。

「それは無理だろう。臨床試験が何回も行なわれるし、最終的には三万人レベルで臨床試験を行うと聞いている。そんな小細工をしても、すぐにばれるよ」

「――その点は同感です。だから、僕は行人たちの計画は、うまくいかないと予想していました」

「なるほどな。強い副作用を持つワクチンを打たせて人口を減らす計画と、新薬の開発に成功した企業の株で稼ぐ計画とは、相反する。ワクチンは行人君の案で、君はそれが失敗すると予想したので、株で稼ごうとしたのか」

「――そんなところ」

自分のしでかした罪については、範人の口は急に重くなる。押収した彼らのパソコンには、さまざまな証拠が残されていて、範人がどれだけ口をつぐんでいても、罪に問われるのは間違いないのだが。

「行人君と君が、別の目標を立てて動いていたことはわかったが、君にも仲間はいたのか？　新薬の株で稼ごうとする仲間は」

範人はすぐに答えず、肩をすくめた。どう答えれば自分の罪が軽くなるか、必死で考えているのかもしれない。

「みんなでデータを集めました。皆さん、何か誤解されているかもしれませんけど、もともと《ダーマ》は、今のままで人類がいつまでこの生活を続けられるのか、シミュレーションするプロジェクトでしたから」

――シミュレーションで止めておけば良かったのに。

しのぶが心の中で呟いたのが聞こえたかのように、飛田がこちらを振り向いた。

「そろそろ、行人君からも話を聞こう。向こうに行きましょう」

明神としのぶに言ったようだ。

範人は顔を上げ、何か言いたそうな顔をしたが、彼が口を開くより早く、飛田がせっかちな態度で会議室を出て行った。しのぶたちも、後に続いた。

「聞くに堪えないな」

外に出るとすぐ、飛田が吐き捨てる。

「川村範人は、弟を売って自分だけ助かろうと考えているんでしょうか」

首を傾げたしのぶの問いに、飛田と明神が顔をしかめた。

「それにしても、喋りすぎです。取り調べであんなにべらべら喋る奴は、何か思惑があると考えたほうがいい」

飛田の洞察が正しいだろう。自分の立場を良くしようとしているにしても、範人の態度には何か釈然としないものを感じる。

急ぎ足に別の会議室に向かう飛田を、しのぶたちも追いかけた。

「待たせたね。君が川村行人さんか」

サイバー防衛隊の事情聴取はいったん休憩に入っていたようだ。隊員は壁際で監視に立ち、テーブルの向こう側にひとりで座らされた行人が、パッと顔を上げた。

——範人とおんなじ顔だ。

だが、ひと目で、こちらのほうが手ごわいと感じた。表情を消した顔は、動物病院の待合室でたしかに見たはずなのに、あの時のごく普通の大学生の印象は消えている。

——なあに、若いくせに、この虚無そのものの表情。

光を百パーセント吸収する穴を地面にうがてば、こんな目になるかもしれない。真っ暗な心の闇が、そのまま目になったかのような。

「弁護士を呼ぶまで何も喋らない」

行人がそれだけ言った。この手で、事情聴取にだんまりを決め込んでいたようだ。

「あいにく我々は警察官ではない」

飛田がパイプ椅子を引き、正面に腰を下ろした。明神はその脇に立ち、しのぶは壁際に椅子を開いて座った。行人はテーブルに肘をつき、無言で飛田を見返した。

「君は、傷害容疑で逮捕されている。だが、我々が聞きたいのは《ダーマ》についてだ」

しのぶは内心、範人と行人の違いに驚いていた。顔はそっくりだが、性格があまりに違うと動物病院の丹羽先生も言っていたが、ここまで違うとは。

行人は、ただ無言で飛田に視線を向けている。

「お兄さんに聞いたよ。カネのために、あやうく世界を滅亡させるつもりだったそうだな？」

飛田の挑発に、行人は乗らなかった。表情を変えず、身じろぎひとつしない。

「七人にひとりだけを残す。そんなことが、現実に可能だと思ったのか？」

行人は無反応だった。飛田の言葉は、真っ暗な壁に吸い込まれるようで、手ごたえがない。範人は聞かれてもないことまで喋り、行人はひたすら沈黙している。ふと、これもふたりの間で、話がついていたのかもしれないと思った。

「君たちのコンピュータを押収した。通信相手を調べている。《ダーマ》のメンバーが割れるのも、時間の問題だぞ」

「弁護士を」

行人は冷ややかな顔で椅子の背にもたれ、腕組みした。何も答える気はないという、意思表示のようだ。

――あるいは、こちらが通信相手を調べられないと高をくくっているのかもしれない。

たしかに、《ダーマ》の仲間内での通信は、ＩＲＣチャットを用いて、ＩＰアドレスを残さないようにしていたようだ。だが、大学や企業のサーバーに侵入した時のログは、これ見よがしに残してあった。証拠を残すことなど、頓着しないかのように。

――おかしな子達。

喋りすぎる兄、沈黙する弟。

人類の七分の六を虐殺する、狂気のパンデミック「利用」と、対照的にちっぽけな金儲けの話。

「《ダーマ》は、今のままで人類がいつまでこの生活を続けられるのか、シミュレーションするプロジェクトだった」

しのぶはふと、範人の言葉を思い出し、そのまま繰り返した。

「シミュレーションの結果は、本当に《ダーマ》の動画で言っていた通りだったの？　このまま行くと、世界は遠からず滅亡するの？」

初めて、行人がこちらを見た。その目に、何かの感情が揺らぐのを感じた。

その目を見た瞬間、ひらめいた。

「滅亡しないのね？」

行人の表情が、ハッと動く。

滅亡なんか、しないのだ。

だが、彼らは滅亡を期待したのだ。

「――どういうことです？」

驚いたように飛田が振り向く。しのぶの推理は、彼にとってはまったく想像の外だったようだ。

「飛田さんの年齢なら、覚えてらっしゃるんじゃありませんか。二十世紀の終わりに、ノストラダムスの大予言というのが流行ったでしょう」

「覚えてますよ。一九九九年に世界が滅びるという予言ですね」

「あの頃、私はまだ子どもでしたが、年上の従兄弟《いとこ》が、二〇〇〇年を迎えてがっかりしていたのを思い出したんです」

　あの時、従兄弟は言っていた。自分は一九九九年で世界がまるごと終わると考えていたから、その後のことなんて何も心配しなかったと。借金を重ねても、平気だった。二〇〇〇年以降、世界は茫漠《ぼうばく》たる「無」になるはずだった。

　自分だけが死ぬのは嫌だが、世界が滅びるなら、そこで自分が死ぬのは諦めがつく。その日まで楽しいことをたくさんして、ポンとシャボン玉がはじけるように、みんなで滅びる。

　滅亡は、ある意味、甘美なエンディングだ。

　だが、従兄弟は生き延びてしまった。

　二〇〇〇年元日の朝、道のない荒野に放り出されたのだ。

　行人と従兄弟が、なんとなく重なる。

「――どうしてそんなに滅びたかったの？」

　行人の目が、みるみる大きく見開かれた。しのぶの問いが、彼の深層心理を直撃したようだ。

「――」

「あなたは滅びを願っていた。シミュレーションすれば、世界の滅亡が明らかになると考えていたけど、あなたが予想したほど、滅亡は早く訪れないことがわかった。違う？」

行人は何も言わないが、瞠った目は、もはや光のない暗黒ではない。

「だからあなたは、世界を滅ぼすことにした」

おりしも、世界はパンデミックの脅威に苦しんでいる。今なら、ほんのわずか、足元をすくうだけで、滅亡への秒読みを早めることができる。

「《ダーマ》が何人くらいいるのか知らない。みんなが滅びたいわけではないかもしれない。その中で、あなたにはかなり発言力があったんじゃないの？　――だけど、どうして？　どうしてそこまで、滅びたかったの」

才能のある若い男だ。社会に出れば、さまざまな出来事が待っていたはずだ。仕事、人間関係、友人、ひょっとすると恋愛、結婚、子どもだって生まれたかもしれない。それらすべてに背を向けて、なぜ滅びを志向するのか。

「僕らに、明るい未来なんかない」

行人が口を開き、それだけ言った。

「それはなぜだ？」

飛田が心底不思議そうに尋ねている。飛田のような男には、きっと行人の真意はわからないだろうとも思った。前向きで、活動的で、自分の能力を信じている。

だが、しのぶには行人の悲観が、なんとなく理解できるような気もする。

彼らもしのぶも、バブルがはじけた後に生まれてきた。過去の遺産によって豊かな生活はできているが、政治、経済、文化、あらゆる面で停滞の気配が漂っている。社会が右肩下がりの局面に差し掛かっている時に、自分ひとり頑張ってもうまくいかないことがある。どんどん気分が後ろ向きになる。

しのぶがその手の悲観主義に陥らないのは、そんな暇がないくらい、目の前の仕事に追い立てられているからだ。

案の定、行人は黙り込み、もう口を開く気配はなかった。

「――飛田さん」

しのぶは立ち上がり、飛田と明神に目くばせして、会議室の外に出た。

「――あれはどういうことなんですか。川村行人は、本気で自分の未来を悲観しているんですか」

「以前、困窮する自分の現状を変えるために、いっそ戦争が起きてほしいと書いた、若い人がいたじゃないですか。川村行人には、あれに近いものを感じるんですよね」

飛田が、うそ寒いと言いたげになった。

「世界など滅んでしまえ、というわけですか」

「新型ウイルスで、世界中が鬱っぽくなってますしね。その影響を受けているかもしれません」

「範人も同じですか」

しのぶは首を傾げた。

「――いいえ。たぶん、彼はもっと現世的だと思います。お金に執着しているのも本当じゃないですかね」

「対照的ですな」

飛田がどこか呆れたように呟いた。

「動物病院の猫がね。川村範人にはなついているのに、行人のことは威嚇していたんです」

「ほう」

「生き物は敏感ですから。行人の、死や滅亡に惹かれる感覚は、猫にとって危険だったんじゃないですか」

これ以上、事情聴取を続けても、行人は話をしないだろう。塀の中で人生の長い部分を過ごすことすら、今の彼にはどうでもいいのかもしれない。

世界が滅びないのなら、長い人生はさぞかし彼にとって苦痛の種になることだろう。

「あとはお任せします。隊長」

しのぶは微笑んだ。

「私はもう、小寺さんが運ばれた病院に行ってもいいですか」

「川村兄弟の逮捕に協力して、刺されたそうですね。わかりました。ここまで状況が明らかになれば、あとは仲間を調べるだけですから。出原さんはどうぞ、行ってください」

「スモモ——東條も連れていきますよ？」

その言葉とほぼ同時に、別の部屋からサイバー防衛隊の隊員が現れた。

「隊長、《ダーマ》の構成員の情報が判明しました！」

驚いて、しのぶも飛田らとともに、その会議室に飛び込んだ。中ではノートパソコンを何台も並べて、スモモがそれぞれでＩＲＣチャットを起ち上げ、入力している。

「——スモモ、あんた何してるの？」

「チャット」

スモモが短く答える。見ればわかる、と言う言葉を呑み込み、しのぶは画面に顔を近づけた。

『テレビ電話で話そうよ、彼女』

『可愛いなあ！　日本に行けば、君みたいに可愛い子がいるの？　俺も日本に行こうかな』

いくつか英語の書き込みを見ただけで、スモモが何をやったのか、だいたい見当がついた。

「スモモ——あんた、自分の写真を送ったのね」

《ダーマ》のメンバーは、ＩＲＣチャットを利用して、やりとりしている。ＩＲＣチャットだと身元を隠すこともできるが、スモモは彼らに自分の写真を見せ、劣情を利用して油断させ、テレビ電話に引きずりこんだのだ。

そこで身元をつきとめる。

——あいかわらず、油断も隙もないやつ。

スモモはそ知らぬ顔で、何人ものチャットの相手をしている。彼女は数日、《ダーマ》の懐に飛び込んでいた。その時間を、これまで無駄に過ごしていたとは思えない。二日もあれば、若い男を何人か手玉に取るくらい、彼女なら朝飯前だ。

「だいたいOK」

スモモがけろりとした表情で呟き、座ったままで両腕を突き上げた。その横で、飛田と明神が、突き止めた住所や氏名、電話番号などの情報を広げて、あっけにとられている。

——どれだけ仕事が速いんだ。

「なら、行くわよ。デラさんの病院に」

「病院！　行く」

ぴょんとスモモが椅子から飛び降りた。

「それでは、S&S　IT探偵事務所は、これにて失礼いたします」

冗談っぽく飛田に敬礼し、ウインクして部屋を出た。デラさんが運ばれた病院に、今すぐ飛んでいきたい気分だった。

「えぇっ。面会謝絶なんですか？」

病院の夜間受付には、マスクをつけた初老の警備員がひとりだけ座っていた。人の良さそうな、穏やかそうな男だ。

「いや、患者さんの具合が悪くて面会謝絶――という意味ではなくて」

弱々しく微笑みながら、しのぶと、彼女の後ろにずらりと並ぶ、スモモに透、そして和音を見回す。

「ウイルス感染のリスクを減らすためにね。入院患者のご家族、代表者一名だけ、病室に入っていいというルールにしているんですよ。だから、ひとりだけならいいです」

なるほど――としのぶは和音を見た。

残念だが、ここは和音に任せるしかない。

「それなら、彼女を入れてください。患者の、小寺さんのお嬢さんで唯一の家族です」

着替えを持参した和音が、警備員と看護師に病室の位置など聞きながら、エレベーターに向かった。

「和音ちゃん、私たちここで待ってるから。終わったら戻ってきて」

声をかけると、和音がふりむいて、丁寧に頭を下げた。父親が刺されたと聞いて、血の気が引いたらしいが、透がそばにいてくれてよかった。年齢のわりに気のきく青年だから、こまごまと世話を焼いてくれたらしい。

「車、戻る」

もう夜も更けている。日付が変わる頃になると、眠そうになるスモモが、よろめくようにアクアに戻っていった。和音が戻るまで、待たねばならない。きっと車内で寝るつもりだろう。

「しのぶさん、座っててください。疲れているでしょう。僕は大丈夫ですから」

ひとつしかない椅子に、透が座らせようとする。

「なあに、透。あたしがあんたよりおばさんだからって言いたいわけ?」

「ち——違いますよっ。ただ、せっかく病院まで来たのに、デラさんと会えなくてがっかりしているだろうなと思って——」

よけいなことを言ったと気づいたらしく、ハッとして口をつぐんだ。

——ふうん。みんな、黙っていたけどお見通しだったってことね。私がデラさんをどう思ってるか。

「フ——フフフフフ」

「し、しのぶさん?」

「外の空気を吸ってくる」

病院の車寄せには、ひと気がなかった。

――がっかりしてるに決まってるでしょ。せっかく、デラさんの顔を見に来たのに。ため息をつき、空を見上げる。

驚いた。東京の空に、星を見つけるのは久しぶりだ。東京の夜は明るすぎるし、空気もそれほど澄んでいないせいか、めったに星など見えないはずだ。

それが今夜は、カシオペア座がきれいに見える。

地表では、ウイルス騒動に《ダーマ》にと、こんなに人間が苦しんでいるのに。空はむしろ澄んで美しいなんて。

しばらく身動きもできず、夜空を見上げていた。

スマホが震えたので見てみると、明神からのメッセージが着信していた。

『やりましたよ！』

何ごとかと思うと、動画へのリンクが添付されている。置かれていたのは、キム・スン大統領からのメッセージ動画に、日本語訳をつけたものだった。

鋭い目で、カメラが融けそうなほど睨むキム・スンが、淡々とメッセージを読み上げている。

『わが国は、先般の許しがたい攻撃により、物質的、精神的に多大な被害をこうむった。病院で多くの患者と医療関係者が新型ウイルスと戦っている。電気を奪われ、人工呼吸装置も動かず、このままではただ死を待つばかりだ。私はわが国民のために、復讐《ふくしゅう》をせねばならないと考えた』

言葉を切ったキム・スンは、しばし手元の原稿に視線を落とした。

『――だが、私はいま、耐えがたき怒りにも、寛大なる大人《たいじん》の心でもって、耐えてみせよう。なぜならば、世界中の人々がいま、同じウイルスに苦しんでいるからだ。世界中の人々が、死の恐怖に震えているからだ。辛いのは我々だけではない。今こそ、我々は知恵と知識を結集し、新型ウイルスに打ち勝たねばならない』

続いて、中国で《ダーマ》のメンバーが逮捕される短いシーンが挿入された。どうやらこれは、報道に使うために編集された映像のようだ。そして、人工呼吸装置や通信機器などの復旧に必要な機材を含む、ふんだんな物資を車に積んで、国境を越えていく韓国の救援チームの映像で終わっている。

――やったね。

しのぶは唇を緩めた。

いったい、世界中でどれだけの人が、この一瞬に世界がまぎれもない危機を回避したのだと、気づいているだろう。

あやうく地球文明は消滅しかけていたのに、その事実に気づいている人はおそらく少数派だ。

――本当に良かった。

誰も知らなくてもかまわない。今夜、口数がやたら少なくて愛想がないスモモという女性と、彼女を捜しまわった自分たちが、世界の重みをほんの少しずつ分担して、滅びから救い上げる手伝いをしたのだと。

「しのぶ」

ふいに、声を聞いた。

今夜、聞くとは思わなかった声だった。

「すまない、しのぶ。和音に聞いたよ。感染症対策で、病室に入れなかったんだって?」

「デラさん——どうしてこんなところに来てるのよ」

輸液スタンドを握り、水色の病衣を着たデラさんが、夜間出入り口からこちらに出てくるところだった。

「だめじゃない、寝てなきゃ」

「たいした傷じゃないんだ。入院なんて必要ないと言ったんだが」

デラさんは、平気な顔で歩いてくる。

「感染症の件だってあるのに——。そうだよ、病院は院内感染を心配してるだろうから」

「うん、わかってる。だから、このましのぶの車で帰ってしまおう」

「何言ってるの!」

いたずらっぽく笑うデラさんを見上げ、びっくりする。こんな冗談を言うタイプではないから、実は病院が苦手なのかもしれない。

「和音が、しのぶに会ってこいというんだ」

デラさんがそばに来て、その時だけ父親の表情になり、照れくさそうに微笑んだ。

——和音ちゃんったら。

「しのぶが来てると聞いたら、どうしても会いたくなって、下りてきた。じきに看護師さんが飛んでくるぞ」

きっと、看護師さんたちの仕事を嫌というほど増やしてしまったのに違いない。ウイルス感染を防ぐために、家族以外は病棟に入れないと言っていたのに、患者自身が下りてきてしまうなんて。

——だけど。

「元気そうな顔を見られて、良かった。これで安心して帰れそう」

デラさんが微笑んだ。

次の瞬間には、長い腕に抱きすくめられていた。

——まあいいや。筱はいないし。

「なあ、しのぶ」

「なあによ」

「俺、なるたけ早く、『バルミ』を開くからさ。またコーヒーを飲みに来いよ」

「当たり前じゃない。毎朝行くからね」

デラさんのコーヒーは美味しいし、しのぶは熱いコーヒーを飲まなければ目が覚めなくて、一日が始まらないのだ。

デラさんの腕が、ぎゅっとしのぶの肩を抱いた。

「良かった。そうすれば、毎朝おまえの顔を見られるな」

あんなところに、と叫ぶ看護師さんたちの声が聞こえてきた。ついに見つかってしまったようだ。

じき、デラさんを連れ戻しに来る。

——でも、もう少し。

神様、ほんの少しだけ。

デラさんのそばで、こうしていよう。今日はたいへんな一日だったたし。世界はきわどいところで救われたし。

明けない夜の中に入り込んでしまったような気がしていたけれど、大丈夫だ。明日になれば、きっとまた日は昇る。

そして自分たちはきっと、何も失ったり、捨てたり、奪われたりせずに、大事な人には大事だと言い、つまらないことで泣かせたりせず、これからもせわしなくて慌ただしい、ろくでもない人生を、じっくり、ゆっくり、最期まで歩いて行けるはずだ。

——たぶん、デラさんと、スモモと一緒に。

見上げる空には、Wのような形を描くカシオペア座。ひときわ明るい、あれはシェダルだ。

デラさんの腕の中が、ぽかぽかとして暖かい。

しのぶはデラさんの胸に顔を埋《うず》め、小さく笑った。

（本作は書下ろしです）

S＆S探偵事務所　いつか夜は明けても

一〇〇字書評

切り取り線

購買動機（新聞、雑誌名を記入するか、あるいは○をつけてください）

□（　　　　　　　　　　　　　　　　）の広告を見て
□（　　　　　　　　　　　　　　　　）の書評を見て
□ 知人のすすめで　　□ タイトルに惹かれて
□ カバーが良かったから　　□ 内容が面白そうだから
□ 好きな作家だから　　□ 好きな分野の本だから

・最近、最も感銘を受けた作品名をお書き下さい

・あなたのお好きな作家名をお書き下さい

・その他、ご要望がありましたらお書き下さい

住所	〒				
氏名		職業		年齢	
Eメール	※携帯には配信できません		新刊情報等のメール配信を 希望する・しない		

この本の感想を、編集部までお寄せいただけたらありがたく存じます。今後の企画の参考にさせていただきます。Eメールでも結構です。

いただいた「一〇〇字書評」は、新聞・雑誌等に紹介させていただくことがあります。その場合はお礼として特製図書カードを差し上げます。

前ページの原稿用紙に書評をお書きの上、切り取り、左記までお送り下さい。宛先の住所は不要です。

なお、ご記入いただいたお名前、ご住所等は、書評紹介の事前了解、謝礼のお届けのためだけに利用し、そのほかの目的のために利用することはありません。

〒一〇一－八七〇一
祥伝社文庫編集長　坂口芳和
電話　〇三（三二六五）二〇八〇

祥伝社ホームページの「ブックレビュー」からも、書き込めます。
www.shodensha.co.jp/bookreview

祥伝社文庫

S & S探偵事務所《エスアンドエスたんていじむしょ》　いつか夜《よる》は明《あ》けても

令和 2 年10月20日　初版第 1 刷発行

著　者　福田和代《ふくだかずよ》

発行者　辻　浩明

発行所　祥伝社《しょうでんしゃ》

東京都千代田区神田神保町 3-3

〒101-8701

電話　03（3265）2081（販売部）

電話　03（3265）2080（編集部）

電話　03（3265）3622（業務部）

www.shodensha.co.jp

印刷所　堀内印刷

製本所　ナショナル製本

カバーフォーマットデザイン　芥 陽子

Printed in Japan ©2020, Kazuyo Fukuda　ISBN978-4-396-34675-1 C0193